Um Casamento conveniente

SÉRIE GIRL MEETS DUKE VOL.1

Tessa Dare

Um Casamento conveniente

1ª EDIÇÃO
5ª REIMPRESSÃO

Tradução: A C Reis

Copyright © 2017 Eve Ortega

Título original: *The Duchess Deal*

Todos os direitos reservados pela Editora Gutenberg. Nenhuma parte desta publicação poderá ser reproduzida, seja por meios mecânicos, eletrônicos, seja via cópia xerográfica, sem a autorização prévia da Editora.

EDITORA RESPONSÁVEL
Rejane Dias

ASSISTENTE EDITORIAL
Andresa Vidal Vilchenski

PREPARAÇÃO
Andresa Vidal Vilchenski

REVISÃO FINAL
Sabrina Inserra

CAPA
Larissa Carvalho Mazzoni
(sobre imagem de Lee Avison/ Arcangel)

DIAGRAMAÇÃO
Larissa Carvalho Mazzoni

Dados Internacionais de Catalogação na Publicação (CIP)
Câmara Brasileira do Livro, SP, Brasil

Dare, Tessa

Um casamento conveniente / Tessa Dare ; tradução A C Reis. -- 1. ed. 5. reimp. -- Belo Horizonte : Gutenberg, 2022. -- (Série Girl Meets Duke; v. 1)

Título original: The Duchess Deal

ISBN 978-85-8235-583-1

1. Ficção histórica 2. Romance norte-americano I. Título. II. Série.

19-24472 CDD-813

Índices para catálogo sistemático:
1. Romances históricos : Literatura norte-americana 813

Maria Paula C. Riyuzo - Bibliotecária - CRB-8/7639

A **GUTENBERG** É UMA EDITORA DO **GRUPO AUTÊNTICA**

São Paulo
Av. Paulista, 2.073, Conjunto Nacional
Horsa I . Sala 309 . Cerqueira César .
01311-940 São Paulo . SP
Tel.: (55 11) 3034 4468

Belo Horizonte
Rua Carlos Turner, 420
Silveira . 31140-520
Belo Horizonte . MG
Tel.: (55 31) 3465 4500

www.editoragutenberg.com.br
SAC: atendimentoleitor@grupoautentica.com.br

Eu cresci sendo a filha do pastor. Emma, a heroína deste livro, é filha do vigário. Quero deixar bem claro que o pai da Emma não é nada *parecido com o meu. Meu pai era – e continua sendo – amoroso, paciente e compreensivo.*

Obrigada, papai. Este livro é para você. Por favor, não leia os capítulos 7, 9, 11, 17, 19, 21 e 28.

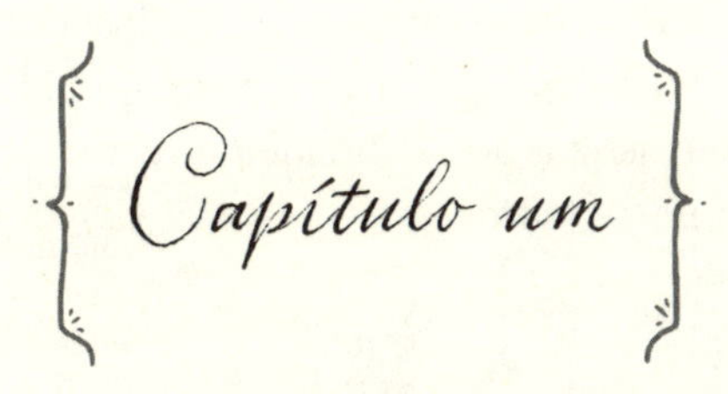

Capítulo um

Aos 22 anos de idade, Emma Gladstone já havia aprendido algumas lições difíceis: príncipes encantados nem sempre eram o que pareciam; armaduras reluzentes tinham saído de moda junto com as Cruzadas; e se fadas madrinhas existiam, a dela estava vários anos atrasada.

Na maior parte das vezes, a mocinha precisa se salvar sozinha. Essa tarde era uma dessas vezes.

A Casa Ashbury elevava-se diante dela, ocupando um quarteirão inteiro do elegante bairro de Mayfair. Refinada. Enorme. Aterradora.

Emma engoliu em seco. Podia fazer aquilo. Uma vez, ela saíra sozinha por Londres no período mais frio do inverno. Havia se recusado a sucumbir ao desespero ou à fome. Tinha encontrado trabalho e construído uma vida nova na cidade. Agora, seis anos depois, ela engoliria cada agulha do ateliê de costura da madame Bissette antes de voltar rastejando para seu pai.

Comparado a tudo isso, o que era bater na porta de um duque?

Ora, nada. Nada mesmo. Tudo o que ela precisava fazer era endireitar os ombros, passar pelos portões de ferro forjado, subir resoluta aqueles degraus de granito – sério, eram apenas uns cem ou pouco mais – e tocar a campainha diante daquela porta imensa e ricamente entalhada.

Boa tarde. Sou a Srta. Emma Gladstone. Estou aqui para ver o misterioso e recluso Duque de Ashbury. Não, não nos conhecemos. Não, não possuo um cartão de visita. Não tenho nada, na verdade. Talvez não tenha nem uma casa, amanhã, se você não me deixar entrar.

Oh, bom Deus. Isso nunca daria certo.

Choramingando, ela se afastou do portão e foi dar uma volta no quarteirão pela décima vez, sacudindo os braços nus por baixo da capa.

Ela precisava tentar. Emma parou de andar, encarou o portão e inspirou fundo. Parou de prestar atenção nos batimentos frenéticos de seu coração.

Estava ficando tarde. Ninguém viria para ajudá-la. Não podia haver mais hesitação, não existia a possibilidade de recuo.

Preparar. Aprumar. *Pronto.*

Sentado à escrivaninha da biblioteca, Ashbury ouviu um toque desconhecido de campainha. Seria a campainha da porta?

Lá veio o som de novo. Era *mesmo* uma campainha de porta. Pior, era da porta *dele*.

Malditas fofocas. Ele estava na cidade há poucas semanas. Ashbury havia esquecido como os boatos, em Londres, eram mais rápidos do que balas de pistola. Ele não tinha tempo nem paciência para enxeridos. Quem quer que fosse, Khan o mandaria embora.

Ele mergulhou a pena no tinteiro e continuou a carta para seus advogados incompetentes.

> *Não sei o que diabos vocês andaram fazendo no ano que passou, mas o estado dos meus negócios é deplorável. Demitam imediatamente o administrador da propriedade de Yorkshire. Digam ao arquiteto que quero ver o projeto do novo moinho, e quero vê-lo ontem! E tem mais uma coisa que requer uma atenção imediata.*

Ash hesitou com a pena parada no ar. Não podia acreditar que iria escrever aquelas palavras no papel. Por mais que ele temesse, aquilo tinha que ser feito. Escreveu:

> *Eu preciso de uma esposa.*

Ele imaginou que deveria listar suas exigências: uma mulher em idade fértil, de linhagem respeitável, com uma necessidade premente de dinheiro e disposta a dividir a cama com um homem horroroso e marcado. Resumindo: uma mulher desesperada.

Deus, que deprimente. Era melhor deixar apenas aquela linha: *Eu preciso de uma esposa.*

Khan apareceu à porta.

– Vossa Graça, lamento interromper, mas chegou uma jovem para vê-lo. Ela está usando um vestido de noiva.

Ash olhou para o mordomo. Depois baixou os olhos para as palavras que tinha acabado de escrever. Então voltou-se para o mordomo de novo.

– Ora, isso é assombroso. – Talvez seus advogados não fossem tão inúteis quanto ele pensava. Ash deitou a pena no borrador e colocou um pé sobre a escrivaninha, reclinando-se nas sombras.

– Claro, faça-a entrar.

Dali a pouco, uma jovem de branco entrou na biblioteca.

O pé dele escorregou da escrivaninha e Ash foi para trás, batendo na parede e quase caindo da cadeira. Um maço de papéis caiu da estante próxima, espalhando-se pelo chão como flocos de neve.

Ele estava ofuscado. Não pela beleza dela – embora ele imaginasse que a moça pudesse ser linda. Mas era impossível avaliar, pois o vestido que usava era uma monstruosidade cegante coberta de pérolas, rendas, brilhos e contas.

Bom Senhor. Ele não estava acostumado a ficar no mesmo ambiente que algo tão repulsivo quanto sua própria aparência.

Ash apoiou o cotovelo direito no braço da cadeira e levou os dedos à testa, escondendo as cicatrizes no rosto. Para variar, ele não estava protegendo a sensibilidade de um criado nem mesmo sua autoestima. Estava se protegendo de... *daquilo.*

– Sinto muito importuná-lo desta forma, Vossa Graça – a jovem disse, mantendo o olhar em algum desenho do tapete persa.

– Espero mesmo que sinta.

– Mas, por favor, entenda que estou desesperada.

– Percebo.

– Preciso ser paga pelo meu trabalho, e preciso ser paga agora.

Ash hesitou por um instante.

– Seu... seu trabalho.

– Eu sou costureira. E costurei isto. – Ela passou as mãos pela monstruosidade de seda. – Para a Srta. Worthing.

Para a Srta. Worthing.

Ah, aquilo começava a fazer sentido. A atrocidade branca de seda tinha sido feita para a ex-noiva de Ash. Nisso ele podia acreditar. Annabelle Worthing sempre teve um gosto horroroso – tanto para vestidos como para possíveis maridos.

– Como o noivado de vocês acabou, ela não mandou buscar o vestido. Ela comprou a seda, a renda e o resto do material, mas nunca pagou pela mão de obra. E isso significa que fiquei sem pagamento. Tentei visitá-la, mas não fui recebida. As cartas que enviei para vocês dois não tiveram resposta. Pensei que se eu aparecesse assim – ela passou as mãos pela saia do vestido branco –, seria impossível me ignorar.

– Você estava correta quanto a isso. – Até o lado bom do rosto dele se contorceu. – Bom Deus, parece que uma loja de armarinho explodiu e você foi a primeira vítima.

– A Srta. Worthing queria algo apropriado para uma duquesa.

– Esse vestido – ele disse – é apropriado para o lustre de um bordel.

– Bem, sua noiva tem... um gosto extravagante.

Ele se inclinou para frente.

– Não consigo nem assimilar a coisa toda. O vestido parece ter... vômito de unicórnio. Ou a pele de algum monstro das neves que ameaça o Himalaia.

Ela voltou os olhos para o teto e soltou um suspiro de desespero.

– O que foi? – ele perguntou. – Não me diga que você *gosta* desse vestido.

– Não importa se ele me agrada, Vossa Graça. De qualquer modo, tenho orgulho das minhas habilidades manuais, e este vestido me ocupou durante meses.

Depois que o choque causado pela roupa asquerosa havia passado, Ash voltou sua atenção para a jovem devorada pelo traje.

Ela era muito melhor que o vestido.

Pele: creme. Lábios: pétalas de rosa. Cílios: seda. Coluna dorsal: aço.

– Só este bordado... trabalhei nele durante uma semana para deixá-lo perfeito. – Ela passou a mão pelo decote do vestido.

Ash acompanhou com os olhos o caminho percorrido pelos dedos. Ele não conseguiu ver nenhum bordado. Era um homem; viu seios. Delicados e atraentes, espremidos por um corpete torturante. Ele gostou daqueles seios quase tanto quanto gostou do ar de determinação que os deixava empinados.

Arrastando o olhar para cima, ele admirou o pescoço delgado e a cabeleira castanha presa. Ela tinha prendido o cabelo em um penteado recatado, do tipo que fazia os dedos de um homem coçarem de vontade de soltar os grampos, um após o outro.

Controle-se, Ashbury.

Não era possível que ela fosse tão bonita como parecia. Sem dúvida, a jovem estava se beneficiando do contraste com o vestido pavoroso. E já fazia algum tempo que Ash vivia em isolamento. Havia isso, também.

– Vossa Graça – ela disse –, meu balde de carvão está vazio, na minha despensa restam umas poucas batatas mofadas, e meu aluguel quinzenal vence hoje. O senhorio ameaçou me jogar na rua se eu não pagar tudo que devo. Preciso receber o que me é devido. Com urgência. – Ela estendeu a mão. – Duas libras e três xelins, por favor.

Ash cruzou os braços à frente do peito e a encarou.

– Senhorita...?

– Gladstone. Emma Gladstone.

– Srta. Gladstone, você parece não entender como funciona toda essa coisa de invadir o isolamento de um duque. Você deveria se sentir intimidada, quem sabe até apavorada. Mas sua atitude mostra uma falta de contorção das mãos e nenhum tremor corporal. Tem certeza de que é apenas uma costureira?

Ela levantou as mãos, as palmas viradas para ele. Cortes cicatrizados e calos marcavam as pontas de seus dedos. Evidências persuasivas, Ash teve que admitir. Ainda assim, ele não se convenceu.

– Bem, você não pode ter nascido na pobreza. É autoconfiante demais, e parece ter todos os seus dentes. Imagino que tenha ficado órfã em idade tenra, de um modo especialmente horripilante.

– Não, Vossa Graça.

– Está sofrendo algum tipo de chantagem?

– Não – ela se forçou a dizer.

– Sustentando um bando de crianças rejeitadas, *enquanto* sofre chantagem?

– Não.

Ele estalou os dedos.

– Já sei. Seu pai é um patife. Está na prisão por dívidas. Ou gasta o dinheiro do aluguel com gim e prostitutas.

– Meu pai é vigário, em Hertfordshire.

Ash franziu o cenho. Aquilo não fazia sentido. Vigários eram cavalheiros.

– Como é que a filha de um cavalheiro trabalha retalhando os dedos como costureira?

Finalmente, ele viu um ar de incerteza na atitude dela. Emma coçou o lugar atrás do lóbulo da orelha.

– Às vezes a vida segue por caminhos inesperados.

– Agora *isso* é um grande eufemismo.

A sorte era uma bruxa sem coração que vivia num estado perpétuo de tensão pré-menstrual. Ash sabia bem como era.

Ele girou a cadeira e estendeu a mão para uma caixa-forte atrás da escrivaninha.

– Sinto muito. – A voz dela se suavizou. – O noivado desfeito deve ter sido um golpe. A Srta. Worthing parece ser uma mulher encantadora.

Ele contou o dinheiro na mão.

– Se você passou algum tempo com ela, sabe que esse não é o caso.

– Talvez tenha sido melhor, então, não ter se casado com ela.

– Sim, foi muito prudente, da minha parte, destruir o rosto antes do casamento. Teria sido péssimo se tivesse deixado para destruí-lo depois.

– Destruir? Se Vossa Graça me perdoa dizer, não pode estar assim *tão* ruim.

Ele fechou a caixa-forte com estrépito.

– Annabelle Worthing estava desesperada para se casar com um homem rico e nobre. Sou um duque indecentemente rico. Mesmo assim, ela me deixou. Estou *sim* muito mal.

Ele se levantou e virou seu lado arruinado para ela, oferecendo-lhe uma vista completa, sem obstruções. A escrivaninha ficava no canto mais escuro da biblioteca – de propósito, claro. As pesadas cortinas de veludo do aposento mantinham o sol do lado de fora. Mas cicatrizes tão dramáticas quanto as dele? Nada, a não ser a completa escuridão, conseguia escondê-las. As partes de sua carne que tinham escapado às chamas foram destruídas depois – primeiro pelo bisturi do cirurgião, e depois pela febre e pela supuração durante as semanas infernais que se seguiram. Da testa ao quadril, o lado direito do corpo dele era uma batalha contínua de cicatrizes e queimaduras de pólvora.

A Srta. Gladstone ficou em silêncio. Para seu crédito, ela não desmaiou, vomitou nem saiu correndo dali – uma diferença agradável das reações habituais que ele provocava.

– Como foi que aconteceu? – ela perguntou.

– Guerra. Próxima pergunta.

Depois de um instante, ela falou em voz baixa:

– Pode me dar meu dinheiro, por favor?

Ash estendeu a mão com as moedas. Emma esticou a dela para pegá-las. Mas ele fechou a mão.

– Depois que você me der o vestido.

– Como?

– Se estou pagando por seu trabalho, é justo que eu fique com o vestido.

– Com que propósito?

Ele deu de ombros.

– Ainda não decidi. Eu posso doar para um lar de dançarinas de ópera aposentadas. Posso afundá-lo no Tâmisa para que as enguias se divirtam. Quem sabe pendurá-lo na porta da frente para afastar maus espíritos. São tantas as possibilidades.

– Eu... Vossa Graça, posso mandar entregá-lo amanhã, mas preciso do dinheiro hoje.

Ele emitiu um ruído de reprovação.

– Isso seria um empréstimo, Srta. Gladstone. Não empresto dinheiro.

– Você quer o vestido *agora*?

– Somente se você quiser o dinheiro agora.

Os olhos castanhos dela se fixaram nele, acusando-o de pura vilania. Ele deu de ombros. Culpado das acusações.

Essa era a desgraça peculiar de ser desfigurado por puro acaso no campo de batalha. Não havia ninguém para culpar, ninguém de quem se vingar. Restava somente uma amargura persistente que o provocava, fazendo-o atacar tudo por perto. Oh, ele não era violento – a não ser que alguém fizesse mesmo por merecer. Com a maioria das pessoas, ele apenas se dava o prazer perverso de ser bem desagradável.

Já que ele tinha a aparência de um monstro, iria se divertir interpretando o papel.

Infelizmente, essa costureira recusava-se a fazer o papel de ratinho assustado. Nada que ele dizia a abalava, e se ela ainda não tinha fugido, era provável que nunca o fizesse. Parabéns para ela.

Ash se preparou para entregar o dinheiro, despedindo-se dela – e daquele vestido – com gosto.

Antes que ele pudesse pagar-lhe, contudo, ela soltou um suspiro decidido.

– Tudo bem – Emma exclamou, e suas mãos foram para a lateral do vestido. Ela começou a soltar a fileira de ganchos escondidos na costura do corpete. Um após o outro, após o outro. Conforme o corpete afrouxou, seus seios se soltaram, assumindo sua plenitude natural. A manga caiu do ombro, revelando o tecido fino da roupa de baixo.

Um fio de cabelo castanho se soltou, acariciando a clavícula dela.

Jesus, Maria...

– Pare.

Ela congelou e levantou os olhos.

– Parar?

Ele praguejou mentalmente. *Não pergunte duas vezes.*

– Pare.

Ash mal podia acreditar que tinha conseguido ser decente a ponto de dizer uma vez. Ele estava a ponto de conseguir um espetáculo particular por meras duas libras. E três xelins. O que era bem mais caro do que se pagava por aí, mas uma verdadeira barganha em se tratando de uma garota tão linda.

Sem falar que ela era filha de um vigário, e Ash sempre sonhou em seduzir a filha de um vigário. Falando sério, que homem nunca tinha sonhado o mesmo? Contudo, ele não era tão diabólico a ponto de realizar seu sonho por meio de extorsão.

Um pensamento lhe ocorreu. Talvez – apenas talvez – ele pudesse realizar essa fantasia por meios diferentes, um pouco menos diabólicos. Ele encarou Emma Gladstone de um ângulo novo, pensando na lista de exigências que relacionava na carta interrompida.

Ela era jovem e saudável. Bem-educada. Tinha bom berço e estava disposta a tirar a roupa na frente dele.

E, o mais importante: estava desesperada.

Ela serviria. Na verdade, serviria muito bem.

– Você tem duas opções, Srta. Gladstone. Posso lhe pagar duas libras e três xelins.

Ele colocou a pilha de moedas sobre a escrivaninha. Emma olhou para elas, ávida.

– Ou – ele disse –, posso fazer de você uma duquesa.

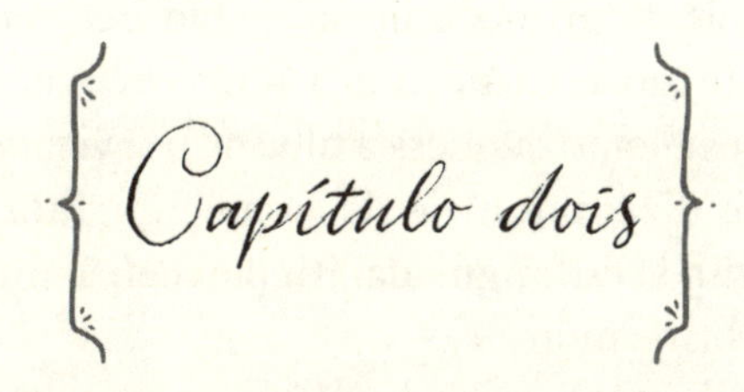

Capítulo dois

Uma duquesa?

Bem. Emma se sentia grata por uma coisa. Pelo menos agora ela tinha uma desculpa para encará-lo.

Desde que o duque havia revelado a extensão de suas cicatrizes, ela estava se esforçando para *não* olhar para ele. Então Emma começou a ficar preocupada se não seria ainda mais grosseiro *evitar* olhar para ele. Como resultado, seu olhar ficou passeando do rosto dele para o carpete, para as moedas sobre a escrivaninha. Aquilo a estava deixando tonta.

Agora ela tinha uma desculpa inquestionável para encará-lo abertamente.

O contraste era extremo. O lado ferido do rosto dele chamou sua atenção primeiro, claro. A aparência era atormentada e furiosa, com uma teia de cicatrizes passando pela orelha e subindo até o couro cabeludo. O mais cruel, contudo, era que a pele marcada inevitavelmente contrastava com o perfil não danificado. Ali, o duque era lindo do modo impertinente, despreocupado, dos cavalheiros que se acreditam invencíveis.

Emma não achou a aparência dele assustadora, embora não pudesse negar que fosse chocante. Não, ela decidiu. "Chocante" não era a palavra certa.

Impressionante. Ele era impressionante. Como se um raio tivesse dividido seu corpo em dois, e a energia ainda estalasse ao redor dele. Emma sentiu-a à distância e a pele de seu braço ficou arrepiada.

– Perdão, Vossa Graça. Devo ter ouvido mal.

– Eu disse que vou fazer de você uma duquesa.

– Claro... claro que você não quer dizer por meio de casamento.

– Não, eu pretendo usar minha vasta influência na Casa dos Lordes para derrubar as leis de primogenitura, então irei persuadir o Príncipe Regente a criar um novo título e um novo ducado. Isso feito, hei de convencê-lo a nomear como duquesa a filha de um vigário de Hertfordshire. É claro que eu quis dizer por meio de casamento, Srta. Gladstone.

Ela deu uma risada estrangulada. Rir pareceu a única reação possível. Ele só podia estar brincando.

– Você não pode estar me pedindo em casamento.

Ele suspirou, contrariado.

– Eu sou um duque. Não estou lhe *pedindo* em casamento. Estou me *oferecendo* para casar com você. É uma coisa totalmente diferente.

Ela abriu a boca, só para fechá-la logo em seguida.

– Eu preciso de um herdeiro – ele disse. – Demorei para penetrar nessa ideia, mas essa necessidade é inescapável.

A concentração dela foi capturada por aquela palavra, e o modo vigoroso, firme, com que ele a disse. *Penetrar.*

– Se eu morrer amanhã, tudo irá para o meu primo. Ele é um idiota incorrigível. Não fui até o continente lutar para salvar a Inglaterra da tirania e nem sobrevivi a isto... – ele apontou para o próprio rosto – só para voltar para casa e deixar a vida dos meus arrendatários desmoronar no futuro. Por isso, as tais leis da primogenitura (que, na verdade, eu não pretendo derrubar) exigem que eu me case e tenha um herdeiro.

Ele atravessou a sala, avançando na direção dela em passadas tranquilas. Ela permaneceu onde estava, sem querer demonstrar medo. Quanto mais a atitude dele parecia despreocupada, mais o pulso dela ribombava.

O rosto dele podia ser impressionante, mas o resto...? Era esplêndido.

Para se acalmar, Emma procurou se concentrar no seu campo de conhecimento: as roupas. O caimento do paletó dele era imaculado, bem ajustado na largura dos ombros e abraçando o contorno dos braços. A lã era da mais fina qualidade, com a trama bem apertada e um tingimento superior. Contudo, o estilo estava dois anos atrasado em relação à moda atual, e os punhos pareciam bem puídos na...

– Eu sei o que você está pensando, Srta. Gladstone.

Ela duvidou.

– Você não está acreditando. Como é possível uma mulher da sua condição social ascender a um título desses? Não vou negar que você estará numa situação inferior com relação às ladies da nobreza, que não serão amistosas. Sem dúvida, contudo, você poderá se consolar com as vantagens materiais. Uma casa suntuosa, linhas de crédito generosas nas melhores lojas, uma grande herança no caso da minha morte. Poderá fazer visitas, compras. Algum trabalho de caridade, se quiser. Os dias serão seus para você fazer o que desejar. – A voz dele ficou sensual. – Suas noites, por outro lado, pertencerão a mim.

Qualquer resposta a *isso* estava além da capacidade dela. Um calor se espalhou de forma furiosa por todas as superfícies do corpo dela, escorrendo pelos espaços entre os dedos do pé.

– Você deve esperar que eu visite sua cama todas as noites, a menos que esteja doente ou menstruada, até a gravidez ser confirmada.

Emma tentou, mais uma vez, compreender aquela conversa. Depois de revirar mentalmente todas as possibilidades, uma alternativa lhe pareceu a mais provável.

O duque não estava apenas com o rosto deformado. Ele estava ruim da cabeça.

Ashbury lhe deu um olhar curioso.

– *Você* precisa de um médico?

– Pode ser que eu precise. – Emma levou a mão à testa. A cabeça dela girava.

Se ele não estava ruim da cabeça... Será que aquilo era algum ardil para torná-la amante dele? Oh, Deus. Talvez Emma tivesse passado a impressão errada para ele, com sua disposição em tirar o vestido.

– Você está... – Parecia não haver outro modo de dizer isso. – Vossa Graça está tentando me levar para a cama?

– *Estou.* Todas as noites. Eu acabei de dizer isso, não faz nem um minuto. Você pelo menos está me ouvindo?

– Ouvindo, estou – ela murmurou para si mesma. – Compreendendo, não.

– Vou mandar meu advogado preparar os documentos. – Ele voltou para seu lugar atrás da mesa. – Nós poderemos nos casar na segunda-feira.

– Vossa Graça, eu não...

– Bem, receio que minha programação esteja completa no resto da semana. – Ele folheou as páginas de uma agenda. – Ficar emburrado, beber, torneio de badminton...

– Não.

– Não – ele repetiu.

– Sim.

– Sim, não. Decida-se, Srta. Gladstone.

Ela virou o corpo em um círculo lento, admirando a biblioteca. O que diabos acontecia ali? Sentiu-se como se fosse uma detetive tentando desvendar um mistério. *Emma Gladstone e o caso da dignidade perdida.*

Seu olhar parou no relógio. Passava das quatro horas da tarde. Saindo dali, precisava devolver o vestido, pagar o senhorio e passar no mercado.

Tendo chegado até ali, não tinha como recuar. Emma endireitou a postura.

– Vossa Graça chamou meu trabalho de vômito de unicórnio. Pediu que eu tirasse a roupa por dinheiro. Então fez a declaração absurda de que me transformaria numa duquesa, e que eu deveria me deitar na sua cama na segunda-feira. Toda esta conversa é um disparate, uma humilhação. Só posso concluir que está se divertindo às minhas custas.

Ele levantou um ombro, como se tentasse se explicar.

– Um recluso deformado precisa se divertir de *algum* modo.

– E quanto à sua extensa programação de beber e jogar badminton? Não é suficiente? – A essa altura, já tinha perdido a paciência. Ela gostava de uma provocação e sabia rir de si mesma, mas não tinha nenhum desejo de ser objeto de piadas cruéis. – Estou começando a desconfiar da verdadeira razão para a Srta. Worthing rejeitá-lo. Vossa Graça é excessivamente...

– Horrendo – ele completou. – Repulsivo. Monstruoso.

– Exasperante.

Ele produziu um som de perplexidade.

– Então estou sendo rejeitado pela minha personalidade? Que revigorante.

Emma levantou as mãos para mostrar que não era uma ameaça.

– Vossa Graça, não vou incomodar mais. Vou me aproximar da mesa, recolher as moedas e me afastar. Bem devagar.

Com uma série de passos cuidadosos, ela se aproximou da escrivaninha e parou a cerca de um metro de onde ele estava. Sem interromper o contato visual, recolheu as duas libras e os três xelins. Então, com a mais breve das mesuras, ela se virou para sair.

Ele a segurou pelo pulso.

– Não vá.

Ela se voltou e o encarou, atônita.

O contato foi elétrico, como o choque que se toma ao segurar uma maçaneta num dia frio e seco, estalando com uma força que não pertencia a nenhum dos dois, mas existia apenas no espaço entre eles. O choque percorreu os ossos do braço dela. Sua respiração e seu pulso ficaram suspensos. Ela se sentiu exposta – não sua pele, mas os elementos básicos que compunham seu ser.

O duque também parecia estarrecido. Seus penetrantes olhos azuis interrogavam os dela. Depois, ele lançou um olhar confuso para a própria mão, como se não soubesse de que modo havia segurado o braço dela.

Por um instante, o coração de Emma inventou as fantasias mais malucas. Que ele não era o homem cínico e amargo que parecia ser. Que por baixo do Antes e Depois marcados no rosto dele, havia um homem – um homem solitário e sofredor – que permanecia o mesmo no que era essencial.

Não acredite nisso, Emma. Você sabe que seu coração é um tolo.

Ash a soltou, e o canto de sua boca se contorceu num sorriso irônico.

– Não pode ir embora agora, Srta. Gladstone. Estávamos começando a nos divertir.

– Não gosto deste jogo.

Ela reuniu o máximo de compostura que conseguiu. Pegando as moedas com uma mão, segurou a saia com a outra e partiu apressada na direção da porta.

– Não precisa se despedir de mim – ele falou.

Não vou.

– Mas isso não me preocupa. Nós sabemos que você vai voltar.

Ela parou – por um breve instante – no meio de um passo. O duque acreditava que eles se veriam outra vez?

Bom Deus. Não se Emma pudesse evitar.

Nem em mil anos.

– Não sou uma tonta? – A Srta. Palmer estava num provador do ateliê de Madame Bissette, mantendo-se imóvel enquanto Emma media sua cintura. – Mais gorda a cada dia que passa. Acho que estou exagerando nos bolinhos da hora do chá.

Emma duvidou. Essa era a segunda vez no mês que Davina Palmer ia até o ateliê para alargar um vestido, e Emma costurava o guarda-roupa da jovem desde a sua primeira Temporada. Nunca tinha visto a garota ganhar peso, muito menos com aquela rapidez. A culpa não era dos bolinhos do chá.

Na verdade, não cabia a Emma dizer nada, mas ela tinha se afeiçoado à Srta. Palmer, única filha de um magnata da marinha mercante e herdeira de sua fortuna. Um pouco mimada e protegida, mas possuía certo brilho. Era uma cliente que sempre tornava melhor o dia de Emma, e isso já era o bastante. A maioria das ladies que entrava no ateliê a ignorava.

Nesse dia, quando olhou para a Srta. Palmer, não havia brilho. Apenas terror. Era evidente que a pobre garota precisava de uma confidente.

– Está de quantos meses? – Emma perguntou com a voz suave.

A Srta. Palmer se desfez em lágrimas.

– Quase quatro, eu acho.

– O cavalheiro sabe?

– Não tenho como dizer para ele. É um artista. Eu o conheci quando veio pintar o retrato dos nossos cachorros, e eu... Não importa. Ele sumiu. Foi para a Albânia em busca de inspiração romântica, seja lá o que isso quer dizer.

Quer dizer que ele é um canalha, Emma pensou.

– E a sua família? Eles sabem?

– Não. – Ela sacudiu a cabeça com vigor. – Só tenho meu pai. Ele espera tanto de mim. Se soubesse que fui tão descuidada, ele... nunca mais me veria com os mesmos olhos. – Ela escondeu o rosto nas mãos e começou a soluçar em silêncio. – Eu não aguentaria.

Emma puxou a garota para um abraço, afagando suas costas num ritmo calmante.

– Oh, pobrezinha. Eu sinto tanto.

– Não sei o que fazer. Estou com tanto medo. – Ela se afastou do abraço. – Não posso criar uma criança sozinha. Estava pensando; se conseguisse deixar o bebê com uma família no interior... Eu poderia visitá-lo de tempos em tempos. Sei que as pessoas fazem isso. – A Srta. Palmer colocou uma mão sobre a barriga e olhou para ela. – Mas estou ficando maior a cada dia que passa. Não vou conseguir esconder por mais tempo.

Emma ofereceu um lenço à garota.

– Existe algum lugar aonde você possa ir? A casa de uma amiga ou prima. No interior ou no continente... Alguém que possa ficar com você até o nascimento?

– Não tenho ninguém. Pelo menos ninguém que guardasse o segredo. – Ela apertou o lenço na mão. – Oh, se eu não tivesse sido tão idiota. Eu sabia que aquilo era errado, mas ele foi tão romântico; me chamou de musa. Fez eu me sentir...

Apreciada. Desejada. Amada.

A Srta. Palmer não precisava explicar. Emma sabia exatamente como a outra estava se sentindo.

– Você não deve ser tão dura consigo mesma. Não é a primeira jovem a confiar no homem errado, e não vai ser a última.

Mas, de algum modo, era sempre a mulher que pagava o preço.

Emma não tinha enfrentado a mesma situação delicada que a Srta. Palmer, mas ela também havia sido punida pelo simples crime de seguir seu coração. As lembranças ainda doíam – e a ideia de ver o mesmo destino cruel castigar outra jovem? Isso a fazia tremer de raiva diante de tanta injustiça.

– Emma – Madame Bissette ralhou do outro lado da cortina. – A bainha de Lady Edwina não vai se costurar sozinha.

– Um instante, madame – ela respondeu. Para a Srta. Palmer, ela sussurrou: – Volte na semana que vem para pegar seu vestido ajustado e nós conversaremos mais. Se houver qualquer coisa que eu possa fazer, vou ajudá-la.

– Não posso lhe pedir isso.

– Não precisa me pedir. – Emma estava decidida. Sua consciência não lhe permitiria menos. Ela pegou as mãos da Srta. Palmer e as apertou. – Aconteça o que acontecer, você não vai ficar sozinha. Eu juro.

Naquela tarde, a concentração de Emma estava tão dividida que nada saía direito. Duas vezes ela teve que desfazer os pontos tortos da bainha de Lady Edwina e refazê-los. Finalmente, chegou a hora de fechar.

– Você vem esta noite? – perguntou sua colega costureira depois que Madame Bissette se retirou para o apartamento no andar de cima. — Vai ter um baile no centro comunitário.

– Esta noite não, Fanny. Pode ir.

Emma não precisou dizer duas vezes. Fanny saiu pela porta assim que conseguiu soprar um beijo para a colega.

Em outro momento, ela teria apreciado uma rara oportunidade de dançar, mas não nessa noite. Emma não apenas estava muito preocupada com a Srta. Palmer como sua cabeça ainda girava devido ao acontecido na Casa Ashbury.

O duque devia estar rindo da própria esperteza até aquele instante. Casar com uma costureira? Ha-ha-ha. Que piada. Como ele *ousava*?

Emma sacudiu a cabeça para afastar a lembrança, dizendo a si mesma para não desperdiçar nem mais um pensamento com o duque. Ela tinha coisas mais importantes para fazer.

Pegou um toco de vela na gaveta da Madame Bissette, colocou-o sobre o balcão e bateu a pederneira o mais silenciosamente possível. Após procurar e encontrar um pedaço de papel pardo, ela o alisou com as mãos e mastigou um lápis usado, pensando. As cinturas tinham começado a baixar nessa temporada, afastando-se do estilo Império. Esconder uma barriga crescente seria mais difícil, mas Emma faria seu melhor.

Ela levou o lápis ao papel e começou a desenhar. A Srta. Palmer precisaria de um espartilho com espaço extra na parte de baixo... talvez um vestido com botõezinhos escondidos na linha da cintura, para expandir ou diminuir a saia. Uma peliça atraente era obrigatória – os adornos certos atrairiam os olhos para cima.

A tarefa absorveu tanto sua atenção que ela não reparou quanto tempo havia se passado até que alguém bateu na porta.

Blam-blam-blam.

Emma quase pulou para fora de sua pele com o susto e guardou os desenhos no bolso.

– Já fechamos.

As batidas ficaram mais altas. Mais insistentes.

Blam-blam-blam-blam.

Com um suspiro, Emma foi até a frente da loja, virou a chave na fechadura e abriu só uma fresta da porta.

– Desculpe, mas já fechamos a...

– Não fecharam para mim.

Ela se viu empurrada de lado por um homem que forçou a entrada. Ele vestia uma capa escura e uma cartola com a aba baixa, escondendo parte do rosto, mas ela o reconheceu no mesmo instante. Apenas um homem podia se comportar daquele modo arrogante.

O Duque de Ashbury.

– Srta. Gladstone. – Ele inclinou a cabeça no menor aceno possível. – Eu lhe disse que nos veríamos de novo.

Oh, Deus. Emma fechou a porta e virou a chave. Não havia nada mais a fazer naquele momento. Ela não podia deixar a porta entreaberta e se arriscar a ser vista sozinha com um cavalheiro.

– Vossa Graça, não posso receber visitas depois do expediente.

– Não sou uma visita. Sou um cliente. – Ele vagueou pelo ateliê, cutucando um manequim sem cabeça com sua bengala. – Preciso de um colete novo.

– Este é um ateliê de vestidos. Não fazemos roupas para cavalheiros.

– Muito bem, estou aqui para encomendar um vestido.

– Um vestido para quem?

– Isso importa? – Ele fez um gesto de aborrecimento. – Para uma mulher especialmente feia, mais ou menos do meu tamanho.

Bom Deus, o que aquele homem podia estar querendo? A zombaria do dia anterior não tinha bastado para satisfazê-lo? Ele não podia estar ali para pegar o vestido da Srta. Worthing.

Qualquer que fosse o objetivo dele, Emma iria cobrar um preço. Ele também teria que ter sua dose de humilhação.

Ela empurrou uma caixa até o centro da loja – a caixa em que as ladies subiam para ela marcar a bainha – e sinalizou para ele subir.

– Suba aí, então.

O duque ficou olhando para Emma.

– Se você quer um vestido... – ela começou.

– Não sou *eu* quem quer um vestido.

– Se a sua amiga muito feia, do tamanho de um duque, quer um vestido, vou precisar de medidas: manga, pescoço, cintura. – Ela arqueou a sobrancelha. – Busto.

Pronto. Com certeza ele iria fugir daquilo.

O que aconteceu foi que o canto não desfigurado da boca dele se levantou numa expressão de diversão. Ele colocou a bengala de lado e retirou a cartola. Depois a capa. Em seguida as luvas e, finalmente, o casaco. Sem tirar os olhos dela, o duque subiu na caixa e levantou os braços para os lados, com as palmas para cima. Como um ator no palco à espera dos aplausos.

– Bem? – ele exclamou. – Estou esperando.

Emma pegou a fita métrica. Ela tinha começado aquela farsa e não iria recuar.

– Como foi que encontrou este ateliê? – ela perguntou, desconfiada. – Você me seguiu?

– Eu sou um duque. É claro que não a segui. Eu *mandei* que seguissem você. É uma coisa inteiramente diferente.

Ela meneou a cabeça e desenrolou a fita métrica.

– Mas igualmente perturbadora.

– Perturbadora? Ontem você recusou uma vida de riqueza por duas libras e três xelins à vista, e depois fugiu da minha casa como se o lugar estivesse pegando fogo. Não lhe ocorreu que eu poderia ter vindo atrás de você devido a uma preocupação genuína com seu bem-estar?

Ela lhe deu um olhar de dúvida.

– Não estou dizendo que foi *isso*. Apenas que deveria lhe ter ocorrido.

Emma se colocou atrás dele e estendeu a fita métrica do ombro esquerdo até o punho, fazendo parecer que estava tomando a medida da manga. Na verdade, grande parte da concentração dela era consumida pelo esforço de ignorar a proximidade dele. Apenas uma camada de tecido fino engomado separava seu toque do corpo dele, e Emma não tinha nenhuma vontade de reviver aquele choque estonteante que os dois haviam experimentado na biblioteca da casa dele.

Você não pode ir embora agora. Estávamos começando a nos divertir.

Ela tirou a medida de um ombro a outro. Quando inspirou, Emma sentiu os aromas masculinos de sabão de barba e uma colônia complexa.

Nada disso a ajudava a se concentrar em seu problema.

– Você não está anotando as medidas – ele observou.

– Não preciso. Eu vou me lembrar.

Infelizmente. Quer ela gostasse disso ou não, Emma sabia que esse encontro ficaria gravado em sua memória para sempre. Se não para sempre, pelo menos até ela estar velha e fraca da cabeça o bastante para entabular conversas com uma abóbora.

Ela colocou a fita na vertical e pôs uma das extremidades na nuca dele. Um erro. Agora, além de todas aquelas lembranças indesejadas, Emma teria que acrescentar a sensação de tocar o cabelo curto dele. A textura era de veludo caro, com fibras densas e confortáveis.

Veludo, Emma? Sério?

– Estamos quase terminando. Vou medir o peito, agora. – Ela segurou a fita métrica sobre o tórax dele, passando-a pelas costas de cetim do colete e puxando-a pelo outro lado, fazendo as duas pontas se encontrarem sobre o esterno do duque.

Ela apertou a fita. Ele fez uma careta. Ótimo.

Pronto, ela tinha prendido a fera. Então por que Emma se sentia prisioneira dele?

Não eram as cicatrizes que a intimidavam. Muito pelo contrário. Assim tão perto, ela não conseguia observar os dois lados dele ao mesmo tempo. Era preciso escolher um.

Emma soube, com o coração pesado, qual lado a atrairia. Havia duas abordagens para se ter sucesso costurando vestidos – encontrar os defeitos na pessoa e escondê-los, ou ressaltar a beleza oculta. Ela sempre acreditou na segunda abordagem, e, oh, essa crença tinha se voltado contra ela, agora.

Não faça isso, Emma. Não dê nem uma pitada de esperança ao seu coração tolo, ou vai acabar toda enrolada.

Mas era tarde demais. Quando ergueu os olhos para ele, tudo que Emma conseguiu ver foi um homem com olhos azuis penetrantes e um coração escondido que batia num ritmo forte e provocador.

Um homem com necessidades. Desejos. Um homem que a tinha segurado no dia anterior, e agora... agora dava todos os sinais de que estava se aproximando para um beijo.

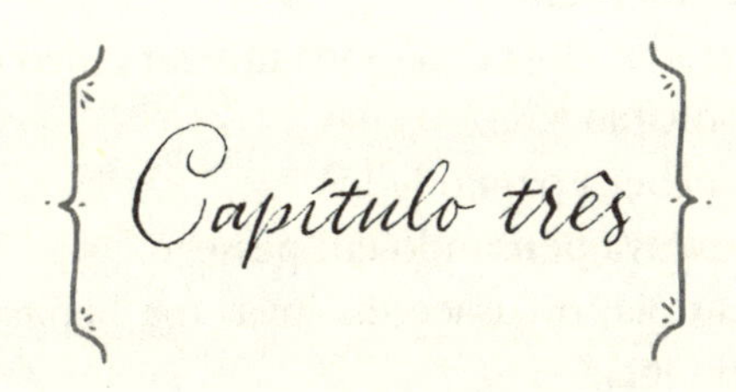

Capítulo três

Ash nunca quis tanto beijar uma mulher.

Ele queria beijá-la tanto que podia até sentir o sabor. Devoraria a doçura rosada daqueles lábios, acariciaria todas as palavras azedas na ponta daquela língua. Iria lhe ensinar uma ou duas lições, deixando-a ofegante. Trêmula.

Queria fazer mais do que a beijar, claro. Quando se inclinou para frente, ele conseguiu espiar por entre o vão do lenço dela e enxergar o vale entre os seios – aquela fenda escura, perfumada, que continha tantas promessas de prazer.

Pela mão de Vênus.

Alguns anos atrás, ele a teria beijado. E mais. Ele a atrairia com uma campanha de pequenos presentes e uma sedução bem-humorada. Ela iria para a cama dele entusiasmada, ávida até. E então eles se descobririam por completo.

Mas isso estava no passado. O bom-humor encantador dele tinha sido substituído por uma raiva fumegante, e seu rosto, outrora atraente, fora desfigurado. Nenhuma mulher seria atraída pelos beijos de um desgraçado amargurado e monstruoso.

Não importava. Ele não precisava atrair uma amante. Precisava de uma esposa. Com quem se casaria e faria sexo. Depois que ela engravidasse de seu herdeiro, era só escondê-la no interior do país. Fim da história.

Ash se endireitou, arqueando uma sobrancelha com ironia. Felizmente, ele ainda possuía uma sobrancelha intacta. Seria difícil ser um duque sem uma sobrancelha para arquear com ironia.

Ela soltou a fita métrica.

– Escolha o tecido na loja e mande entregar cinco metros aqui. Com suas cores, sugiro brocado rosa.

Ele inclinou a cabeça para o lado.

– Mesmo? Eu estava pensando em pêssego.

Ela pegou a cartola, o casaco, as luvas e a bengala dele e colocou tudo nas mãos do duque.

– Agora devo lhe pedir que vá embora. Preciso ir para casa.

– Podemos fazer essas duas coisas ao mesmo tempo. Eu a levo para casa. Minha carruagem está aí fora.

– Obrigada, eu prefiro andar.

– Ainda mais conveniente. Meus pés estão mais perto do que a carruagem.

Ela se encaminhou para a saída nos fundos da loja. Ash vestiu casaco, capa, luvas, chapéu e saiu atrás dela numa viela úmida e fedorenta. Com suas longas passadas maiores que as dela, ele logo a alcançou.

Os sapatos dela estalavam nos paralelepípedos da rua, produzindo um tamborilar irritado.

– Não vou ser sua amante. Meu corpo não está disponível para negócios.

– Isso não pode ser totalmente verdade. Você é uma costureira, certo? Seus dedos podem ser alugados.

– Se você não sabe a diferença entre os dedos e o útero de uma mulher, com certeza não irei dividir uma cama com você.

Depois de um instante de perplexidade, ele riu. O som saiu esquisito, enferrujado. Ash imaginou que estava lhe faltando prática.

– Eu sei a diferença. – Ele pegou a mão sem luva de Emma e passou o polegar pelas pontas dos dedos. – Pode acreditar que não vou confundir as coisas.

Ele encontrou um calo na ponta do indicador, o que o deixou bravo. A filha de um cavalheiro deveria ter mãos macias, mas a vida tinha endurecido aquela costureira de vários e pequenos modos. Ele teve a vontade perturbadora de levar a mão dela aos lábios e afastar toda aquela dor com beijos.

Emma prendeu a respiração, como se pudesse ler os pensamentos dele. Ou talvez seus próprios pensamentos a tivessem assustado. Ela puxou a mão.

– O que você está querendo? Só me atormentar mais um pouco?

– Não, esse não é meu objetivo. Embora eu desconfie que, ao longo do tempo, essa será uma consequência inevitável.

Ela soltou um grunhido.

Ash ficou excitado com esse ruído. Não que fosse dizer isso a ela, pois estava preocupado demais com o modo com que Emma se abraçava e tremia.

– Onde está sua capa? – ele perguntou.

– Esqueci na sua casa, ontem.

– Bem, espero que isso lhe ensine uma lição sobre saídas dramáticas.

Ash tirou sua capa e a colocou nos ombros dela, prendendo as pontas de um modo que a deixou parecendo um pinguim.

– Venha, então. – Ele a girou pelos ombros e a fez apertar o passo.

Oferecer-lhe a capa não foi um mero gesto cavalheiresco. Foi autoproteção, também. Ele estava de luvas, mas o couro era fino demais, maleável demais. Sem a barreira proporcionada pela capa, ele ainda era capaz de senti-la. E Ash não queria reviver o choque visceral que o sacudiu na biblioteca.

– Agora – ele disse –, por favor preste atenção. Não me lembro de dizer nada com relação a amante. Acredito ter usado a palavra "duquesa". – Ele apontou para a ruela decadente em que estavam. – Eu não viria até aqui caso meu objetivo fosse outro.

– Você não pode estar falando sério. Não verdadeiramente, honestamente, sinceramente, decentemente, corretamente.

Ele deixou que se passassem alguns momentos.

– Acabou sua lista de advérbios? Eu detestaria interrompê-la.

O pequeno pinguim ao lado dele pulou de nervosismo.

Ele também estava nervoso. A julgar pela insistência com que Ema negava a possibilidade de ele querê-la de verdade, Ash desconfiou que algum outro homem a tinha feito se sentir indesejável. *Isso* o deixou furioso.

– Escute aqui, Emma.

Vejam só, ele já estava pensando nela como Emma. Um nomezinho pequeno e teimoso, Emma. Combinava com ela.

– A resposta é sim – ele disse. – Estou falando sério. Verdadeiramente, honestamente, sinceramente, decentemente, corretamente. E quero que você seja completamente minha.

Emma perdeu o equilíbrio e quase caiu de cara no carrinho de um vendedor de maçãs.

Ela se endireitou, mas não antes que a mão do duque disparasse em sua direção para segurá-la. Ele não a soltou. De fato, segurou-a com mais força e a guiou ao redor do carrinho, colocando seu corpo entre ela e uma carruagem que passava.

Ashbury se movia com rapidez, e ela tinha dificuldade para acompanhar o passo dele. Na verdade, estava com dificuldade para acompanhá-lo desde o momento em que havia entrado na biblioteca. Emma lutava para compreender as intenções do duque, duelava com a ironia dele. Adaptava-se às reações do próprio corpo. Ele era exaustivo. Mais que um homem, ele era um ginásio.

– Se é uma esposa que deseja – ela disse –, com certeza pode encontrar muitas mulheres, ladies bem-nascidas, que estariam dispostas a casar com você.

– Sim, mas eu teria que *encontrá-las*. Isto aqui vai me economizar muito esforço.

Ela deu um olhar enviesado para ele.

– Você consegue escutar o que está dizendo? Não consegue perceber como soa insultuoso?

– Prefiro pensar que soo eficiente. Estou lhe oferecendo um título e fortuna. Tudo o que você tem que fazer é ficar deitada no escuro, depois passar nove meses crescendo como um carrapato. O que poderia impedir qualquer mulher de aceitar esse acordo?

– O quê, não é mesmo? Talvez a falta de disposição para se tornar uma égua reprodutora.

Eles saíram da calçada e atravessaram a rua.

– Uma égua reprodutora. Hum. Não sei se desgosto da comparação. Se você fosse uma égua reprodutora, isso faria de mim o garanhão.

– E é esse – ela exclamou – o resumo da ópera sobre a injustiça do mundo.

Ash ignorou o rompante dela.

– Pensando bem, prefiro "reprodutor".

– Deixe para lá os cavalos! – Ela soltou um ruído sufocado de frustração. – É absurda a simples sugestão de que podemos nos casar. Mal nos conhecemos. E o pouco que conhecemos um do outro nós não gostamos.

– Não tenho conhecimento de como se costuma cortejar uma mulher lá na sua vilazinha pitoresca do interior. No meu nível social, contudo, o casamento envolve duas preocupações: linhagem e finanças. O que estou lhe oferecendo é um casamento de conveniência. Você vive na pobreza e eu – ele pôs a mão no peito – tenho muito dinheiro. Eu preciso de um herdeiro, e você – ele gesticulou na direção dela com um floreio – tem a capacidade de gerar um. Não é necessário que gostemos um do outro. Assim que a criança for concebida, seguiremos caminhos separados.

– Caminhos separados? – ela repetiu.

– Você teria sua própria casa no interior. Então você não seria mais necessária para mim.

Quando eles viraram numa rua movimentada, ele baixou a aba da cartola e virou para cima o colarinho do casaco. A noite estava caindo, mas a lua brilhava. Era óbvio que ele não queria chamar atenção. Uma brisa de simpatia entrou no coração de Emma como um visitante indesejado.

– Você está supondo – ela continuou – que seu bebê imaginário seria menino. E se tivermos uma menina? Ou cinco?

Ele deu de ombros.

– Você é filha de um vigário. Reze para ter um menino.

– E você é horrível.

– Se vamos começar a apontar os defeitos do outro, você é irracional. Está deixando o orgulho obscurecer seu bom senso. Poupe o esforço gasto na argumentação e vá logo para a conclusão inevitável.

– Eu concluo que esta conversa é uma loucura. Não compreendo por que você continua falando como se fosse casar comigo.

– E eu não compreendo por que *você* continua falando como se eu não fosse me casar com você.

– Você é um duque. Eu sou uma costureira. O que mais há para ser dito?

Ele levantou a mão e foi contando nos dedos:

– Você é uma mulher saudável em idade de procriar. Você é filha de um cavalheiro. É bem-educada. É passavelmente bonita. Não que isso pudesse ser um problema para mim, mas a criança precisa ter pelo menos um dos pais com uma aparência apreciável. – Ele chegou ao último dedo. – E você está aqui. Todas as minhas exigências estão satisfeitas. Você serve.

Emma ficou olhando para ele, incrédula. Aquele foi, provavelmente, o pior pedido de casamento que ela poderia imaginar. O homem era cínico, insensível, desdenhoso e grosseiro.

E ela iria, com certeza, se casar com ele.

Contra toda lógica, e contra tudo o que ela conhecia da sociedade, o duque parecia estar lhe fazendo um pedido real de casamento. Emma teria que ser a maior boboca da Inglaterra para recusar.

Costureiras não tinham muitas perspectivas a longo prazo. Os anos de trabalho minucioso com a agulha cansavam os olhos e endureciam os dedos. Emma sabia que sua melhor chance – talvez sua única chance

– de conseguir alguma segurança era por meio do casamento. Ela seria uma tola de recusar qualquer duque, mesmo que fosse um septuagenário entrevado com maus hábitos de higiene.

O duque em questão não era nada disso. Apesar de seus *muitos* defeitos, Ashbury era forte, estava no auge da vida e possuía um cheiro divino. Ele lhe oferecia segurança, pelo menos uma criança para amar... E uma casa. Uma casa sossegada, só dela, no interior. Exatamente o tipo de coisa que permitiria que ela ajudasse a Srta. Palmer, num momento em que a pobre moça não tinha mais ninguém.

O duque foi diminuindo o passo até parar de supetão.

– Pardelhas! Isso não está certo.

Droga. Isso a ensinaria a não sonhar, nem mesmo por um segundo. Ele tinha caído em si, afinal. Esse era o momento em que ele a mandaria embora, e ela terminaria como uma velha nas docas, costurando camisas de marinheiros por qualquer trocado e murmurando que poderia ter sido uma duquesa.

– Nós estamos no meio do Parque St. James – ele disse.

– Estamos? – Ela observou os arredores: a grama seca do outono, os galhos das árvores quase nus. – Acho que estamos. O que é pardelhas?

– É o mesmo que "por Deus!". E você se diz filha de um vigário? Seu pai ficaria horrorizado.

– Acredite em mim, não seria nenhuma novidade.

– Onde é que você mora, afinal?

– Num sótão duas casas depois do ateliê.

– E nós viemos parar aqui porque...

Ela mordeu o lábio.

– Eu esperava despistar você. Mas mudei de ideia.

– Mudou, não é mesmo? – Demonstrando impaciência, ele a puxou para o lado, guiando-a com uma das mãos nas costas dela. – Você sabe o tipo de escória que se esconde no Parque St. James à noite?

– Na verdade, não.

– Reze para não ter a oportunidade de descobrir.

– Está apenas começando a anoitecer. Tenho certeza de que ficaremos...

Ela não teve tempo de completar o raciocínio. Uma dupla de homens emergiu das sombras, quase como se o duque os tivesse contratado para provar o que dizia.

E pela cara dos homens, eles esperavam ser pagos.

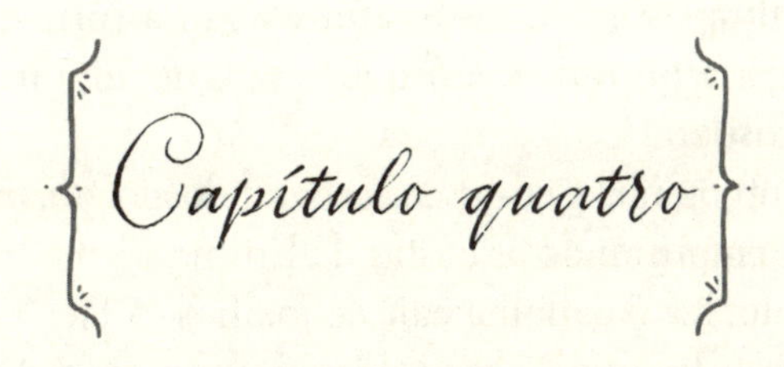

Capítulo quatro

Ash odiava ter razão sempre.

Ele se colocou entre os homens e Emma, mantendo uma mão nas costas dela e empunhando a bengala com a outra.

– Bem? – ele provocou. – Andem logo com isso. Digam-me o que querem, para que eu possa lhes dizer logo para irem se danar, e assim podemos todos continuar com nossas vidas. Estou deveras atarefado esta noite.

– Jogue a bolsa, chefe. Relógios e anéis também.

– Vão se danar. Pronto. Viu como foi fácil? – Ele passou o braço ao redor dos ombros de Emma. – Vamos andando.

O segundo homem mostrou uma faca.

– Espere aí. Eu não tentaria nenhuma esperteza.

– Claro que não – Ash respondeu, irônico. – Você iria se machucar, se tentasse.

O homem com a faca arriscou uma estocada na direção das costelas de Ash.

– Cale a boca e entregue logo suas moedas e joias, a não ser que goste da ideia de sangrar até a morte na frente da sua vagabunda.

Sua *vagabunda*?

– Não se preocupe, moça. – O primeiro homem riu enquanto enrolava um pedaço de corda em uma das mãos e apertando-o com a outra. – Vai ser nosso prazer tirar você das mãos desse almofadinha.

Um rugido selvagem brotou da garganta de Ash.

– Com o diabo que vão. – Brandindo a bengala como uma espada, ele cortou o ar com um arco amplo, forçando os bandidos a recuar. – Toquem nela e irão pagar com a vida, seus vermes vira-latas.

Ele tinha ultrapassado a raiva, atravessado a fúria e alcançado um estado de selvageria primitiva, em que o sangue adquiria cores que ele não sabia que existiam.

A lâmina cintilou no lusco-fusco. O bandido atacou, mas Ash se esquivou para o lado, empurrando as costas de Emma com o braço livre. Com um golpe violento, fez o canalha cair de joelhos. A faca caiu na grama.

Virando-se, ele levantou a bengala mais uma vez, preparando-se para acertar o outro ladrão com um golpe forte o bastante para esmagar ossos.

Antes que ele descesse o porrete, uma rajada de vento levou seu chapéu.

Ao mesmo tempo, os bandidos se retraíram.

– Meu bom Jesus – um deles sussurrou.

– Pelas chagas de Cristo – exclamou o que estava caído, recuando ainda de quatro. – Esse só pode ser o diabo.

Ash parou, fumegando com uma ira que queimava seus pulmões, o porrete no ar, pronto para distribuir violência. Contudo, a violência não parecia mais ser necessária. Após um silêncio tenso, ele baixou a bengala.

– Vão embora.

Nenhum dos dois arriscou se mexer.

– Vão embora! – ele rugiu. – Arrastem-se de volta para o buraco de onde saíram, seus covardes filhos da puta, ou juro que vocês irão *implorar* para que o diabo leve suas almas.

Atabalhoadamente, os dois saíram em disparada. Nunca uma vitória foi tão insípida.

Ash vinha se iludindo. Isso ficou bem claro. Sua aparência era tão repulsiva como ele temia, se não pior. Aqueles dois eram bandidos cruéis, e ele os fez correr para a sarjeta como dois camundongos. E esperava que uma jovem linda e inteligente ficasse encantada com sua proposta de casamento?

Todos o rejeitariam. Nenhuma mulher com o mínimo de bom senso iria querê-lo. Quando ele se virasse, Emma teria desaparecido. Com certeza.

O duque não sabia de nada.

Emma continuava ali, brandindo um galho de árvore com as duas mãos enquanto observava os facínoras fugindo. A capa tinha escorregado dos ombros dela, e sua respiração produzia nuvens iradas de vapor no ar frio.

Ela soltou o galho, afinal, depois foi recolher o chapéu dele onde tinha caído, alguns passos adiante.

– Você está bem? Não se feriu?

Ash a encarou, aturdido. A pergunta dela não fazia sentido. Nada daquilo fazia qualquer sentido.

Emma não apenas não tinha fugido, como estava preparada para *defendê-lo* – por mais que isso soasse absurdo. Não sabia o que fazer com ela, e não tinha a ideia mais tênue do que fazer consigo mesmo. Ele não pôde deixar de sentir...

Não pôde deixar de *sentir*. Todos os tipos de emoções, e todas ao mesmo tempo.

Para começar, ele se sentia vagamente insultado pela sugestão de que poderia *precisar* da ajuda de uma garota frágil. Isso levou a um desejo crescente de possuí-la, para mostrar quem protegia quem naquela relação. E então, por baixo de todas as outras, havia uma emoção discreta, inefável, que o fazia querer deixar o orgulho de lado, descansar a cabeça no colo dela e chorar.

Esse terceiro sentimento, claro, era inconcebível. Nunca iria acontecer. Apesar de tudo, a decisão estava tomada. Ela havia selado seu próprio destino.

Se pretendia fugir dele, Emma Gladstone tinha perdido sua oportunidade.

Porque de jeito nenhum ele a deixaria escapar.

Emma sentiu a mudança nele. O endurecimento do maxilar. O arquejar furioso. Não restava azul nos olhos dele, mas apenas um preto frio e brilhante.

Ashbury tinha sido intenso desde o começo, mas agora estava... tão profundamente intenso que ela não conseguia encontrar uma palavra para descrevê-lo. Mas ela conseguia sentir. Oh, como ela sentia, da cabeça aos pés. Cada pelo de seu corpo eriçado, cada nervo em alerta.

O corpo dela sabia que algo aconteceria. Mas a cabeça não fazia ideia do que seria – exceto que envolveria a liberação de uma energia formidável.

– Seu chapéu – ela disse. Como se fosse necessário explicar que o objeto nas mãos dela era, de fato, um chapéu, e não, digamos, uma costeleta de carneiro.

Ele pegou o chapéu. Ele pegou a capa onde tinha caído, na grama úmida. Então, ele pegou-*a*.

Ashbury não lhe ofereceu seu braço, como ditavam as boas-maneiras de um cavalheiro. Mas a agarrou pelo cotovelo, levando-a na direção da rua.

– Sinto muito que tenha sido obrigada a ver isso.

– Eu não – ela murmurou.

Não que Emma estivesse feliz por eles terem sido atacados por ladrões. Isso tinha sido aterrorizador, e ela não desejava nunca mais passar pela experiência. Porém, contando com o benefício de eles terem escapado incólumes, ela pôde revisitar a lembrança e sentir uma emoção pelo instinto protetor que o duque demonstrou para com ela, também pela precisão furiosa com que ele despachou os dois malfeitores.

Ninguém nunca a tinha protegido daquele modo.

Se ela já sentia alguma atração por ele antes – e Emma *sentiu-se* atraída, ainda que a contragosto –, o sentimento aumentou cem vezes.

– Sou eu quem deve se desculpar – ela disse. – Foi tudo culpa minha. Não estaríamos aqui, neste parque, se eu...

– Se eu tivesse prestado a mínima atenção. A culpa foi minha. – Ele a conduziu para fora do parque sem falar mais. No próximo cruzamento, ele acenou para um cabriolé de aluguel. – Você vai para casa. Minha carruagem irá buscá-la amanhã. Apronte suas coisas.

O ar sumiu dos pulmões dela.

– Espere. O que você está dizendo?

– De lá você irá para um hotel. Mivart's, creio.

Mivart's. O hotel mais requintado e luxuoso de Mayfair. Emma tinha estado lá uma vez, para fazer a bainha do vestido de uma baronesa austríaca. Ela nunca imaginou que ficaria hospedada em um lugar daqueles.

– Mandarei buscá-la assim que os advogados terminarem os contratos. – O duque abriu a porta do cabriolé e ajudou Emma a entrar. – A cerimônia será na Casa Ashbury.

– Mas... mas...

Ele deu instruções ao condutor do cabriolé, então foi até a lateral e segurou a porta, pronto para fechá-la com Emma dentro do veículo.

– Pensando bem – ele disse –, *não* arrume suas coisas. Vou comprar tudo novo para você. Não preciso de batatas mofadas.

Ela colocou o pé na abertura da porta antes que ele a fechasse.

– Espere.

– O quê? – Ele a encarou.

Excelente pergunta. Emma não tinha a menor ideia do quê. Só que tudo aquilo estava acontecendo tão rápido. Rápido demais. A vida dela estava girando e Emma não sabia como fazê-la parar. Mas ela precisava de algo em que se segurar.

– Eu... eu insisto em levar um gato.

Ele emitiu um som de rematado desgosto.

– Um *gato*.

– Sim, um gato. O meu gato.

Emma, sua idiota. Você nem tem um gato.

Ela decidiu que encontraria um. Se teria que entrar num casamento sem qualquer promessa de afeto, e ainda morar naquela casa imensa e elegante, ela precisaria de pelo menos um aliado. O que seria melhor do que um gatinho fofo de olhos grandes?

– Para uma noiva de conveniência, você está dando muito trabalho. – Ele enfiou o pé dela para dentro do cabriolé, depois apontou o dedo para ela antes de fechar a porta. – É melhor que esse seu gato saiba se comportar.

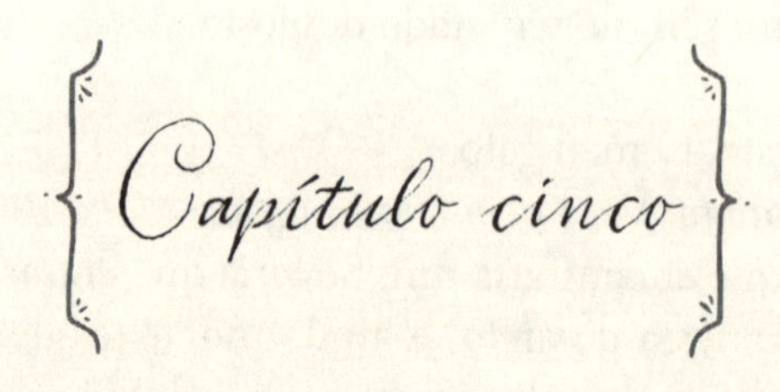

Capítulo cinco

Aquele gato era a criatura mais imunda, nojenta e repulsiva que Ashbury tinha visto em toda a vida, a não ser nas raras ocasiões em que ele se viu refletido no espelho. O bichano era pouco mais que um amontoado de ossos ensacados por uma pelagem cor de sujeira, sem dúvida infestada de pulgas.

Sua futura esposa segurava o animal com as duas mãos, mantendo-o à frente do corpo como se fosse um buquê de noiva.

Excelente. Como é que diziam? Uma coisa velha, uma nova, uma emprestada e uma miando.

Ash fez uma careta de escárnio para aquela coisa. A criatura chiou para ele em resposta. A repulsa parecia ser mútua.

– Isso tem um nome? – ele perguntou.

Ela arregalou os olhos, como se espantada com a pergunta.

– O quê?

– Um nome. Esse gato tem um nome?

– Ah. Claro. O nome dele é Calças.

– *Calças?*

– Não foi o que eu disse? – Ela não mostrava indícios de que soltaria a fera. Apenas olhou ao redor. – Onde vamos dizer nossos votos? Na biblioteca?

– Você não está querendo ficar com essa coisa durante a cerimônia, está?

– Mas eu tenho medo de que, se eu o puser no chão, ele fuja. Além do mais, ele quer ser uma testemunha. Não quer, Calças? – Ela virou o focinho do gato para si e fez um bico de beijo. – Este é o Duque de Ashbury. Você não está gostando de conhecer o duque? – Ela pegou a pata do bicho e fez um aceno na direção de Ash. – Ele é muito amistoso.

O gato fez um movimento de ataque assustador com a garra. Certo. Aquilo bastava.

Ash estendeu os braços, fez força para tirar o animal das mãos dela e o colocou no chão. A fera cinzenta saiu em disparada no mesmo instante.

– Esta casa é enorme – ela protestou. – Ele pode ficar perdido durante dias.

– Essa é nossa única esperança.

Ele puxou a frente do colete e se virou para observar sua noiva. De todos os inconvenientes do gato, o pior era ter ficado na frente dela. Até então, Ash só a tinha visto de dois modos: primeiro, vestindo uma coisa feita de pingentes doentios e, depois, um vestido modesto de trabalho no ateliê.

O vestido de dia que ela estava usando era simples, mas um alívio bem-vindo para seus olhos famintos por beleza. Era feito de lã num tom profundo de azul que a valorizava. O caimento era perfeito, o que não deveria ser uma surpresa, já que provavelmente ela mesma o tinha costurado. O vestido abraçava Emma em todos os melhores lugares. As mangas eram longas e ela tinha colocado uma renda delicada nos punhos. Só um toque de doçura, como a leve cobertura de açúcar de confeiteiro num bolo. Era um encanto.

Não, não. *Encanto?* Ele tinha mesmo pensado nessa palavra? Ash não estava encantado. Ele nunca ficava encantado. Bah.

Ele estava excitado, só isso. Ansioso para acabar com um celibato interminável. Admirou o vestido dela por uma única razão: a peça ficaria bonita amontoada no chão.

Uma pena que ele não teria a oportunidade de ver a roupa dessa forma. Estaria escuro quando ele visitasse a cama dela à noite.

Os lábios de pétala de rosa se moveram. Droga, isso significava que tinha ficado olhando fixamente para eles. E ele não tinha ouvido o que ela disse.

– O pároco está esperando na sala de visitas – ele disse.

Ela hesitou.

Ele se preparou para ouvi-la dizer: *Não posso fazer isso!* Ou: *O que eu estava pensando?* Ou ainda: *Prefiro morar ao relento e passar fome, muito obrigada.*

– Onde fica a sala de visitas? – Foi só o que ela disse.

Com um suspiro de alívio, ele se virou e lhe ofereceu o braço.

– Por aqui.

Os passos dela não foram exatamente leves, mas Ash não podia criticá-la por isso. Sem dúvida, Emma preferiria se casar por amor, e ele iria arrancar esse sonho dos dedinhos dela, vermelhos de tanto trabalhar, substituindo o noivo bonito e charmoso por um monstro genioso.

Uma pontada de culpa acertou-o no flanco.

Ele precisava ignorar a própria consciência. A guerra tinha lhe ensinado duas coisas: primeiro, a vida era fugaz; segundo, o dever não era. Se ele morresse sem deixar herdeiros, seu primo estúpido devoraria as terras, tomando todas as decisões apenas para seu próprio proveito e enriquecimento. E Ash decepcionaria milhares de pessoas que dependiam dele.

E se decepcionasse toda essa gente, não seria o homem que seu pai criou. Essa era a possibilidade mais aterradora.

A ironia da situação o atingiu quando eles entraram na sala de visitas.

Era *ele* quem estava se casando por amor. Só que não pelo amor dela.

Aquele não era exatamente o casamento dos seus sonhos de adolescente. Emma tinha se imaginado casando numa igreja lotada de amigos, vizinhos, parentes. Sonhara com usar fitas cor-de-rosa e uma coroa de flores na cabeça. Mas tinha abandonado aquela fantasia juvenil anos atrás.

Na sala de visitas não havia convidados nem flores – apenas o pároco, o mordomo, a governanta e uma quantidade assustadora de papéis à espera da assinatura dela. Emma folheou os documentos, intimidada. Pensou que não havia melhor modo de começar do que pelo início.

Estava apenas no meio da segunda página quando a paciência do duque acabou.

– O que você está fazendo? – ele perguntou. – Está *lendo* essa coisa?

– É claro que estou lendo o documento. Não assino nada sem ler antes. Você assina?

– É uma coisa totalmente diferente. Eu posso ter algo a perder.

E Emma, não. Essa era a clara sugestão do duque. Na verdade, seria difícil contestar essa ideia. Ela já tinha deixado para trás o emprego, seu quarto no sótão e a maioria de seus pertences.

Ash deixou que ela continuasse lendo, resignando-se a andar em círculos na outra extremidade da sala de visitas. Emma teve a estranha suspeita de que ele podia estar tão nervoso quanto ela.

Não, não podia ser. Era mais provável que estivesse ansioso para resolver logo aquilo.

– Posso ajudar, Srta. Gladstone? – a pergunta sussurrada veio de perto. – Eu sei como essas pilhas de papel podem ser pesadas.

Ela ergueu os olhos e encontrou o mordomo parado ao seu lado, a quem tinha conhecido no outro dia. Qual era o nome dele? Sr. Khan, ela acreditava.

Mas o que Emma sabia com certeza era que havia gostado dele de imediato. O mordomo tinha pele cor-de-bronze, falava com um sotaque indiano cadenciado e usava o cabelo grisalho com um repartido tão reto quanto sua postura. Ele a tinha tratado com gentileza, mesmo quando apareceu à porta sem convite nem cartão de visita. Na verdade, ele pareceu estranhamente encantado por vê-la.

– O duque não é sempre assim – Khan confidenciou, entregando-lhe um novo maço de papéis.

– Não? – Emma agarrou-se àquele fio de esperança.

– Geralmente é bem pior. – Com um olhar por sobre o ombro, o mordomo trocou um maço de papéis por outro. – Ele tem vivido sozinho e está decidido a continuar assim. Não confia em ninguém, mas respeita quem o desafia. Desconfio que seja por isso que você está aqui. Ele está sempre bravo, ressentido, entediado e com mais dor do que demonstra. E você pode ser a salvação dele... ou ele pode ser sua ruína.

Ela engoliu em seco.

– Se adianta alguma coisa – Khan continuou –, toda a criadagem está torcendo pela salvação.

– Adianta sim. Eu acho.

Emma estava certa de que não possuía o necessário para "ser a salvação" de um duque. Contudo, se Khan queria ajudá-la, ela não iria reclamar. Emma precisava ter um amigo na casa, e era evidente que não seria seu marido.

Nem o gato, onde quer que estivesse.

– O que está acontecendo aí? – o homem em questão quis saber.

– Nada – ela respondeu. – Quero dizer, estou quase terminando. – Para o mordomo, ela sussurrou: – Você tem algum conselho?

– Acho que é tarde demais para você fugir.

– Além disso.

– Beber muito? Alguém na casa deveria, mas eu não posso.

– Khan, chega de ficar parado e faça algo útil. Pegue a Bíblia da família.

O mordomo se endireitou.

– Sim, Vossa Graça.

A piscada sutil que Khan deu para ela ao se afastar foi de compaixão. *Estamos nisto juntos, agora,* o gesto parecia dizer.

Ela pegou a caneta.

Depois que terminou de assinar todos os contratos, o pároco pigarreou.

– Estamos prontos para começar, Vossa Graça?

– Por Deus, sim. Vamos logo com isso.

Quando ela e o duque se colocaram lado a lado, Emma não resistiu a dar uma olhadela para seu noivo. Virado para ela estava o perfil não machucado. Determinado e atraente, sem nenhum traço de dúvida em suas feições.

Então, de repente, ele virou a cabeça, mostrando suas cicatrizes. Constrangida por ter sido pega encarando-o, ela virou o rosto – e soube, no mesmo instante, que desviar o olhar foi a coisa errada a fazer.

Muito bem, Emma. Essa foi ótima. Isso não vai ofendê-lo nem um pouco.

Enquanto eles declaravam seus votos, o duque pegou a mão dela para enfiar um anel de ouro em seu dedo. O toque foi firme, sem sentimento, como se ele estivesse apenas tomando posse de algo. Os dois criados assinaram como testemunhas, e então saíram, acompanhando o pároco.

Eles ficaram sozinhos, todos os três: Emma, o duque e um silêncio pesado e constrangedor.

– Bem, está feito – ele disse, juntando as mãos.

– Acho que sim.

– Vou mandar a criada levar um lanche para seus aposentos. Você precisa descansar.

Quando ele se virou para sair, Emma pôs a mão no braço dele, detendo-o. Ashbury se virou.

– O que foi?

Aquilo não foi uma pergunta, mas uma bronca.

Ela dominou os próprios nervos.

– Eu quero jantar.

– É claro que você vai jantar. Imagina que pretendo matá-la de fome? Isso iria contra o meu objetivo de ter uma criança sadia.

– Não estou dizendo que desejo apenas ser *alimentada*. Eu gostaria que nós dois jantássemos juntos. Não só esta noite, mas sempre. Jantares de verdade, com vários pratos. E conversa.

Pela expressão dele, alguém poderia imaginar que ela tinha sugerido cirurgias abdominais todas as noites. Realizadas com agulha de tricô e colher.

– E por que você quer algo *assim*?

– Precisa existir algo mais do que acasalamento entre nós. Precisamos nos conhecer, pelo menos um pouco. Do contrário irei me sentir como se fosse uma...

– Uma égua de reprodução. Sim, eu me lembro. – Ele olhou para o lado, suspirou e voltou a olhar para ela. – Muito bem, nós iremos jantar juntos. Mas vamos deixar algumas coisas claras desde já. Este é um casamento de conveniência.

– Foi o que combinamos.

– Não vai envolver nenhum afeto. Na verdade, todas as precauções serão tomadas contra isso.

– Estou surpresa por você acreditar que vamos precisar de precauções.

– Apenas uma coisa será exigida de você: deve permitir que eu visite seu leito. Tenho plena consciência da minha aparência repulsiva. Você não precisa temer nenhuma atitude grosseira ou lasciva da minha parte. Nada de luzes, nada de beijos. E, claro, depois que estiver grávida do meu herdeiro, chega.

Aquilo deixou Emma estarrecida. Nada de beijos? Nada de luzes? Por causa da "aparência repulsiva" dele?

A dor contida naquela ladainha a emocionou. A rejeição por Annabelle Worthing devia ter sido um golpe violento. Mesmo que ele tivesse se convencido de que suas cicatrizes eram intoleravelmente repulsivas... Emma era a esposa dele agora e se recusava a aceitar essa ideia. Ela sabia qual era a sensação de ser uma pária.

Ele se virou para sair. De novo, ela o deteve.

– Mais uma coisa. Eu quero que você me beije.

Emma ficou morta de vergonha pelo modo como falou aquilo, mas estava feito – e agora ela não podia recuar. Se cedesse naquele ponto, nunca mais recuperaria o pouco que podia ter conquistado.

– Você estava prestando atenção? Eu acabei de estipular que não haveria beijos.

– Você falou de beijos na cama – ela observou. – Não estamos na cama. Eu prometo, só vou pedir uma vez.

Ele passou a mão pelo rosto.

– Jantar. Beijos. Isso é o que se consegue casando com a filha de um vigário do interior. Ideias românticas juvenis.

– Acredite em mim, ser a filha de um vigário do interior não me ajudou em *nada* a ter ideias românticas.

Rameira. Vagabunda. Prostituta.

As palavras cruéis vieram em sussurros dos cantos escuros de sua memória. Ela as abafou, como tinha aprendido a fazer ao longo dos anos. Talvez um dia conseguisse esquecê-las por completo.

– Eu posso ficar sem um anel de brilhante, sem festa, ou mesmo sem um vestido de noiva – ela disse. – Só estou pedindo esse pequeno gesto, para fazer com que a coisa toda seja menos... fria. Para que pareça um casamento de verdade.

– *Foi* um casamento de verdade. Os votos são absolutamente legais e vinculantes. Um casamento não precisa de beijos.

– Acho que o *meu* casamento precisa. – A voz dela ganhou força. – Uma mulher só tem uma cerimônia dessas na vida, e por mais apressada e contratual que a minha tenha sido até aqui, eu agradeceria um pequeno gesto que me fizesse sentir um pouco diferente de um bem que acabou de ser adquirido.

Emma observou atentamente a reação dele, mas o duque reagiu recusando-se a mostrar qualquer reação. Ele permaneceu impassível – dos dois lados do rosto. O inteiro e o marcado. Talvez não soubesse como reagir. Ou, quem sabe, não tinha nenhum interesse nela. As duas possibilidades fizeram um nó surgir na garganta de Emma.

– Eu posso fazer a coisa do beijo, se você preferir – ela sugeriu. – Não precisa ser um beijo demorado. Você só tem que ficar parado aí.

Emma ficou na ponta dos pés.

Ele colocou as mãos nos ombros dela e a empurrou para baixo.

– A noiva não beija o duque.

Oh, Senhor. Será que aquilo podia ser mais humilhante?

– O duque – ele continuou – é quem beija a noiva. É uma coisa totalmente diferente.

– É mesmo?

– É. Feche os olhos.

Emma fechou os olhos. O coração dela começou a martelar no peito cada vez mais alto conforme a espera se estendia... E estendia...

Ela era uma tonta. Ashbury estava rindo dela. Ele tinha mudado de ideia a respeito do beijo. Dela. De tudo.

Emma estava a ponto de abrir os olhos, fugir da sala e construir uma fortaleza com travesseiros, romances e gatinhos, onde se esconderia pelo resto da vida, quando as mãos dele envolveram seu rosto. Rudes, possessivas. E, bem quando ela estava certa de que derreteria devido ao suspense, os lábios dele tocaram os dela.

Alguma coisa dentro de Emma se desfez.

Aquela reserva de sonho que tinha fechado e escondido anos atrás... desfez-se nas emendas com o beijo dele. Uma torrente de emoções inundou Emma, dominando-a. Um surto de paixão e desejo e... E algo mais. Algo que ela não quis reconhecer, muito menos dar um nome. Mais tarde analisaria esse sentimento, sem dúvida. A cabeça dela não lhe permitia fazer isso sozinha. Mas enquanto os lábios dele tocavam os dela, Emma podia adiar essa temida análise.

Se pelo menos o beijo pudesse durar para sempre.

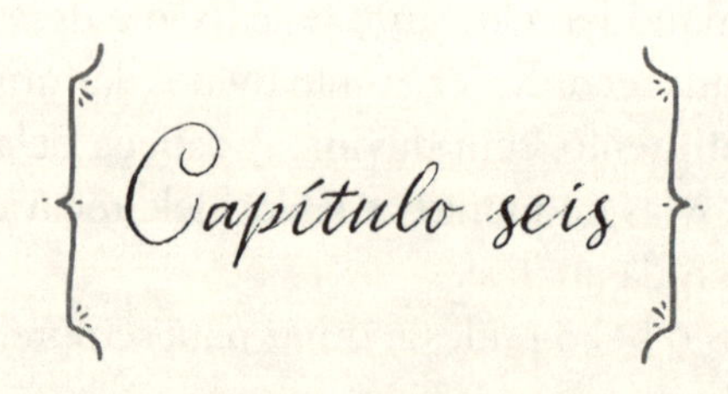

Capítulo seis

Acabe logo com isso, Ash disse para si mesmo. Encoste os lábios, mantenha por três... não, dois segundos, e encerre a questão. Uma bobagem fazer a vontade dela, mas um beijo formal pareceu a forma mais rápida de encerrar a discussão.

O beijo acabou sendo, contudo, o modo mais rápido de acabar consigo mesmo.

Maciez. Calor. Os sabores doce, amargo... refrescante. Partes dele ficaram fracas, enquanto outra começou a ficar dura como pedra. Ela mexia com tantos sentidos dele que Ash não conseguiu compreendê-los. O beijo armou as teias da loucura em seu cérebro, estrangulando sua capacidade de pensar, de recuperar o controle... De contar.

Há quanto tempo seus lábios estavam nos dela? Talvez dois segundos, ou três, ou três mil. Ele tinha parado de se importar com isso.

As faces dela esquentaram debaixo de suas mãos, e Ash pensou que, com certeza, o calor devia ser indício de aflição ou constrangimento. Mas ela não se afastou. Emma se aproximou, na verdade, apoiando a mão no casaco dele. Não só no casaco, mas nas cicatrizes que jaziam por baixo, passando por toda dor e toda amargura. A sensação descreveu uma espiral dentro dele, como um redemoinho no deserto, pegando a areia seca e jogando-a no céu.

Tudo era errado. Tudo era certo. Tudo era possível.

Ele levantou a boca, mas não desgrudou o olhar do rosto dela. Longos segundos se passaram antes que ela abrisse os olhos, como se estivesse saboreando as sensações. Gravando uma lembrança. Como se tivesse *gostado* do beijo.

Ash tinha sido um tonto desgraçado ao conceder o beijo a Emma. Ele não havia considerado que um beijo fazia um homem querer outro. E outro. E mais outro, cada um mais passional que o anterior.

Mais tarde, ele a possuiria na cama, várias vezes. Mas não a teria mais desse modo. Não provaria da doçura refrescante que pendia de onde seus lábios tocaram os dela. O sabor da primeira vez, da expectativa e da esperança de mais.

Ele a soltou e deu um passo para trás.

Ela oscilou, procurando o equilíbrio.

– Obrigada.

O prazer foi totalmente meu, ele pensou. *E nunca a perdoarei por isso.*

– O jantar será às oito – ele disse.

Quando Emma deixou a sala de visitas, encontrou a criadagem da Casa Ashbury à sua espera no saguão de entrada. Khan apresentou cada criado por nome e função. Emma teve certeza de que não lembraria de nenhum deles mais tarde. Era gente demais: governanta, cozinheira, criadas do andar de cima, criadas do térreo, criadas da cozinha, criados, cocheiro, cavalariços.

– Mary será sua camareira. – Ele apontou para uma jovem sorridente e ansiosa, vestindo uniforme preto impecável. – Mary, mostre para a duquesa os aposentos dela.

– Sim, Sr. Khan. – Mary pulou de entusiasmo. – Por favor, Vossa Graça, venha comigo. – Depois que se distanciaram dos outros, Mary falou durante toda a subida pela escada. – Estou tão feliz que esteja aqui. Todos nós estamos.

– Obrigada – Emma disse, aturdida.

Com certeza uma camareira experiente da nobreza iria se sentir insultada por se ver a serviço de uma duquesa que, até quinze minutos antes, era uma costureira. Não?

Aparentemente, não foi o caso.

– Nunca hesite em nos chamar. Estamos aqui para servi-la de todas as formas.

– Você é muito gentil – disse Emma.

– Gentil? – Mary exclamou. – De maneira nenhuma, Vossa Graça. É óbvio, só de olhar, que vossa senhoria é muito melhor do que aquela horrorosa Srta. Worthing. Depois que o duque se apaixonar por Vossa Graça, tudo vai ficar muito melhor.

– Espere. – Emma parou no corredor. – Depois que o duque se *apaixonar* por mim?

– Sim, é claro. – Mary levou as mãos ao peito. – Que emoção seria se demorasse apenas alguns dias. Talvez seja necessária só uma noite! Mas eu imagino que o mais provável é que demore pelo menos alguns meses. Não devemos colocar a carruagem à frente dos cavalos.

– Eu receio que você tenha entendido mal – Emma disse. – Este não é um casamento por amor, e, posso lhe garantir, não vai se tornar um. Nem em alguns dias, nem em meses. Nunca.

– Vossa Graça não pode dizer isso. *Tem* que ser. – Mary olhou por sobre os dois ombros antes de continuar. – Vossa Graça não compreende como nós sofremos aqui. Desde que se feriu, o duque tem estado infeliz, e tornou nossa vida insuportável. Ele nunca sai de casa, nunca recebe visitas. Nunca pede à cozinheira nada além dos pratos mais simples. A equipe se sente tão solitária e entediada quanto o duque e, além do mais, estamos à serviço de um patrão cujo humor varia de ruim a péssimo. Todos estamos contando com Vossa Graça. – Ela pegou a mão de Emma e as apertou de leve. – Você é nossa única esperança. E também do duque, arrisco dizer.

Oh, céus. Aquilo era... intimidante. Emma não fazia ideia de como responder. Ela estava lutando para ter alguns fiapos de otimismo para seu *próprio* futuro, além de um fio de esperança para o da Srta. Palmer. Agora também precisava salvar uma dúzia de criados?

– E tenho muita fé em Vossa Graça. – Mary exultava quando abriu a porta de uma suíte suntuosa. – Esta é sua sala de estar particular. O banheiro fica depois daquela porta. Do outro lado, está seu dormitório, e depois dele, o quarto de vestir. Devo deixá-la descansar um pouco? Quando estiver pronta para se vestir para o jantar, só precisa usar a campainha para me chamar. Tenho tantas ideias para o seu cabelo. – Com um aceno e um pequeno salto, ela desapareceu.

Emma não sentia muita vontade de ficar sozinha. Só aquela sala de estar era maior do que o quartinho no sótão em que ela tinha morado nos últimos três anos. Para aquecer aquele ambiente deviam ser necessários barris de carvão. Ela teria colocado as mãos ao redor da boca e gritado o próprio nome, só para ver se faria eco – se isso não fosse fazer com que se sentisse uma boba.

Enquanto andava pelos outros ambientes da suíte, seu olhar encontrava um móvel mais luxuoso que o outro. Ela não sabia como teria coragem de usar tudo aquilo.

No dormitório, tudo estava arrumado à sua espera, o modesto sortimento de pertences que ela tinha levado consigo, e muitos artigos de luxo que não lhe pertenciam. Flores frescas, provavelmente vindas de uma estufa. Sobre a penteadeira, ela encontrou uma escova de cabelo e um espelho portátil, ambos de prata. A cama estava feita com lençóis novos e recém-passados.

Oh, Senhor. A cama. Ela não podia pensar nisso no momento.

Seu único vestido remotamente adequado a um jantar formal estava passado e pendurado, pronto para uso. Emma esperava que não ficasse óbvio que a peça era apenas um pedaço velho de seda reaproveitada que ela usara para praticar novos estilos. A cintura tinha sido levantada e baixada inúmeras vezes. A bainha ganhou e perdeu babados. O acabamento em fita havia sido trocado por renda e depois por contas. Era difícil que o vestido fosse adequado, mas era o que ela tinha.

Emma pegou a colcha dobrada na beira da cama e a colocou ao redor dos ombros, depois sentou no tapete diante da lareira, dobrando os joelhos junto ao peito, enrolando-se como um inseto.

Ela não era mais uma costureira. Era uma esposa, uma duquesa.

E estava morrendo de medo.

Às oito da noite, Emma se viu sentada à ponta de uma mesa com um quilômetro de extensão. Ela mal conseguia ver a outra ponta. A superfície de linho branco parecia desaparecer no horizonte. Peças de cristal e prata reluziam como estrelas distantes.

O duque entrou, cumprimentou-a com um aceno de cabeça, e começou uma caminhada demorada, sem pressa, até a outra extremidade da sala de jantar. Ele demorou um minuto inteiro. Lá, esperou que um criado puxasse sua cadeira e só então sentou.

Emma apertou os olhos na direção do ponto distante. Ela precisaria de uma luneta. Ou de um megafone. Das duas coisas, de preferência. Uma conversa seria impossível sem esses equipamentos.

Com um floreio, um criado abriu um guardanapo e o estendeu sobre as pernas dela. Vinho foi servido em sua taça. Outro criado apareceu com uma terrina de sopa, que ele serviu com uma concha na tigela rasa diante de Emma. Aspargo, ela pensou.

– O aroma da sopa é divino – disse.

À distância, ela viu o duque sinalizar para um criado.

– Você a ouviu. A duquesa quer mais vinho.

Emma deixou a colher cair dentro da tigela. Aquilo era ridículo.

Ela empurrou a cadeira para trás e se levantou, pegando a tigela com uma mão e a taça com a outra. Os criados se entreolharam, em pânico, enquanto ela percorria toda a extensão da mesa, chegando à extremidade em que o duque estava, onde colocou suas coisas. Emma escolheu o lado da mesa de frente para a face não marcada de Ashbury, para diminuir o constrangimento.

Ele pareceu incomodado. Ela não se importou.

– Sério? – ele rompeu o silêncio.

– Sim. Sério. Nós fizemos um acordo. Eu recebo você na minha cama; você aparece para jantar. E nós conversamos.

– Se você insiste – ele disse após um gole de vinho. – Imagino que possamos conversar como pessoas inglesas normais o fazem. Vamos falar do clima, ou da última corrida de cavalos, ou do clima, ou do preço do chá e, oh, nós já falamos do clima?

– Que tal falarmos da vida no interior?

– Isso serve. A aristocracia sempre fala do interior quando está em Londres, e de Londres quando está no interior.

– Você mencionou que eu teria minha própria casa.

– Verdade. Ela se chama Swanlea e situa-se em Oxfordshire. Não é uma casa grande, mas é bastante confortável. A vila fica a alguns quilômetros de distância. Ninguém mora lá há anos, mas vou mandar arrumar a casa para você.

– Parece encantadora. Eu adoraria ir conhecê-la. Será que ficaria pronta para o Natal?

O Natal era o melhor que ela poderia conseguir. Aconteceria dali a apenas nove semanas. Isso deixaria a Srta. Palmer com quase seis meses de gravidez, mas com sorte e vestidos inteligentes, a moça conseguiria esconder seu estado por todo esse tempo. Se Emma conseguisse instalar a Srta. Palmer em Oxfordshire até o ano-novo, o plano poderia funcionar.

– A casa vai estar pronta até o Natal – ele disse. – Contudo, duvido que *você* estará pronta até lá.

– Como assim?

Ele sinalizou para os criados retirarem a sopa.

– Você não irá a lugar nenhum até que sua gravidez esteja confirmada.

O quê?

Emma engasgou com o vinho.

Os criados trouxeram o peixe, obrigando-a a ficar em silêncio.

No instante em que os dois tiveram alguma privacidade, ela se inclinou para frente.

– Você pretende me manter presa nesta casa?

– Não. Eu pretendo fazer com que você cumpra sua parte do acordo. Considerando que o objetivo deste casamento é procriação, não posso permitir que você more em qualquer outro lugar até esse objetivo ser alcançado. Ou, pelo menos, até estar bem encaminhado.

Ela revirou o cérebro em busca de uma desculpa razoável.

– Mas eu sempre quis passar os Natais no interior. Castanhas assadas, passeios de trenó e canções de Natal. – Isso não era mentira. Passar o feriado sozinha no sótão gelado tinha sido deprimente. – Não entendo porque eu não posso ficar uma semana lá.

Ele espetou um pedaço de peixe.

– Eu sei como são essas coisas. Uma semana se torna duas, depois, duas semanas se tornam um mês. Antes que eu perceba, você foge para algum lugarejo no litoral onde resolve ficar escondida por um ano ou dois.

– Se acredita que eu faria isso, não me conhece muito bem.

Ele olhou de soslaio para ela.

– Se acredita que não vai ter vontade de se esconder, não me conhece nem um pouco.

Emma olhou para seu prato. Aquela complicação não estava prevista. Ajudar a Srta. Palmer foi um dos motivos que a levou a concordar com o casamento. Não a única razão, claro, mas uma razão importante. Emma precisava, no mínimo, levar a moça para o interior e instalá-la, ainda que o duque insistisse que ela voltasse a Londres depois. E agora ficava sabendo que ele não permitiria nenhuma viagem. Não antes que ela engravidasse.

Emma pensou que seria *possível* estar grávida no Natal, se a concepção acontecesse logo. Logo mesmo. Do contrário... bem, ela teria que fazê-lo mudar de ideia, decidiu. Ashbury não lhe poderia negar uma breve viagem depois que ela conquistasse sua confiança.

Ele não confia em ninguém, Khan tinha dito.

Que maravilha.

– Vossa Gra... – Ela se interrompeu no meio da palavra e franziu a testa. – Como eu devo lhe chamar agora? Com certeza Vossa Graça não seria apropriado.

– Ashbury. Ou duque, se precisa de mais intimidade.

Céus. Chamá-lo de duque era mais íntimo?

– Sou sua esposa. Isso deve significar que ganhei o privilégio de chamá-lo de algo mais afetuoso. Do que o chamavam quando você era mais novo, antes de herdar o título? Você não era Ashbury, então.

– Eu era tratado por meu título de cortesia.

– Que era...?

– Marquês de Richmond, título que será do meu herdeiro. Em breve, com um pouco de sorte. É melhor reservar esse tratamento para ele.

Emma pensou que ele tinha razão.

– E quanto ao seu nome de família?

– Pembroke? Nunca o utilizei.

Emma também não sentia vontade de usá-lo. Formal demais, e não era gostoso de pronunciar.

– Seu nome de batismo, então?

– George. Era o nome do meu pai, e do pai dele, e de um em três cavalheiros ingleses, ao que parece.

– É o nome do meu pai, também. – Ela estremeceu. – Então esse não serve. Vamos ter que pensar em outra coisa.

– Não *existe* outra coisa. É Ashbury ou duque. Escolha.

Emma refletiu por um instante.

– Não, querido marido, acredito que não vou escolher nenhum dos dois.

Ele baixou o garfo e a fuzilou com o olhar. Ela sorriu.

Ele não confia em ninguém, Khan havia dito. *Mas respeita quem o desafia*.

Se respeito era o que o duque tinha para oferecer, respeito era o que ela precisava conquistar. Emma sabia oferecer um desafio, só esperava que seu marido estivesse disposto a aceitá-lo.

Ela estendeu a mão para uma tigela próxima.

– Você quer mais molho, meu queridinho?

Os dedos dele estrangularam a haste da taça de vinho. Emma praticamente pôde ouvir as uvas pedindo ajuda. Ela esperava que isso fosse um bom sinal.

– Se não parar com essa bobagem – ele disse –, vai se arrepender.

– É mesmo, coração?

Ele bateu um braço na mesa e se virou para encará-la. Olhos azuis penetrantes, cicatrizes assustadoras e tudo mais.

– É.

Apesar de sua disposição intrépida de desafiá-lo, Emma se sentiu – o que foi um pouco inconveniente – um tantinho trépida. Talvez devesse *mesmo* falar do clima.

Contudo, foi salva de começar uma conversa sobre o frio do outono.

Um relâmpago de pelo cinzento chispou da lateral da sala. O gato pulou sobre a mesa, enfiou os dentes na truta cozida e fugiu com o jantar antes que qualquer um dos dois pudesse dizer algo.

– É isso. – O duque jogou o guardanapo no prato. – O jantar acabou.

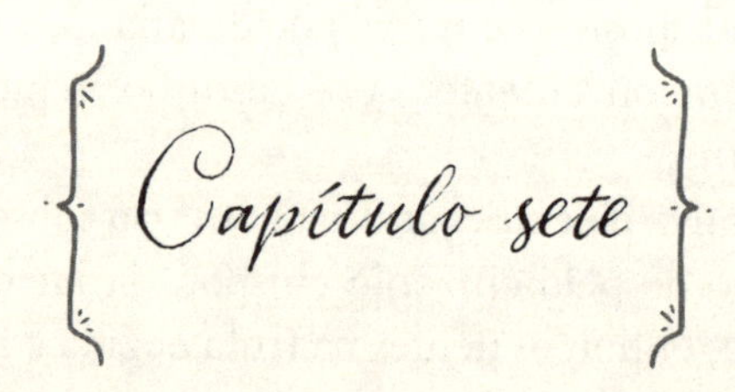

Ash fechou o robe e amarrou a faixa. Então o soltou e tentou de novo. Tinha feito um nó tão apertado da primeira vez que prejudicou sua capacidade de respirar.

Estava tão ansioso. Emma não seria a única inexperiente nessa noite. Ele não era virgem, mas nunca tinha ido para a cama com uma virgem, e não sabia o que esperar da parte dela. Ela estaria só um pouco tímida ou, quem sabe, aterrorizada? Quanta dor ele iria causar?

Ash pensou que poderia oferecer um consolo a Emma. Considerando há quanto tempo ele não fazia sexo, a coisa toda acabaria em minutos. Se não segundos.

Ele seguiu pelo corredor com os pés descalços. Quando chegou ao quarto dela, deu uma batida de aviso antes de abrir a porta em alguns centímetros.

– Imagino que esteja pronta – ele disse.

– Estou.

– Ótimo.

Ele entrou e logo apagou a vela. Alguns círios acendidos por ela ainda queimavam, e Ash foi apagando um por um. Depois que protegeu o fogo da lareira, reduzindo-o a um brilho vermelho, ele virou para se juntar a ela na cama.

Logo no primeiro passo, ele bateu o joelho na beira da... de algo. Uma mesa? Uma poltrona?

Os lençóis farfalharam.

– Você está bem? – ela perguntou.

– Estou ótimo – ele disse apenas.

– Sabe, um pouco de luz pode ser uma boa ideia.

– Não. Não seria boa ideia.

– Eu já vi suas cicatrizes.

– Não deste modo. – *E não todas elas.* As cicatrizes no rosto dele eram apenas o prólogo de um conto épico de deformidade.

Ela podia ter estômago para suportar a aparência dele do outro lado de uma sala, dentro de uma carruagem escura, ou mesmo à mesa de jantar. Mas na intimidade do leito nupcial? Nu e iluminado? Sem chance. Isso ficou dolorosamente claro da primeira – e última – vez em que ele permitiu que uma mulher o visse assim.

A lembrança continuava aguda e dolorosa como uma flecha com a ponta envenenada.

Como eu aguentaria me deitar com... com isso?

Como, mesmo.

Ash não desejava reviver esse momento, e não apenas para preservar seu orgulho. A questão era salvar sua linhagem. Ele não podia se dar ao luxo de afugentar Emma. Com relação ao sexo, ela já era bastante tímida. Ele não se arriscaria a lhe dar mais uma razão para se retrair. Um homem só podia ter uma mulher. Se ela não lhe desse um herdeiro, isso significaria o fim de sua linhagem. Ou, pelo menos, o fim do lado decente de sua família – o lado sem vagabundos incorrigíveis.

– Estou aqui – ela disse. – Deste lado.

Ele seguiu a voz dela, tropeçando na borda do tapete, mas, fora isso, chegando inteiro à beira da cama. Depois de soltar a faixa do robe, ele o abriu e tirou, colocando-o de lado.

O duque sentou no pé da cama e estendeu a mão para pegar... bem, para pegar qualquer parte dela que conseguisse. Aquilo seria meio complicado, deflorar sua noiva virgem em uma escuridão quase total. Talvez ele devesse ter planejado melhor aquilo.

Mas era tarde demais. Ash tateou por cima da colcha até sua mão pousar no que pareceu ser um pé. Um sinal encorajador. Ele deslizou a mão para cima, delineando o formato de uma perna.

Hum. A panturrilha dela era mais robusta do que ele imaginava. Mas ela podia ser uma daquelas mulheres cujo corpo era mais volumoso abaixo da cintura do que acima. Não fazia diferença para ele. O corpo feminino tinha todos os tamanhos e formatos, e ele nunca viu motivo para reclamar da variedade.

A mão dele passou pelo arredondado de um joelho, e então subiu pelo que devia ser uma coxa. Agora sim ele estava chegando a algum lugar. Uma tensão começou a se formar em seu baixo-ventre.

Ash se deitou ao lado dela na cama, para facilitar sua investigação. Ele tentou murmurar algo para tranquilizá-la quando sua mão tocou a proeminência do quadril e subiu ainda mais, até chegar à borda das cobertas. Mas, na verdade, sua voz não conseguia produzir sons de calmaria no momento. Anos de desejo reprimido agitavam seu corpo. O membro dele enrijeceu só de encostar na roupa de cama. Quando ele pegou a borda da colcha e começou a puxá-la para baixo, seu corpo estava pronto. Muito, muito pronto.

Ash puxou a colcha de cetim para baixo e se preparou para pôr a mão no que ele esperava ser o tecido da camisola de Emma, com alguma parte quente do corpo dela por baixo. Aquilo era como jogar dardos vendado. Era difícil saber que alvo sua mão acertaria. Ele teria ficado satisfeito com a barriga ou um ombro, mas esperava que fosse um seio. A sorte estava lhe devendo uma ajudazinha.

Ele se preparou para o mesmo choque agradável daquele primeiro contato.

Nenhum choque ocorreu. Em vez da camisola e do corpo convidativo de Emma, a mão dele fez contato com... Um cobertor de lã? Muito bem. Parecia que ele precisaria remover outra camada.

Tirando o cobertor, ele fez outra tentativa. Dessa vez, sua mão tocou uma colcha grossa. Bom Deus, ela tinha tantas camadas quanto uma cebola. Não era de admirar que a perna dela parecesse grossa o bastante para sustentar uma arvorezinha.

– Quantas cobertas tem aqui? – ele perguntou, tentando encontrar a borda da colcha.

– Umas cinco, apenas – ela respondeu.

– Cinco? – Ele jogou a colcha para baixo, sem se preocupar mais em demonstrar paciência. – Você está tentando me desencorajar? Deixar-me exausto antes mesmo de eu chegar ao ato?

– Eu estava com frio. E você ainda diminuiu o fogo.

– Eu acho que você está tentando me enganar. Vou continuar tirando essas camadas de roupa de cama até encontrar apenas duas almofadas e uma vassoura.

– Essa é a última, eu juro. Deixe-me ajudar.

O tecido se mexeu ao lado dele e, por baixo, o corpo dela se remexeu de um jeito que o torturou. Ele estava desesperado para ficar entre as pernas de Emma, dentro dela. Ash teve uma visão de Emma debaixo dele, nua. As pernas abraçando sua cintura, as costas arqueadas de prazer.

Abandone a fantasia, ele disse a si mesmo. Não vai ser desse modo. Não essa noite, nem nunca.

– Estou pronta – ela sussurrou.

O membro dele latejou com o tom rouco da voz dela.

Graças a Deus.

Quando estendeu a mão para ela dessa vez, encontrou o que estava procurando. Emma. Sua noiva. Sua esposa. A mão não pousou num seio, ele percebeu com certa decepção, mas na cintura. Aquilo servia.

Ele segurou o tecido da camisola e, enquanto o puxava para cima – arriscando-se a levantá-lo somente até a cintura –, sua respiração ficou irregular.

Ash deslizou a mão para baixo, sobre o quadril descoberto, e deixou escapar um grunhido. Deus. Ele queria tocar todas as partes dela. A pele macia no pulso, os lábios, o cabelo. O *cabelo* dela. Ele imaginou se Emma estaria com o cabelo desfeito, e se ousaria tocar aquela massa de seda castanha e pesada, enrolando nela seus dedos.

Uma ideia imprudente, ele acabou decidindo. Do jeito que a noite estava indo, era provável que ele acabasse acertando um dedo no olho dela.

Ash esticou as mãos e começou a acariciar a lateral do corpo dela até chegar ao centro. Quando seus dedos roçaram os pelos provocantes que cobriam o monte de vênus, ele se xingou. Queria ter trazido um pouco de óleo para facilitar as coisas.

Não podia sair para ir buscar. Se parasse agora, só Deus sabia debaixo de quantas camadas ela estaria enterrada quando voltasse. Então ele levou dois dedos aos lábios e os chupou, molhando-os. E baixou-os para entre as coxas dela.

Emma soltou uma exclamação.

Apertando o maxilar para tentar se controlar, ele se concentrou no que estava fazendo, deslizando aqueles dois dedos úmidos para cima e para baixo na abertura dela. A respiração de Emma logo se acelerou – de preocupação, sem dúvida.

– Você sabe o que vai acontecer? – ele perguntou, um pouco atrasado, a voz rouca de desejo. – Como as coisas acontecem entre um homem e uma mulher, e tudo isso?

– Sim – Emma disse e Ash sentiu que ela confirmava com a cabeça.

– Vou tentar ser delicado com você. Se não der certo, serei rápido.

Ele a abriu e então enfiou o dedo médio dentro do calor dela. Primeiro só a ponta, depois mais alguns centímetros.

Maldição. Diabos. Inferno.

E todas as outras imprecações pelas quais teria sido espancado se as dissesse quando garoto.

Ela era tão quente, tão apertada, feita de uma seda impecável por dentro.

A respiração dela ficou ainda mais rápida e difícil. Diabos, ele era um monstro. Ela estava ansiosa, quem sabe temerosa. Ele, abandonado à luxúria. Perdido no desejo instintivo de lamber, provar e chupar, para então tomar os quadris dela nas mãos e enfiar fundo.

Se isso não acontecesse logo, iria acabar derramando sua semente nos cinco cobertores dela e todo aquele esforço teria sido em vão.

Ash enfiou outro dedo dentro dela, entrando e saindo, alargando o corpo de sua esposa para preparar sua entrada.

Ela estava pronta?

Ele retirou os dedos, deixando só as pontas, então enfiou-os até o fundo.

– *Por favor!* – ela exclamou, surpresa, arqueando os quadris.

A voz assustada de Emma penetrou a névoa de desejo que o envolvia.

Por favor.

Ash retirou sua mão no mesmo instante. Lutando para recuperar o fôlego, ele se ergueu com o cotovelo, depois se sentou.

– Perdão.

Ele tateou à procura do robe e, apressado, enfiou os braços nas mangas. Pelo fato de a coisa mal cobrir seu traseiro quando ele levantou, Ash deduziu que tinha vestido o robe de cabeça para baixo.

– Está tudo bem – ela disse. – Sério, nós podemos continuar.

– Não. Eu já fui longe demais com você, e rápido demais. – Ele pensou em tentar encontrar sua vela, mas desistiu da ideia. Seus olhos tinham se acostumado o suficiente com o escuro para ele conseguir achar o caminho até a porta.

– Mas...

– Amanhã nós continuamos.

Ele abriu a porta, saiu e a fechou atrás de si. Ash ficou um instante parado, respirando fundo algumas vezes para se recompor. Mas quando se preparava para sair, sentiu algo o puxando para trás.

Droga. Tinha prendido o robe na porta.

Ele apoiou a cabeça no batente. Será que o casamento transformava todos os homens em patetas? Ou só ele?

Ash virou a maçaneta de novo.

– Você mudou de ideia? – ela perguntou.

– Não – ele respondeu, defensivo. – Voltei para lhe dizer que não mudei de ideia.

– Oh.

– Assim você não precisa se preocupar que eu vá voltar esta noite. Além desta vez, claro.

Ele fechou a porta antes de ela responder, mas ouviu-a assim mesmo.

– Se é o que você quer.

Ash pegou todo seu desejo não satisfeito e o levou para fora de casa, noite adentro. Pensou em aliviar-se a si mesmo. Contudo, a ideia de passar a noite de núpcias com sua própria mão era patética demais para seguir com aquilo.

Enfim, ele caminhou até diminuir a tensão dolorida em seu baixo-ventre. Mas havia algo que não conseguia esquecer.

Por favor, ela tinha sussurrado. *Por favor.*

As palavras o tinham chocado. Ele se retraiu no mesmo instante, sem saber se ela as tinha pronunciado por prazer ou dor. A voz sem fôlego sugeria prazer, mas isso seria absurdo demais para se considerar.

Primeiro, ela era virgem. Segundo, era a filha do vigário. Terceiro, era a filha virgem do vigário. E quarto, ele era um desgraçado cheio de cicatrizes, mal-humorado que – embora incrivelmente rico – a tinha forçado a um casamento de conveniência sem que a cortejasse.

Ele a devia ter machucado, assustado, ou – o que era mais humilhante – repugnado.

Na melhor das hipóteses, a tinha pressionado além do que seria aceitável para a primeira noite.

Ash chutou pedras enquanto andava. Até chutar algo podre e macio. Argh. Ele não sabia o que era, mas não iria parar para investigar. Em vez de chutar, ele começou a cutucar os obstáculos com sua bengala.

Ele decidiu que teria de revisar seus planos. Ir devagar com o sexo, mesmo que a espera fosse uma tortura. Se ele a pressionasse demais, se fosse com muita sede ao pote, e ela se retraísse... tudo aquilo teria sido por nada. Ash não conseguiria um herdeiro legítimo e o legado de seu pai morreria com ele.

Inconcebível. Ele não permitiria que isso acontecesse.

Por favor.

As palavras ecoaram na mente dele outra vez. Um novo arrepio de excitação percorreu a extensão de sua coluna vertebral.

Ele se sacudiu mentalmente.

Emma não estava suspirando de êxtase, seu bobalhão.

Isso era apenas sua imaginação solitária, desesperada, faminta por sexo que se agarrava a qualquer coisa parecida com afeto.

Ele caminhou em meio às bancas fechadas do Mercado dos Pastores, usando sua bengala para tirar o lixo de seu caminho e jogá-lo para o lado.

Ash cutucou uma pilha de trapos e esta se mexeu.

A pilha se desdobrou, transformando-se na figura de uma garotinha. Sem dúvida tinha sido deixada ali para cuidar da banca da família durante a noite.

– O que foi? – Ela se sentou, esfregou os olhos e os arregalou ao fitar o rosto dele.

Ela os arregalou mais. E então soltou um guincho, alto e longo o bastante para acordar os mortos.

– Está tudo bem – Ash murmurou. – Eu não quero...

A menina parou para tomar fôlego, depois soltou outro grito agudo. Cachorros ali perto começaram a rosnar e latir.

– Fique calma, criança. Não vou...

– Vá embora! – Ela o chutou na canela, gritando: – Vá embora! Me deixe em paz!

– Já estou indo. – Ele pegou as moedas que tinha no bolso, colocou-as ao lado da banca fechada e retirou-se, apressado. O coração dele martelava dentro do peito.

Está vendo? – ele ralhou consigo mesmo depois que estava a certa distância.

Crianças gritavam ao vê-lo. Cachorros uivavam como se tivessem avistado um demônio.

Nenhuma mulher imploraria por ele, agora. Nem na cama, nem no escuro. Aliás, nem de dia no parque. Nem na terra, nem no mar. Ela não quer você, Ashbury. Ele era um idiota desprezível.

Em algum lugar distante, vidro foi quebrado. Ele se deteve onde estava, virando para o som. Da mesma direção veio uma pancada, seguida por um grito rouco.

Ash franziu o cenho. Então colocou-se em movimento, com passadas largas, na direção dos sons. A bengala pronta para entrar em ação.

Qualquer que fosse o problema, não era da conta dele, mas podia ser uma boa distração.

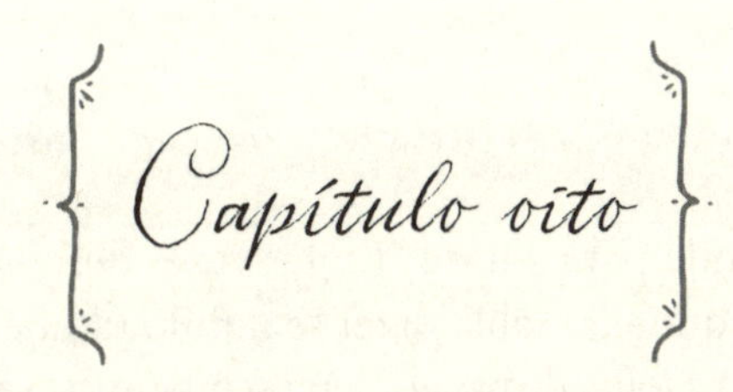

Capítulo oito

Na manhã seguinte, Emma foi sozinha até a sala matinal. Parecia ser o esperado dela. Quando entrou no local banhado pelo sol, seu olhar passou pelos estofados e vasos de flores requintados e parou no móvel mais humilde do ambiente; uma escrivaninha.

Perfeito. Ela tinha cartas a escrever.

Emma sentou-se à escrivaninha, pegou uma folha de papel, destampou o tinteiro e mergulhou a pena.

A prioridade dela era enviar um bilhete para tranquilizar a Srta. Palmer, mas ela não estava bem certa do que fazer. Uma mensagem recebida da Casa Ashbury levantaria suspeitas. Ninguém sabia, ainda, que existia uma Duquesa de Ashbury. Também não era aconselhável que ela aparecesse na residência Palmer. Aos olhos deles, Emma era apenas uma costureira. Depois que se espalhasse a notícia do casamento do duque, talvez, mas por enquanto...

Fanny. Sim. Ela escreveria um bilhete que enviaria aos cuidados de Fanny, pedindo-lhe que o entregasse à Srta. Palmer quando esta aparecesse no ateliê.

Com aquela missão cumprida, Emma voltou sua atenção para outra carta. Uma que estava seis anos atrasada.

Querido pai,

Faz muito tempo que não nos falamos.

Mas fazia muito tempo? Mesmo? A dificuldade que ela sentia para escrever a carta sugeria que talvez fosse cedo demais.

Querido pai,

Espero que esta carta o encontre com boa saúde.

Ela ficou olhando para a frase. Tantas vezes desejou que pipocassem furúnculos no pai, que não sabia dizer se aquilo também estava certo.

Emma amassou a folha de papel e tentou mais uma vez. Aparentemente, cumprimentos cordiais não serviriam.

Pai,

Você se lembra da última vez em que nos vimos? Caso não se lembre, permita-me avivar sua memória: você me colocou para fora no meio de uma tempestade, baniu-me da minha casa e disse que nenhum homem respeitável iria me querer. Bem, é com um prazer gélido que lhe informo, meu senhor, que estava gravemente enganado. Alguém me quis, afinal, e esse alguém é um duque.

Mas... de novo, ela teve dúvidas. *Será* que o duque realmente a queria? Eles tinham concordado com um casamento de conveniência, só isso. Para Ashbury, deitar-se com ela era apenas um modo de se atingir um objetivo.

O pensamento dela voltou para a desastrosa tentativa de consumação do casamento na noite anterior. Ainda que o ato devesse ser uma mera formalidade, e a despeito de todas as "regras" dele, as carícias de Ashbury foram delicadas, pacientes. As mãos dele contavam uma história totalmente diferente de suas palavras cínicas, grosseiras, e Emma reagiu por instinto.

Fazia tanto tempo que ela estava sozinha, isolada e intocada. Esperando.

Ele tinha despertado seus desejos. Mas no momento em que Emma se rendeu a eles... ele parou. Como se ficasse chocado com a reação dela, ou mesmo descontente.

Talvez ele não a desejasse, afinal. Ou, mais exatamente, talvez não quisesse uma mulher passional, e isso só reafirmava a previsão do pai dela.

Nenhum homem decente aceitará você.

Devastador.

Sim, o relacionamento deles era um arranjo de conveniência. Sim, ela tinha resolvido não envolver naquilo seu coração tolo e imprudente. Ainda assim, ela ansiava por um pouco de intimidade. Após ter se virado sozinha durante anos, Emma estava faminta por contato humano. E agora ela tinha se ligado, para o resto da vida, a um homem que não desejava ter contato com ninguém. Sentiu-se mais sozinha do que nunca.

Não seja uma choramingas, Emma. Foi apenas uma noite. Era de se esperar certo nível de constrangimento. A situação deveria melhorar com o tempo.

Uma sucessão de ruídos estranhos a salvou de chafurdar em autopiedade. Emma levantou de sua cadeira à escrivaninha. Provavelmente o gato tinha encontrado uma espreguiçadeira ou um divã para estraçalhar com as garras. Seria uma bênção se isso tivesse acontecido. Substituir o estofamento seria algo para ela fazer.

Quando Emma seguiu os sons, contudo, eles começaram a lhe parecer cada vez menos felinos. Batidas suaves e grunhidos abafados emanavam de trás de uma porta dupla imponente.

Ela se aproximou com passos delicados e encostou a orelha na porta.

– Sério, Khan. – Era a voz do duque. – Tente colocar um pouco mais de vontade.

– Estou tentando, Vossa Graça.

– Então tente mais. É sua vez de receber.

Emma empurrou a porta alguns centímetros e espiou lá dentro. Ela descobriu um espaço grandioso, aberto, com piso de tacos de madeira e delimitado por paredes recobertas de retratos em tamanho real. No alto de toda essa opulência, arabescos elaborados e lustres decoravam o teto.

No meio desse majestoso salão de baile estava estendido um tipo de rede. Os dois homens – o duque e seu mordomo – estavam frente a frente, um de cada lado da rede.

O duque bateu com uma raquete num tipo de rolha com penas, arremessando-a por sobre a rede.

Khan, ao ver Emma, desconcentrou-se, e, como resultado, recebeu a peteca na testa.

– Ah, vamos lá. – O duque apontou a raquete para Khan como uma acusação. – Eu praticamente avisei aonde ia essa peteca.

Khan ignorou seu patrão, preferindo fazer uma reverência na direção de Emma.

– Bom dia, Vossa Graça.

O duque se virou de súbito, ainda segurando a raquete num ângulo ameaçador. Ele estreitou os olhos para ela.

– Você.

Acalme-se coração. Que cumprimento.

Ela entrou na sala.

– Pensei que você estava brincando quanto ao badminton.

– Não estava.

– Percebo.

Depois de um instante, ele fez um gesto na direção da porta.

– Bem? Você deve ter coisas para fazer. Tomar café da manhã. Confabular com a governanta, agora que é a senhora da casa. Fazer algo ridículo com o cabelo.

– Já dei conta dos itens um e dois, e, com todo respeito, vou ter que recusar o terceiro. Estou sem ter o que fazer no momento.

– Maravilhoso! – Khan exclamou, aproximando-se dela. – Você pode assumir isto. – Ele colocou a raquete na mão de Emma. Antes de se dirigir à porta, ele articulou com a boca: *salve-me*.

– Aonde você pensa que vai? – o duque perguntou.

O mordomou, já na porta, se virou.

– Não estou bem certo, Vossa Graça. Talvez eu faça algo de ridículo com meu cabelo.

Ele fez uma reverência, fechou as portas duplas e desapareceu.

– Vou descontar isto do seu salário – o duque berrou para Khan –, seu covarde desprezível.

No silêncio que se seguiu, Emma observou a raquete em sua mão.

– Khan não parece gostar de badminton.

– Ele gosta de estabilidade no emprego. Nós praticamos três vezes por semana. Um homem precisa encontrar uma forma de manter o vigor.

Vigor. Sim. Só de olhar para o duque dava para perceber que ele sempre foi um homem ativo, e muito antes de se machucar. Aqueles ombros e aquelas coxas não tinham se desenvolvido da noite para o dia. Quando o duque se curvou para pegar a peteca, ela admirou o contorno firme do traseiro dele. Aquilo também não vinha do ócio.

Ele se ergueu e ela desviou o olhar.

Diabos.

De novo, ela tinha sido pega observando-o. De novo, ele iria interpretar da maneira errada.

Não era culpa dela, Emma disse para si mesma. Aquilo era apenas um hábito ocupacional. O conhecimento de tecidos e costuras era parte do trabalho de uma costureira. O segredo do sucesso era compreender o corpo por baixo das vestes. Como os membros se articulavam; como os músculos eram flexionados e estendidos. Após anos de prática, Emma só precisava olhar para uma pessoa para imaginá-la sem roupas – e quando se tratava de uma pessoa talhada com tanto esmero por Deus, aperfeiçoada pelo esforço físico, a tentação se mostrava difícil demais de resistir.

Mas como ela podia dizer aquilo?

Minhas desculpas. Eu não o estava encarando por horror. Estava apenas despindo-o mentalmente.

Oh, isso soaria muito bem. Seria bem digno de uma duquesa.

Após colocar o equipamento de lado, ele pegou o paletó.

– Nós... – Emma se obrigou a falar. – Nós podemos jogar. Nós dois. Você e eu.

Ele a encarou, sem acreditar.

Ele respeita quem o desafia, Emma disse para si mesma. Embora, naquele momento, o olhar penetrante dele não comunicasse admiração. Mas Emma pensou que, já que estava na chuva, iria se molhar.

– Eu adoro badminton. – Ela tentou girar a raquete de um modo casual, esportivo, mas acabou derrubando-a, e ela caiu no seu pé. Ela mordeu o lábio, segurando um ganido de dor. – Opa, como sou desajeitada.

Ela pegou a raquete com o máximo de dignidade que conseguiu e mancou até o outro lado do salão, abaixando-se para passar por baixo da rede.

– Podemos? – Ela lhe deu um sorriso desafiador.

– Muito bem. Vamos apostar.

– Já que você quer. O que está valendo?

Aquilo atiçou o interesse de Emma. As apostas nesses jogos não eram sempre maliciosas? Um beijo, ou, quem sabe, dois minutos trancados no armário.

– Quando eu ganhar, você vai concordar em me deixar em paz. Já lhe concedi os jantares, e outras interrupções são indesejáveis. Eu tenho que administrar um ducado.

Sim, e jogar badminton, ao que parecia. E isso parecia ser mais importante que a esposa na escala de prioridades de lazer do duque.

– Tudo bem – ela disse, sentindo-se irritada. – Mas se eu ganhar, você vai me tratar com um mínimo de respeito.

– Oh, vamos lá. Eu já lhe dou o *mínimo.*

– Mais do que o mínimo, então. – Emma refletiu. – Quanto é um mínimo, afinal?

– Alguma coisa entre um nada e uma pitada.

– Então quero um monte.

– Um monte?

– Dois montes. Na verdade, não. Eu quero um alqueire inteiro de respeito.

Ele meneou a cabeça.

– Agora você está sendo gananciosa.

– *Gananciosa?* Entendo que eu talvez não seja tão atraente quanto uma peteca ou uma garrafa de conhaque, mas sou sua esposa. A mulher que vai ser a mãe do seu filho.

– Não tem porque nós discutirmos – ele disse, depois de uma pausa. – Você não vai ganhar.

Isso é o que você pensa.

Talvez ela não ganhasse aquele jogo bobo, mas Emma estava decidida a triunfar, um dia. A batalha começava ali, naquele instante.

Ele pegou a raquete e a peteca, assumiu a posição na quadra e, com uma torção do pulso, mandou a peteca por cima da cabeça de Emma antes que ela conseguisse se mexer.

– Muito bem – ela disse. – Um ponto para você.

– Isso não foi um saque. Eu só estava jogando a peteca para você. O primeiro serviço deve ser da mulher. Aí está seu mínimo.

– Mas é claro. Obrigada, querido. – Com um movimento desajeitado da raquete, ela conseguiu mandar a peteca... diretamente na rede.

Dessa vez, foi ele a ficar parado no centro da quadra.

– Do que você me chamou?

– Eu o chamei de "querido". Nós falamos, no jantar de ontem, que eu preciso chamá-lo de alguma coisa. E me recuso a tratá-lo por Ashbury ou duque, e você não gosta de "caro marido", "docinho" ou "coração". – Ela apontou para a peteca caída no chão. – Acho que é sua vez, querido.

– Eu não sou o querido de ninguém. – Ele lançou a peteca com uma batida furiosa de *backhand.*

Para sua surpresa, Emma conseguiu se colocar debaixo do projétil e rebatê-lo.

– Acho que não é você quem decide isso.

– Eu sou um duque. Eu decido tudo.

Uma devolução sem esforço da parte dele, uma tentativa desesperada dela. Dessa vez, Emma errou.

– O querido está nos olhos de quem vê. – Emma já estava um pouco ofegante quando pegou a peteca no chão. – Se eu quiser transformá-lo no meu querido, não existe nada que você possa fazer.

– É claro que existe algo que eu posso fazer. Posso mandar interná-la numa instituição para os loucos e dementes.

– Se é o que diz, meu anjo. – Ela deu de ombros.

Ashbury apontou a raquete para ela.

– Vamos deixar algo muito claro. Você parece estar planejando uma campanha de gentilezas. Sem dúvida com o objetivo de acalmar minha alma torturada. Vai ser uma perda de tempo. Meu temperamento não foi moldado pelo meu ferimento, e não será curado magicamente por bondade ou apelidos carinhosos. Estou sendo bem claro? Não tenha ilusões de que minhas cicatrizes me transformaram num desgraçado ranzinza e entediado. Eu sempre fui – e sempre serei – um desgraçado ranzinza e entediado.

– Você também sempre foi assim prolixo?

Ele grunhiu.

A próxima tentativa de Emma correu pelo chão. Não importava. Ela estava gostando do jogo.

– Ashbury é meu título. É assim que *eu* tenho sido chamado desde que meu pai morreu. Ninguém me chama de outra coisa.

– Como *eu* já lhe disse, sou sua esposa. Ser a única que o chama de um jeito diferente é o ponto aqui.

E por falar em pontos, Emma tinha perdido a conta de quantos pontos estava atrás no placar.

Ele deu o saque na direção dela. Emma reparou que havia uma hesitação no movimento dele. Ashbury fazia uma leve careta de dor. Talvez o motivo por trás da prática do esporte três vezes por semana não fosse apenas para espantar o tédio, mas para recuperar o uso do braço machucado. Nesse caso, as feridas deviam ir além das cicatrizes visíveis.

Ela imaginou o quão severos aqueles ferimentos deviam ser. E imaginou o quanto ainda doíam.

Era imaginação demais. Não cabia no cérebro dela. Assim, tudo aquilo desceu até seu peito e o apertou.

– Vamos continuar, boneco? – ela disse, sorrindo.

O olhar que ele lhe deu em resposta podia estraçalhar mármore.

Depois de alguns minutos de prática, a agilidade de Emma tinha melhorado. Ela conseguiu dar um voleio respeitável.

– Que tal "precioso"? – Emma sugeriu.

– Não.

– "Anjo"?

– Deus, não.

– Gordinho?

Como resposta, ele acertou a peteca com tanta força que esta voou até a parede dos fundos, acertando a peruca empoada de um dos ancestrais dele.

Ela comemorou.

– Muito bem, meu anjo gordinho precioso.

– Isso vai parar – ele disse – *agora*.

Ignorando o rompante, Emma foi pegar a peteca. Ela sacou, conseguindo superar a rede por pouco.

– Eu já avisei, não costumo desistir.

– E *eu* já avisei que sou muito mais teimoso.

– Eu saí de casa com 16 anos.

– E eu fiquei órfão aos 17 – ele respondeu, parecendo entediado.

– Eu vim para Londres caminhando sozinha. Na neve.

– E eu marchei com um regimento até Waterloo.

– Eu tive que começar uma vida nova sozinha. Implorar por trabalho. Costurar até meus dedos ficarem dormentes. – Ela correu pelo salão, acertando a peteca antes que esta tocasse o chão. O movimento lançou o projétil para cima, quase encostando no teto.

Ele se posicionou debaixo do pacote de cortiça e penas, esperando que voltasse à terra.

– Um foguete explodiu no meu rosto. Passei meses à beira da morte. As cicatrizes me transformaram num monstro vivo. Eu desisti do ópio por pura força de vontade. Minha noiva desistiu de mim por puro asco. E continuo aqui. – Ele rebateu a peteca, lançando-a no chão aos pés dela. – Ganhei.

Ela levou a mão ao lado do corpo, sentindo dificuldade para respirar.

– Muito bem. Você ganhou.

Emma se sentiu vencida e um pouco envergonhada. Ela havia sido corajosa ao sair de casa. As pessoas de quem gostava também a tinham rejeitado. Mas a coragem que ela precisou demonstrar não se igualava à de um soldado no campo de batalha. Quanto aos ferimentos do duque e suas cicatrizes... Por mais egoísta e frívola que Annabelle Worthing pudesse ser, a rejeição por parte dela tinha sido um insulto aos ferimentos dele. O noivado rompido devia ter ferido profundamente o orgulho de Ashbury, ainda que não seu coração.

Ela se abaixou para recolher a peteca.

– Espere. – Ele correu na direção dela, passando por baixo da rede. – Não tem como este ser um jogo de verdade. Seu voleio é passável, mas seu saque é um desastre. Me dê a peteca, eu vou te mostrar.

Colocando a própria raquete de lado, ele pegou a peteca no chão e se colocou atrás dela, fechando a mão direita sobre a dela no cabo da raquete, passando o outro braço ao redor de Emma para posicionar a peteca.

Ela estava nos braços dele.

Por mais incrível que pudesse ser, para um casal que estava noivo há uma semana, casado há um dia inteiro e uma noite, que tinha chegado a centímetros de consumar o casamento... aquela era a primeira vez que ele a tinha nos braços.

De repente, o salão de baile se transformou numa estufa – repleta de um calor fumegante, íntimo, que amplificava cada som, cada aroma. Suor se formou na nuca de Emma, e ela teve consciência de cada fio de seu cabelo que havia se soltado.

Contudo, ela teve consciência principalmente dele. Do peito dele nas suas costas, da força dos braços ao redor dela. O aroma de sabonete e sândalo que Emma começava a reconhecer. Ela olhou para a mão dele. Na noite passada, no escuro, aqueles dedos certeiros, confiantes... tinham estado *dentro* dela.

– Segure desta forma. – Ele mudou a empunhadura dela no cabo da raquete. – Melhor.

Uma pequena vibração de alegria a agitou por dentro. Duas breves sílabas de elogio dele e o coração de Emma ficou alvoroçado como as asas de uma libélula.

Não, ela ordenou. *Não ouse.*

Seu coração não a ouviu... mas, também, nunca ouvia.

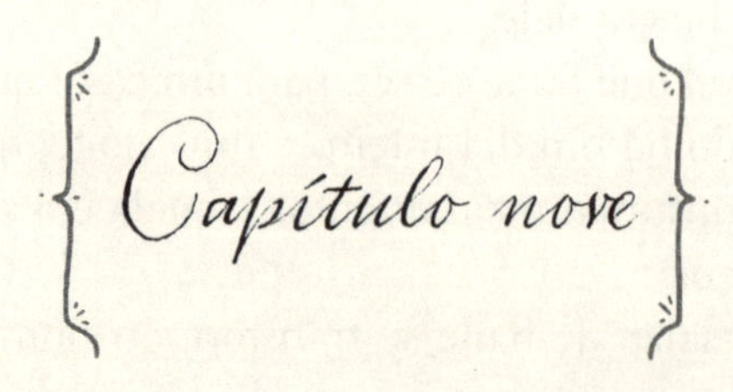

Capítulo nove

Aquela era a coisa mais estúpida que Ash havia feito em... pelo menos doze horas.

Entre a caminhada da noite anterior e o badminton dessa manhã, ele mal tinha conseguido afastar Emma de seus pensamentos. Mas lá estava ele de novo, encostado nela, balançando na borda do desejo.

Não era apenas desejo que o incomodava. Havia uma raiva borbulhando também.

Quem era o vilão que a tinha magoado?

Alguém devia tê-la magoado, para fazer com que fosse embora de casa para Londres aos 16 anos, sozinha e sem um tostão furado. Ash queria retribuir a mágoa a esse alguém. Com algo pontudo. E mortal. Ele não era homem de sentir empatia, mas ficava muito ofendido quando alguém ousava fazer mal a uma pessoa sob sua proteção.

E Emma agora era sua protegida.

Diabos, ela estava em seus braços.

Parado assim, com o topo da cabeça dela encaixado sob seu queixo, ele se sentiu como um estojo velho e maltratado guardando algo delicado e encantador.

Também podia olhar dentro do vestido dela.

– O segredo é o momento – ele disse. – Você não pode lançar a peteca e acertá-la ao mesmo tempo. Espere um instante, então bata. – Ele demonstrou, lançando a peteca à frente da raquete, depois guiando o braço dela em uma batida firme. – Está vendo?

– Acho que sim.

– Então tente.

Ele recuou para lhe dar espaço para tentar. Ela mordeu o lábio e franziu o cenho, concentrada. Então lançou a peteca, esperou, bateu... e conseguiu dar um saque respeitável. Pelo menos a coisa passou por cima da rede.

Alguém que a observasse, contudo, pensaria que Emma tinha acabado de ganhar um prêmio de dez guinéus. Ash desejou conseguir se sentir tão alegre com qualquer coisa como ela se sentiu por acertar a peteca. A jovem pulou de contentamento e se voltou para ele com olhos acesos como... como um parque de diversões, ou um teatro de ópera, ou um baile real, ou qualquer outro lugar aonde ele nunca, jamais poderia levá-la. Maldição.

– Bem...? – ela fez, evidentemente esperando um elogio.

Ele inclinou a cabeça, fazendo-a esperar pela recompensa.

– Nada mal.

– Obrigada. – Ela lhe deu um sorriso malicioso.

– Isso significa muito vindo de você, meu gatinho.

– Oh, agora chega. – Ele se lançou na direção dela.

Emma fugiu, soltando uma risada que parecia um guincho.

Passando por baixo da rede, ele cortou a fuga dela, pegando-a pela cintura, levantando-a e colocando-a sobre o ombro bom.

Um erro. O movimento repentino fez uma dor correr do seu pescoço ao quadril. Ele teve que parar e respirar fundo para acalmar a pontada escaldante e violenta.

– Você está bem? – ela não acrescentou epítetos absurdos à pergunta; havia preocupação genuína na voz dela.

– Estou ótimo – ele disse, tenso.

Ash não estava de fato bem, mas às vezes a dor valia a pena.

Para se distrair, conjurou fantasias lascivas. Deitá-la no divã e levantar-lhe as anáguas até as orelhas. Ou, mais depravadas ainda, prendê-la contra a parede e desaparecer debaixo das saias dela. Qualquer coisa para colocar as pernas de Emma ao seu redor. Ao redor de qualquer parte dele. De sua cintura, penduradas em seus ombros... não era exigente.

Quando a dor diminuiu, ele se obrigou a pôr de lado aquelas fantasias. Oh, ele iria possuí-la. Mas precisaria esperar até de noite para desenrolar sua múmia egípcia dos dez cobertores, e então a possuiria em silêncio penitente.

Ash a deslizou de seu ombro, as curvas macias se arrastando por seu corpo enquanto descia. Que tortura mais doce. Ela respirava com esforço, devido às risadas e à tentativa de fuga, e estava corada em todos os lugares certos.

Quando olhou para Ash, o sorriso sumiu.

– Você *está* sentindo dor.

– Não estou, não.

Ela cutucou o ombro ruim dele. Ash fez uma careta.

– Não é nada – ele disse. – Pelo menos nada que lhe diga respeito.

– Eu sou sua *esposa*. Se você está sentindo dor, isso me diz respeito sim.

Pare, ele implorou em silêncio. *Não faça isso. Não chegue mais perto, não pergunte dos meus ferimentos. Não toque neles. Não se importe.*

Um homem melhor teria se sentido grato pela preocupação carinhosa dela. E uma parte dele estava grata. Uma parte dele queria cair aos pés dela e chorar. Mas a parte amarga da alma dele, a parte marcada pelos ferimentos, não conseguia tolerar a piedade dela. O diabo dentro de Ash a atacaria de alguma forma inconcebível, indesculpável, até ela estar tão ocupada lambendo suas próprias feridas que não teria tempo de pensar nas dele.

– Existe alguma coisa que eu possa fazer? – ela perguntou.

– Sim – ele disse, sisudo. – Você pode me deixar em paz.

Viu? Ela já parece magoada. Para o próprio bem dela, e do filho que teria, ele precisava afastá-la.

Mas Ash não sabia como.

Bem naquele momento – milagre dos milagres – Khan teve um rompante de utilidade.

O mordomo abriu as portas do salão de baile e pigarreou.

– Vossa Graça, odeio interrompê-lo.

Aliviado, Ash se afastou da esposa.

– Mentiroso. Você adora interromper.

– Ainda que possa ser uma surpresa para nós dois, desta vez estou sendo sincero. O secretário do seu advogado chegou. Eu o levei até a biblioteca. – Com uma reverência, Khan saiu por onde tinha entrado.

Ash gesticulou na direção da porta.

– Eu preciso mesmo...

– Administrar seu ducado – Emma terminou a frase e alisou o vestido. – Sim, eu sei. Deixá-lo em paz foi a recompensa da aposta.

Aquiescendo, ele saiu do salão.

Ainda bem que foram interrompidos, Ash pensou. Foi uma sorte, até. Esse casamento não tinha nada a ver com esporte. Prazer não era o objetivo. E qualquer forma de afeto seria desastrosa.

Ele faria sexo com ela durante algumas semanas. Com sorte, isso seria o suficiente para engravidá-la. Ele teria cumprido com seu dever.

E então aquilo poderia terminar.

Nessa noite, o jantar foi mais tranquilo do que Emma gostaria. Na verdade, a refeição foi quase curta demais. Ela se viu com uma abundância de tempo para gastar enquanto esperava a visita do marido.

Mary apareceu para escovar seu cabelo e ajudá-la a tirar seu único vestido de noite. Depois que a camareira saiu, Emma ficou andando de um lado para outro no quarto. Olhou para o relógio, desejando que os ponteiros andassem com mais rapidez. A ideia de ler ou bordar não a entusiasmou – ela não conseguiria se concentrar. Por fim, decidiu que era melhor preparar o quarto ela mesma. Então apagou as velas e subiu na cama.

Enquanto entrava debaixo dos cobertores e colchas, admitiu a verdade.

Não estava nervosa.

Estava impaciente.

Ela queria sentir o toque dele outra vez. Desesperadamente. Não só o toque, mas o carinho. Talvez ele fosse brusco e insultuoso durante o dia, mas na escuridão, na noite passada, Ashbury pareceu um homem diferente por completo. Paciente, respeitoso. Sensual.

Desta vez, Emma decidiu, ela não estragaria tudo. Quanto antes o esforço reprodutivo começasse, melhor seria para todos os envolvidos.

Enfim, uma batida na porta.

Ele entrou sem esperar pela resposta dela.

– Esta noite vamos ser sérios – ele anunciou. – Entrar. Sair. Pronto.

Aquelas eram, possivelmente, as palavras menos sedutoras que ela podia imaginar, mas Emma devia estar louca, porque ficou excitada assim mesmo.

Ele não extinguiu o fogo da lareira por completo, deixando um pouco de calor e um brilho âmbar. Com menos dificuldade do que na noite anterior, ele se juntou a ela na cama. Ash encontrou a borda das colchas – Emma tinha se limitado a duas nessa noite – e as retirou com um único movimento antes de estender seu corpo ao lado do dela. Ela prendeu a respiração, esperando o primeiro toque daquele contato maravilhoso.

– Bom Deus – ele disse. – Você está *nua*.

Bem, o início não foi dos mais promissores.

– Por que você está nua?

Ela tinha ouvido direito? Seu marido havia mesmo perguntado *por que* ela estava nua? Como isso podia ser uma dúvida?

– Eu não me despi noite passada porque pensei que você pudesse querer tirar minha roupa.

Ele ficou em silêncio.

– Quer que eu tire sua roupa? – ela perguntou.

– Não. – Então, com um tom de resignação: – Vamos logo com isso.

Oh, aquilo era demais para aguentar. Ela não conseguiu continuar em silêncio e se levantou, apoiando-se em um cotovelo.

– O que eu estou fazendo de errado? Tenho certeza de que suas amantes anteriores participavam ativamente do ato.

– Sim, mas elas eram experientes. Algumas eram profissionais. Você é uma esposa. Não é esperado que você goste disto; espera-se que fique deitada aí e aguente firme.

– Então é isso que quer de mim? Uma parceira silenciosa e letárgica?

– Isso.

– Muito bem – ela disse, desanimada. – Vou tentar.

Ashbury colocou a mão na coxa dela e, com um movimento brusco, abriu-lhe as pernas.

Então ele parou, mantendo a mão completamente imóvel.

Quando voltou a se mexer, tudo ficou diferente.

Apesar da intenção declarada de ser rápido, e de sua contrariedade ao encontrá-la nua, ele pareceu mudar de ideia quanto a fazer daquilo uma obrigação apressada e fria. Na verdade, todo o comportamento dele mudou. Mais uma vez, o toque brusco se tornou uma carícia. Enquanto explorava o corpo dela, Ashbury emitia sons baixos e roucos de aprovação que a excitaram da cabeça aos pés.

A mão dele cobriu um seio. Sacudida pelo prazer, Emma mordeu o lábio para abafar uma exclamação de alegria. Ele massageou e acariciou a carne macia, passando de um seio a outro e voltando. Os mamilos dela ficaram tesos, implorando por atenção. O ir e vir preguiçoso do polegar dele provocou um prazer agudo e doce, mas não era o bastante.

A respiração dela ficou mais rápida. Emma queria que ele se apressasse, mas Ashbury não tinha pressa. Suas palmas deslizavam por cada reentrância e curva, pintando o corpo dela com desejo.

O mais excitante de tudo foi quando ele começou a falar.

– Como é que você está aqui? – ele murmurou. Não para ela, mas, aparentemente, para si mesmo. – Como diabos eu consegui? – Ash subiu a mão até o cabelo dela e o afastou com delicadeza, deixando os fios deslizarem entre seus dedos. Ele soltou uma palavra emocionante: – Linda.

Emma estendeu as mãos para ele, desejando tocá-lo e retribuir o carinho, colocando-as no peito dele, deslizando sobre o tecido fino da camisa.

– Não. – Ele ficou rígido.

Ela deixou as mãos caírem na cama.

– Eu... eu sinto muito, eu...

Emma não sabia o que dizer. Aquela carícia breve, roubada, ficou gravada em suas palmas. Em uma das mãos, ela guardou a lembrança de um músculo esguio e forte por baixo do tecido passado a ferro. Na outra, contudo, permanecia uma sensação diferente. As bordas duras das cicatrizes que se estendiam pelo peito dele como uma teia de aranha diabólica.

– Sinto muito – ela repetiu.

Ele se virou para o lado e Emma ficou desesperada. Ela o tinha desencorajado? *De novo*?

Em vez de desistir, ele pegou um tipo de frasco pequeno. Ela ouviu o som de destampar. Um aroma exótico subiu na direção dela, e Emma o viu despejando algumas gotas na mão. Algum tipo de óleo, talvez?

A suposição dela quanto à substância se mostrou correta. Os dedos de Ashbury deslizaram sobre o sexo dela sem fricção, massageando suas partes íntimas. Era tão impossível definir as sensações quanto pegar água corrente, mas ela ficou igualmente molhada.

Quando Asbury se acomodou entre as coxas dela, Emma estava desesperada por ele, tomada por uma dor profunda e doce que ela sabia, de algum modo, que apenas ele poderia aplacar. Ela sabia como se dar prazer, mas nunca tinha sido capaz de preencher aquele vazio. Não sozinha.

A rigidez da masculinidade dele tocou seu ventre, deslizando para baixo sobre a fina camada de óleo. A sensação da dureza dele em seu sexo excitado... quase acabou com ela naquele instante. Emma gemeu com o desejo frustrado, movendo os quadris em busca de mais contato.

Ele ficou imóvel outra vez.

– Não pare – ela implorou, ofegante. – Por favor. Estou bem. Eu juro. Estou muito, muito, *muito* bem.

– Shhh – ele fez para ela. – Não se mexa.

– Por que não?

– Porque não estamos a sós.

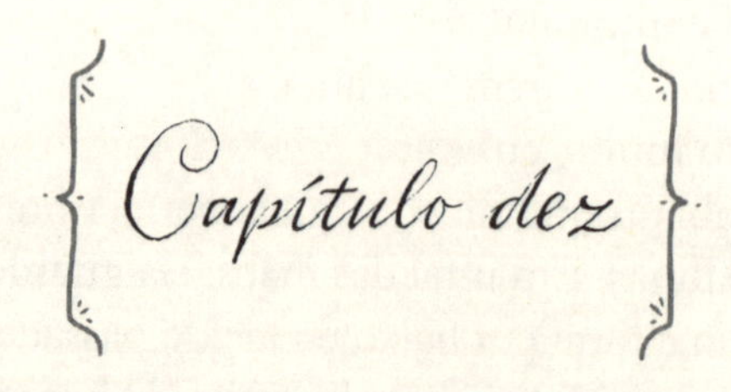

Capítulo dez

Ash se viu encarando um par de olhos acesos, que brilhavam para ele desde o canto do quarto. A base de sua coluna formigou. Seu coração foi de um galope à imobilidade.

Um intruso.

Como diabos ele tinha entrado?

Não importa, disse para si mesmo. A dúvida podia esperar. A questão mais urgente era: como ele iria matar o canalha? Mentalmente, avaliou as armas disponíveis no quarto. O atiçador da lareira era a mais eficiente, mas estava fora de alcance. A faixa de seu robe se transformaria em um garrote decente num átimo.

Se necessário, ele lutaria com as mãos. Sua única preocupação era manter Emma a salvo.

Ash rolou para o lado e ficou de joelhos, colocando seu corpo entre ela e a ameaça.

– Você tem três segundos para sair por onde veio – ele ordenou. – Ou juro que vou quebrar seu pescoço, vagabundo.

O intruso atacou primeiro, pulando para frente com um berro demoníaco.

Algo que parecia com uma dúzia de farpas afiadas como navalhas penetraram a roupa de dormir dele, atingindo-o no ombro e no braço. Aturdido, ele soltou um grito de dor.

Emma jogou as cobertas para o lado.

– Calças! Calças, não!

O *gato*?

Garras. Dentes. Sibilando.

O *gato*.

Ash cambaleou para fora da cama e girou o corpo para trás, agitando o braço para se soltar da fera, enquanto protegia seus órgãos reprodutores com a outra mão. Ele podia perder várias partes do corpo, mas não aquelas.

Da cama, Emma gritava e implorava com a criatura infernal, sem sucesso. Ela jogou um travesseiro, que acertou Ash no rosto, mas não fez nada para desalojar o demônio que tinha levado para a casa dele. A próxima tentativa de Ash derrubou tudo o que havia sobre a penteadeira e que podia se desfazer em cacos, como seus pés descalços logo descobriram. Ele se bateu várias vezes contra o pilar da cama, tentando assustar a criatura e fazer com que o soltasse. Não funcionou. O gato continuava preso à sua camisa – e sua carne – como uma rebarba. Uma rebarba com dentes que uivava.

Ash estava pronto para enfiar o braço, o gato e tudo mais no fogo – afinal, o que eram mais algumas queimaduras –, mas pelo queimado produzia um cheiro revoltante, e ele era decente o bastante para hesitar diante da ideia de matar o animal de estimação da esposa diante dos olhos dela.

Não, ele o levaria até o jardim, no dia seguinte, e o mataria ali.

No momento, contudo, ele precisa se livrar daquela coisa amaldiçoada.

Deixando o baixo-ventre desprotegido, agarrou o animal pelo pescoço e sacudiu os dois braços até conseguir soltá-lo. O diabrete caiu no chão e saiu correndo, desaparecendo nas sombras. Para nunca mais voltar, se sabia o que era bom para a saúde.

Ash verificou as joias da família. Todas presentes e aparentemente incólumes, mas tinham se recolhido tanto para dentro do corpo que não haveria como fazê-las colaborar de novo nessa noite. Nem por todas as tetas de Covent Garden.

Era isso. Ele teria que dar outra caminhada longa e frustrada essa noite.

– Você está sangrando? – Emma perguntou.

– Só em vinte lugares. – Ele tocou o próprio ombro e fez uma careta. Seus dedos ficaram úmidos. – Maldito saco de pulgas.

Ela se deixou cair na cama com um suspiro desanimado.

– Eu sinto muito. Não tinha ideia de que ele estava no quarto.

– Guarde o que estou dizendo – Ash disse, tenebroso. – Amanhã à noite ele não vai estar.

– Você casou mesmo com o Duque de Ashbury? – Davina Palmer passou o braço pelo de Emma, puxando-a para perto para sussurrar enquanto caminhavam pelo parque. – Se não se importa que eu pergunte... Como foi que isso aconteceu?

Emma deu uma risada.

– Não me importo. Eu mesma tenho me feito essa pergunta. O tempo todo.

Ela puxou a Srta. Palmer da trilha cheia de gente. Era muito grande o risco de que a ouvissem. Enquanto rodeavam um lago de patos, Emma contou uma versão resumida de sua história. O vestido da Srta. Worthing. A necessidade urgente de o duque conseguir uma esposa. O pedido estranho, acontecido há apenas uma semana. E o casamento apressado.

– Por mais chocante que possa ser, não consegui recusar o pedido.

– Recusar um duque? Claro que não. Nenhuma mulher da Inglaterra recusaria, eu aposto.

Pois uma mulher da Inglaterra o tinha recusado. A alpinista social Srta. Worthing, dentre todas as mulheres, havia rejeitado Ashbury. Quanto mais Emma pensava naquilo, menos sentido fazia.

Mas essa não era a questão mais importante do dia.

– Se eu tivesse o seu bom senso, Emma. – A voz de Davina estremeceu. – Que idiota eu fui para acabar nesta situação.

– Você *não* foi uma idiota.

– Eu ainda não entendo como foi que aconteceu. Tomei todas as precauções para não engravidar.

Emma baixou a voz.

– Você quer dizer que o cavalheiro tirou antes de... terminar o ato?

– Não.

– Você usou uma esponja, então?

– Uma esponja? O que eu iria fazer com uma esponja?

– Então ele usou uma camisa de vênus?

Davina olhou para Emma com uma expressão de espanto.

– O que é isso?

Emma ficou perplexa.

– Que precauções, exatamente, você tomou?

– Todas as de costume. Depois que terminamos, eu fiquei pulando durante dez minutos. Cheirei pimenta para me fazer espirrar três vezes e tomei uma xícara de vinagre. Eu fiz *tudo* certo.

Emma apertou os lábios. Se essa era a ideia que Davina tinha de anticoncepcionais, talvez a jovem fosse mesmo *um pouco* idiota. Apesar de tudo, ela não deveria pagar pelo resto da vida por um erro.

– O importante é que você pode contar com a minha amizade. Para começar, eu desenhei alguns vestidos para você, que vão conseguir esconder o fato de que seu corpo está aumentando. Vou avisar pela Fanny quando estiverem prontos. Além disso... – Emma puxou a outra para mais perto enquanto caminhavam. – O duque disse que vou ter minha própria casa em Oxfordshire. Vou convidar você para uma visita demorada. – Desde que, claro, a própria Emma pudesse ir para lá. – Você pode ficar comigo no interior até dar à luz.

– Tem certeza de que o duque não irá se opor?

– Ele nem vai saber. Nosso casamento é de conveniência. Tudo que ele precisa é um herdeiro. Depois que eu estiver grávida, ele não vai querer mais nada comigo. – Emma sorriu. – Seremos só nós duas, sentadas com os tornozelos inchados apoiados na mesa de chá, devorando doces e tricotando gorrinhos de lã.

– Oh, parece perfeito. Mas o que vai acontecer depois?

– A decisão vai ser sua. Mas se estiver decidida a encontrar uma família para ficar com seu filho, pode ser que encontremos uma ali por perto. Então você pode vir visitá-lo sempre que quiser. Nossos filhos poderão brincar juntos.

Davina apertou o punho de Emma.

– Não consigo acreditar que você vai fazer tudo isso por mim.

– Não é nada demais. Você não sabe como fico feliz de poder ajudá-la.

– Oh, mas primeiro eu preciso conseguir a permissão do meu pai. Esse é o único problema.

– Tenho certeza de que ele não irá lhe negar a oportunidade de visitar uma duquesa.

– Bem... – Davina pareceu hesitante. – É só que...

– Eu não sou uma duquesa convencional – Emma concluiu. Quanto a isso, seu marido também não era um duque convencional. Fazia anos que não era visto em público, e depois se casou com uma costureira.

– Vai haver certa curiosidade – Davina disse.

Curiosidade. Que jeito bondoso de dizer fofoca.

Emma sabia das coisas cruéis que as ladies falavam umas das outras. No ateliê de costura, falavam na frente dela, como se Emma não existisse.

– Mas com certeza o duque vai mostrar você para a sociedade – Davina disse. – Ele vai *ter* que apresentá-la à corte. A partir daí, apenas peça para que ele a leve a bailes, jantares e à ópera.

Ah. Claro, Emma podia apenas pedir. E ele apenas diria não.

Aquele plano estava ficando cada vez mais complicado. Para poder ajudar Davina, ela precisava engravidar imediatamente – o que destino e felinos estavam conspirando para impedir – ou convencer o duque a lhe permitir que viajasse apesar de não estar grávida. Enquanto isso, ela precisava se tornar uma duquesa respeitável aos olhos da sociedade, para que o Sr. Palmer permitisse que a filha fosse visitá-la.

Tudo parecia difícil demais.

– E se o seu pai não lhe der permissão? – Emma perguntou.

– Então acho que serei obrigada a fugir – Davina disse com a voz trêmula. – Sou filha única, e papai quer que eu case com um cavalheiro bem situado, que possa assumir os negócios dele. Se eu estiver arruinada, os planos dele também estarão. Você consegue compreender?

– Claro. Eu consigo.

Emma compreendia perfeitamente. Ela também tinha adorado seu pai. Mas quando mais precisou dele, o pai escolheu proteger as aparências em vez de proteger a filha.

Ela se recusava a deixar a pobre Davina enfrentar aquilo sozinha. Embora a situação de Emma tenha sido diferente, a sensação não foi menos terrível. Ela ainda carregava lembranças cruéis: algumas eram visíveis, outras se escondiam dentro dela. Não havia como apagar a dor de seu passado, mas havia a possibilidade de salvar o futuro daquela jovem.

Não importava o que fosse necessário, encontraria um modo.

Sua melhor estratégia, no momento, era ir para casa e atrair – ou arrastar, se necessário fosse – o marido para a cama.

– Vossa Graça diria que é um pouco desajeitada? – Mary fez essa pergunta enquanto arrumava o cabelo de Emma para o jantar.

– Não – Emma respondeu. – Na verdade, não.

– Oh, isso é muito ruim.

– Por que é muito ruim?

– Bem, eu estava pensando... e se você tropeçasse, e o duque tivesse que pegá-la? Isso serviria para encorajar uma demonstração de afeto. Ou se derramasse vinho no seu vestido, ele teria que tirar a gravata para enxugá-la. – Antes que Emma pudesse responder, Mary se animou com outra ideia: – Oh, você pode torcer o pé. Então ele teria que carregá-la. *Isso* seria bem romântico.

– Eu não vou torcer meu pé.

– Não acha que poderia tentar? Nem mesmo um tropeço?

– Não.

– Tudo bem. Vamos pensar em outra coisa. Eu estava imaginando... E se você fosse para o sótão... e aí se o Sr. Khan mandasse o duque para o sótão... e aí se você e o duque ficassem trancados no sótão, juntos. Por acidente.

– *Mary*. Você precisa largar essas ideias. O duque não vai se apaixonar por mim. Nem mesmo trancado num sótão. Na verdade, ele está muito contrariado comigo no momento.

Ou, pelo menos, estava contrariado com o gato dela.

Com um suspiro, Mary prendeu o último grampo no cabelo de Emma.

– Pronto, agora vire e me deixe dar uma olhada em você.

Depois de observar a duquesa, Mary se aproximou e puxou as mangas do vestido, descobrindo os ombros de Emma, e puxou o corpete tão para baixo que ele mal cobria as aréolas.

– Isso já é alguma coisa – a camareira comentou.

Quando Emma chegou à sala de jantar, o duque não estava lá para tentar ver as aréolas dela. Ela esperou quinze minutos. Nada.

Ele devia estar muito furioso com ela. Talvez nem o visse mais tarde, no quarto. Nesse ritmo, eles nunca conseguiriam procriar.

Emma se preparava para voltar para o quarto, pretendendo pedir à criada que lhe servisse o jantar lá, para depois se afundar na cama com um romance. Quando passava pelo corredor, no entanto, alguém a chamou com um sussurro baixo.

– Aqui.

Ela se virou, curiosa. O duque estava na biblioteca, descalço e sentado de pernas cruzadas no tapete, olhando para a lareira apagada e vazia.

– O que você está fazendo?

– Shh. – Ele ergueu a mão estendida para ela. – Não faça movimentos súbitos.

– Tudo bem – ela sussurrou, chutando os sapatos e entrando na biblioteca apenas de meias para se sentar ao lado dele no chão. Ela cruzou as pernas por baixo das saias e também olhou para a lareira. – O que nós estamos olhando? – ela sussurrou.

– Seu gato. A fera está escondida atrás da grade. Estamos esperando para ver quem vai se mexer primeiro.

Emma forçou a vista na lareira escura. Sim, ela conseguia distinguir um par de olhos verdes observando-a a partir dos recessos borralheiros da lareira.

– Há quanto tempo você está aqui? – ela sussurrou.

– Que horas são agora?

– Sete e meia.

– Quatro horas, então.

– *Quatro horas?* – ela exclamou. – E quanto tempo você pretende ficar assim?

Ele apertou a mandíbula e fuzilou a lareira com o olhar.

– O tempo que for necessário.

Ela notou o baú aberto ao lado dele. A peça tinha duas cintas de couro com fivelas. Emma soltou uma exclamação.

– Você vai trancar o Calças num *baú*?

– Durante a noite, sim. Parece que as portas não são suficientes para detê-lo.

– Sem comida nem água?

– Eu fiz buracos para ele respirar. E, acredite em mim, ele tem sorte de conseguir isso.

– Mas... por quê?

– Não é óbvio? – Pela primeira vez desde que ela entrou na biblioteca, ele olhou para ela. – Porque pretendo engravidá-la esta noite, ou no mínimo tentar para valer. Desta vez não vamos ser interrompidos.

Ele voltou a encarar a grade.

– Oh. – Emma mordeu o lábio, tentando ignorar o calor que se estendia do seu pescoço até o couro cabeludo. – Você ficou muito machucado, na noite passada? Está furioso comigo?

– Não sei se vou conseguir perdoá-la – ele disse com secura. – Vou ficar com uma cicatriz.

Ela hesitou por um instante, depois riu.

O canto da boca dele se levantou num sorriso irônico. Ficou satisfeito consigo mesmo por conseguir fazê-la rir. Emma também ficou satisfeita. Quando ele não estava usando a língua afiada para cortá-la em pedaços, Ashbury tinha um senso de humor encantador.

– Eu já volto – ela disse, levantando-se.

Alguns minutos depois, ela voltou com uma bandeja contendo sanduíches, duas taças e uma garrafa de vinho aberta.

– Aqui. – Ela lhe ofereceu um sanduíche de rosbife. – Para manter seu vigor.

Ele pegou o pão e deu-lhe uma mordida grande, masculina.

– Algum progresso? – Ela mordeu seu sanduíche de ovo e agrião.

Ele meneou a cabeça.

– Onde você conseguiu esse serzinho pestilento?

– Onde *você* conseguiu aprender a praguejar com tanta criatividade?

Ele pegou outro sanduíche.

– Você pode agradecer ao meu pai por isso. No verão em que eu tinha 9 anos, minha mãe me ouviu pronunciar uns palavrões que eu havia aprendido na escola. Meu pai me puxou de lado e me disse, com toda clareza, que eu era um cavalheiro instruído e que ele *nunca* mais queria me ouvir usando palavras grosseiras. Ele disse: "Pragueje o quanto quiser, mas pelo menos use palavras de Shakespeare." Eu li todas as peças dele até o fim do verão.

– Foi muito inteligente da parte dele.

– Ele era um homem sábio. E bom. Posso não ser um homem sábio ou bom, mas pelo menos tenho consciência do meu dever. O legado do meu pai, e tudo e todos que ele protegia, ficou para mim. Não vou deixar que isso tudo murche e morra.

– E você ainda tira suas imprecações de Shakespeare.

– Eu tento, pelo menos quando falo, como forma de homenagear a memória do meu pai. Não posso afirmar, porém, que meus pensamentos têm sempre inspiração literária.

Emma aguardou um instante em silêncio.

– Você deve sentir muita falta dele. E você o perdeu tão jovem. Como foi que... – Ela interrompeu a pergunta. Talvez estivesse sendo curiosa demais.

– Uma febre levou os dois. Eu estava na escola.

– Oh, querido. – Ela se aproximou um pouco mais. – Deve ter sido horrível.

– Fico feliz por não estar presente para vê-los doentes. Os dois vão continuar sempre fortes na minha lembrança. Da mesma forma, sinto-me grato por eles nunca terem me visto depois que eu... fiquei... você sabe. Assim.

Ela entendeu o que ele queria dizer, mas não acreditou que estava sendo sincero. Ter uma família amorosa por perto teria feito toda a diferença.

Ele deu um grande gole de vinho, depois olhou para ela.

– E quanto aos seus pais? Você mencionou ter saído de casa para ir a Londres quando era nova. O que aconteceu?

Ela mastigou lentamente um bocado.

– O de sempre. Disciplina severa. Rebeldia juvenil. Foram ditas palavras que nunca mais poderiam ser retiradas.

– Isso – ele disse – não é uma resposta.

– É sim. Você me fez uma pergunta. Eu respondi. Com palavras e tudo mais.

– Eu lhe dei detalhes. Idade, eventos... *sentimentos*. Abri minha alma.

Ela deu um olhar incrédulo para ele.

– Tudo bem, está certo – ele disse. – Eu não tenho alma. Mas o resto é verdade. Você pode ser mais específica do que *isso*.

– A história é entediante, na verdade. – Antes que ele pudesse protestar, ela tirou um recorte de jornal do bolso. – Agora, *esta* é uma história interessante. "Monstro de capa ameaça Mayfair."

Ele hesitou.

– Parece ridícula.

– Eu achei empolgante. – Ela pigarreou e leu em voz alta: – "Pela segunda vez em duas semanas, um espectro assustador levou desordem e terror ao bairro mais improvável: Mayfair. O demônio foi descrito como uma figura alta, esguia, toda vestida de preto, com botas finas e um chapéu de castor tão enterrado na cabeça que sua aba toca o colarinho levantado da capa. Este repórter entrevistou um transeunte bem abalado que afirmou ter visto o monstro de capa no Parque St. James na quinta-feira passada. Ontem à noite, moradores das redondezas do Mercado dos Pastores testemunharam um demônio de rosto horrendo, com rosnado assustador, vagando pelas vielas. A aparição ameaçou nada menos que uma dúzia de almas – entre elas, três garotos inocentes – antes de desaparecer na noite. As mães devem ficar de olho nos filhos, para o caso de o Monstro de Mayfair atacar de novo." – Ela baixou o recorte de jornal. – Então?

– Bobagem sensacionalista.

– Achei a escrita bem sugestiva. – Emma dobrou lentamente o recorte e o guardou. – Alguma ideia de quem pode ser esse "monstro"?

Ele ficou em silêncio.

– É uma coincidência e tanto. Porque semana passada nós estávamos no Parque St. James. E você tem um chapéu de castor e uma capa preta. Mas é claro que você não sai por aí aterrorizando garotinhos inocentes.

Ele bufou e admitiu.

– Garotinhos inocentes uma ova. Os malandros derrubaram uma vendedora de flores para roubar suas moedas. Eles fizeram por merecer o que lhes aconteceu.

Ela sorriu.

– Sabe, eu desconfiava que você fosse um homem bom, lá no fundo. Ainda que bem, bem, bem lá no fundo. Em uma caverna abismal. Debaixo de um vulcão.

Ele era mais complexo do que ela tinha imaginado. Talvez mais do que qualquer um imaginava. Humor, paciência, paixão. Emma achava tudo aquilo perturbadoramente atraente.

Venha logo, então, Calças.

Pareceu haver algum movimento, enfim, na reentrância escura atrás da grade.

– Silêncio. – Ele arrancou o canto de um sanduíche de salmão e o empurrou para frente, até ficar perto o bastante para se tornar uma tentação felina irresistível. – Vamos lá, seu pesadelo odioso e lamuriento – ele entoou. – Seu jantar está aqui.

Com um fluxo contínuo de insultos em tom enganadoramente carinhoso, ele fez o gato sair da lareira. Emma permaneceu imóvel para não assustar a criatura.

– É isso – Ash sussurrou, puxando a mão para mais perto do colo, trazendo o gato como um peixe no anzol. Afinal, ele deixou Calças pegar a isca. O gato faminto atacou o sanduíche com voracidade. – Aí está você, então.

A fera estava comendo na mão dele.

Monstro de Mayfair, pois sim.

Enquanto Calças comia em uma das mãos dele, com a outra, Ashbury pegou o gato pelo cangote. Ele levantou a criatura e a colocou com o sanduíche no baú, prendendo-o com as correias. Calças nem reclamou.

Então Ash levantou e limpou as mãos antes de oferecer ajuda a Emma para se levantar.

– Agora – ele começou – vou chamar um criado para tirar esta bandeja e manter o gato bem preso e guardado. Então vou para meu quarto colocar uma camisa limpa e lavar a sujeira das minhas mãos. No total, estimo que gastarei três minutos. – Seu olhar intenso capturou o dela. – Esse é o tempo que você tem.

– Tempo que tenho para quê?

– Para se preparar. Antes que eu apareça no seu quarto para pegá-la na sua cama.

– Oh.

Ele caminhou com tranquilidade até a corda da sineta.

– É melhor se apressar, Emma. Agora você só tem dois minutos e meio.

Emma engoliu em seco.

Então ela se virou e correu.

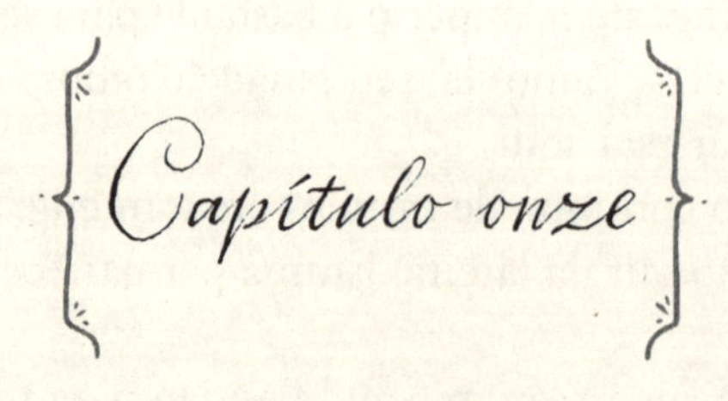

Emma não se deu ao trabalho de pegar os sapatos. Ela correu só de meias até a escada, levantando as saias com as duas mãos para que não atrapalhassem.

Quando chegou aos seus aposentos, colocou a criada para fora e foi diretamente para o quarto. Correndo, soltava os botões do vestido com uma mão enquanto apagava as velas com a ponta lambida dos dedos da outra, deixando apenas a luz tênue da lareira. Ela ainda não via motivo para a escuridão, mas não queria desperdiçar tempo discutindo.

Não essa noite.

Mal tinha conseguido afrouxar o corpete quando ele abriu a porta.

Sem bater. Sem cumprimentar. Ele cumpriu a palavra.

Ashbury avançou até Emma, colocou as mãos na cintura dela, levantou-a e jogou-a na cama.

O fôlego abandonou-a. Quando a coordenação retornou às suas mãos, ela lutou para reencontrar os botões e continuou a se despir.

– Não precisa – ele disse, com uma voz áspera, autoritária.

Muito bem, então.

Ela nunca teria imaginado que acharia excitante aquele tratamento brusco, grosseiro... mas achou. Oh, como achou. Ele *era* capaz de paciência e gentileza. Tinha demonstrado isso lá embaixo, com o gato. Saber disso fez com que ela se sentisse segura, mesmo que no momento ele fosse tão dominador. Além do mais, Emma sabia, por experiência, que Ashbury pararia no momento em que ela manifestasse o menor desconforto.

Mas não queria que ele parasse.

Ele estava parado, no pé da cama, uma silhueta escura, lutando com o fecho de suas calças, que depois arrancou.

Ela ofegava de excitação quando Ashbury se juntou a ela na cama.

Ele montou nos quadris dela e puxou o corpete com força. Emma ouviu uma costura sendo rasgada. Não importava; no dia seguinte ela poderia consertá-la. Antes que concluísse que tinha o fio na cor certa, ele expôs os seios dela, mas logo os cobriu com as mãos, massageando e acariciando a carne macia. Desejo tremulou sobre a pele dela. Seus mamilos ficaram tesos, e ele os encontrou com os polegares. Enquanto Ash enrolava e apertava os bicos sensíveis, ela se contorcia sob as carícias experientes.

– Você gosta assim. – Metade declaração convencida, metade pergunta.

Ela concordou, então se deu conta de que talvez ele não conseguisse ver o movimento de cabeça.

– Gosto – ela disse.

– E assim?

Ele beliscou o mamilo e ela teve que ir atrás de seus pensamentos antes de ser capaz de responder.

– Gosto.

– Só quero ter certeza. Antes de fazer isto.

– O quê?

Ele envolveu um dos seios e o levantou. Ela sentiu algo úmido passar sobre o mamilo.

Ele a tinha *lambido.*

Emma teve um espasmo com a sensação aguda.

– Pensei que você tinha uma regra – ela disse, a voz entrecortada. – Nada de beijar.

– Isto não é beijar. É lamber. – Outra carícia úmida, quente dessa vez, que descreveu círculos terríveis, maravilhosos. – E chupar. – Ele puxou o mamilo para dentro da boca, atacando-a sem piedade.

Ela gritou e arqueou o corpo, estendendo as mãos para se segurar nos ombros dele, lembrando tarde demais que ele não queria ser tocado.

Ele se sentou, segurou as mãos dela e as prendeu no colchão, dos lados da cabeça dela.

– Já discutimos isso.

– Eu sei. Me desculpe. Esqueci. Não consigo pensar quando você me toca daquele jeito. Nem quando me toca *deste* jeito.

O modo vigoroso com que ele segurou os braços dela só fez aumentar sua excitação. Seus pulsos batiam loucamente sob as palmas dele, e seu coração era um tambor nos ouvidos.

– Não se esqueça de novo – ele disse numa voz grave, excitante. – Ou vou ser obrigado a amarrá-la na cama.

Diante da advertência, os músculos íntimos dela vibraram.

– Isso é uma ameaça? Porque eu... eu acho que não me oponho totalmente à ideia.

– Não se opõe?

Ela lambeu o lábio inferior.

– Bem, parece que você é muito bom nisto. E com a escuridão... está tudo sensual e cheio de sombras. Parece um daqueles sonhos febris que a gente tem numa noite quente de verão.

– Então você sonha com isto. Ser apalpada por um estranho grande no escuro.

A resposta dela saiu num guincho hesitante:

– Talvez?

Momentos intoleráveis se passaram em silêncio.

– Você é incrível – ele disse.

Se aquilo foi um elogio ou uma repreensão, ela não soube dizer. Emma não teve chance de perguntar. Ele soltou seus pulsos e se colocou entre suas pernas, empurrando saia e anáguas até a cintura dela.

Passando os dedos no sexo de Emma, Ashbury emitiu um som de aprovação.

– Já está molhada para mim.

A palma da mão dele desceu sobre o monte de vênus. Emma se esforçou para ficar parada. Não foi fácil. Mas se ele parasse naquele momento, ela morreria de frustração. Os dedos dele a penetraram, indo fundo. Oh, Deus. Talvez ela não morresse de frustração, mas de êxtase.

Em vez de se deitar sobre ela, Ashbury se apoiou num cotovelo. Emma sentiu a língua dele outra vez. Dessa vez não foi no mamilo.

Foi *lá*.

Ela não conseguiu evitar. Seu corpo teve uma convulsão de prazer, arqueando-se e torcendo-se sob a boca dele. Ash lambia-a mais e mais, jogando-a numa espiral de excitação com passadas lânguidas de sua língua. Enquanto isso, ele fazia investidas rítmicas com os dedos, atingindo um lugar dentro dela que a fez agarrar os lençóis.

Emma não sabia o quanto ainda poderia aguentar. Mas mesmo que ela quisesse implorar por clemência, o que iria gritar? Duque? Ashbury? Não. Ela se recusava. Momentos íntimos pedem um tratamento íntimo, e ela temeu que ele pudesse ficar furioso se ela tentasse chamá-lo de "querido", "coração" ou "meu anjinho gordinho precioso".

Não, não haveria pedido de clemência. Ela se rendia ao prazer, deixando-o empurrá-la cada vez mais perto do limite da loucura com cada passada de língua.

– Não pare – ela sussurrou.

Não pare.

Como se ela precisasse lhe dizer isso.

Ash não pararia por nada. Nem mesmo por um gato selvagem. A coleção de animais exóticos da realeza podia cair pela chaminé que ele não levantaria a cabeça de sua tarefa.

Ela estava tão perto. Ele podia sentir. Podia saborear. E por mais urgentemente que Emma precisasse gozar, ele precisava ainda mais que ela gozasse.

Levar uma mulher ao orgasmo sempre foi um prazer especial para ele. Com a maioria das mulheres que ele tinha conhecido, mesmo que nenhum afeto especial estivesse envolvido, o clímax exigia um pouco mais do que língua e dedos habilidosos. Exigia proximidade, confiança. Intimidade. Sentir uma mulher gozar debaixo de sua mão, sua boca, seu corpo... bem, isso o fazia se sentir o rei do planeta, claro, mas também fazia com que se sentisse conectado. Humano.

E agora ele era um monstro.

Veja, tinha saído até no *Tagarela*.

Ash imaginava – ele temia, para ser mais preciso – que nunca mais voltasse a conhecer a intimidade de uma mulher. Não dessa forma. Que mulher permitiria aquele rosto deformado e repulsivo entre as pernas?

Emma permitia, aparentemente. Se isso fazia dela lunática ou tonta, ele decidiria mais tarde. Era provável que ela fosse as duas coisas. Ele a tinha convencido a casar com ele, afinal.

Então ela arqueou os quadris e começou a cavalgar a língua dele num ritmo desesperado, em busca de seu êxtase. A doçura insuportável o fez gemer. Seu pau, que já estava duro, pulsava de impaciência.

Agora. Pelos deuses, que seja agora.

Ela arfou e seu corpo todo ficou tenso quando o prazer a arrebatou. O calor úmido do sexo dela apertou os dedos de Ash. Ele saboreou cada espasmo, cada suspiro suave e lindo.

Quando o corpo dela relaxou, ele tirou os dedos de dentro dela e passou aquela umidade sedosa em seu membro. Emma abriu as pernas e ele se ajoelhou entre elas, passando-as por sobre seus ombros. Segurando o pau com a mão, ele posicionou a cabeça de sua ereção onde precisava estar, firmou suas coxas e... enfiou.

E ele estava dentro dela. Dentro dela. Deus, tão maravilhosamente dentro dela... e ainda queria mais.

Ele não conseguiu evitar de grunhir.

Ash começou a dar estocadas para valer, penetrando cada vez mais fundo naquele túnel estreito de calor. Ele torceu para que ela tivesse sentido o pior desconforto na outra noite, porque, no momento, estava além de qualquer gentileza. Ele arremetia com decisão, determinado a chegar ao cerne de Emma, a sentir o corpo dela recebendo-o todo. Ela arqueou o corpo, erguendo os quadris para aumentar o contato de sua pelve com a dele.

– Assim – ele sussurrou em meio à respiração difícil. – Assim mesmo.

Ele pôs as duas mãos debaixo do traseiro dela e a ergueu, inclinando mais os quadris. O corpo dela ofereceu mais uma fração de espaço e ele entrou todo.

Perfeita. Tão perfeita.

Ainda de joelhos, ele a manteve segura pelos quadris e aumentou o ritmo. Com ajuda do brilho âmbar da lareira, ele conseguia distinguir os seios empinados de Emma, que balançavam a cada estocada sua. Deus, como ele queria ver aqueles seios em plena luz do dia. Os mamilos. Queria saber a cor deles, delinear seu formato primeiro com os dedos, depois com a língua. Acarinhá-los e sentir a maciez deles em seu rosto.

Por mais que quisesse *vê-los*, Ash precisava admitir que imaginá-los... também estava funcionando. De verdade. Isso o fez lembrar de sua juventude, quando tinha que se virar apenas com a mão e a imaginação. Só que ali não era sua mão calejada, e a imaginação dele nunca havia sido tão boa. Essa amante não era uma fantasia; era real. Ela tinha forma, calor e cheiro.

Ela tinha um nome.

– Emma.

Quando ele a chamou, o corpo dela ficou deliciosamente tenso ao redor de seu membro rijo.

Então ele fez de novo.

– Emma. – O prazer foi agudo, cortando-o como uma faca. Ele rilhou os dentes. – *Emma.*

Depois disso, as palavras ficaram além de sua capacidade. Ele apertou o traseiro redondo dela com as duas mãos e a possuiu com estocadas firmes e rápidas, implacável em sua corrida rumo ao ápice.

Então ele gozou. *Forte*, despejando-se dentro dela com uma alegria violenta. Os quadris dele estremeciam a cada espasmo. O clímax parecia não acabar, aproximando-se da eternidade. Mas, ainda assim, não foi nem de perto o suficiente.

Ash desabou na cama ao lado dela, fraco e gasto. Se ele soubesse que ter uma esposa seria assim, teria se casado anos atrás.

Mas casar anos atrás teria significado uma mulher diferente. E ele não sabia se esposas como Emma eram tão abundantes.

Ele virou a cabeça para encará-la no escuro.

– De onde diabos você veio?

Ela ficou em silêncio por bastante tempo.

– Hertfordshire – Emma disse, afinal.

Ele riu à vontade, sem se segurar.

– Você precisa me deixar chamá-lo de alguma coisa – ela disse. – Se nós continuarmos deste jeito, vou precisar de um nome para gritar, e acho que você não vai querer que seja "amorzinho".

– Experimente, flor. – Ele sentou na cama. – Mas se você insiste em me chamar de alguma coisa, use Ash. É assim que meus amigos me chamam. – *Ou chamavam, quando eu ainda tinha amigos.*

Ele pegou as calças.

– Você não pode estar querendo me deixar sozinha – ela disse. – Depois *disso*?

A óbvia satisfação dela fez inchar o orgulho de Ash, mas ficar a noite toda estava fora de questão. Ele não iria permitir que ela acordasse ao lado dele sob a luz do dia, a poucos centímetros de seu rosto desfigurado, para não falar do festival de horrores que eram seus pescoço, peito e ombro.

Pelo menos não agora. Talvez nunca.

Ela pensaria estar acordando de um pesado. E se afastaria dele. Fugiria correndo do quarto. Coisa pior tinha acontecido antes. A menos que ela estivesse grávida de seu filho, Ash não podia correr esse risco. E depois que Emma ficasse grávida, eles estariam resolvidos.

Quanto antes acontecesse, melhor.

Ele saiu do quarto com as pernas bambas, então se apoiou na porta. *Por favor, seja fértil, ou você vai ser o meu fim.*

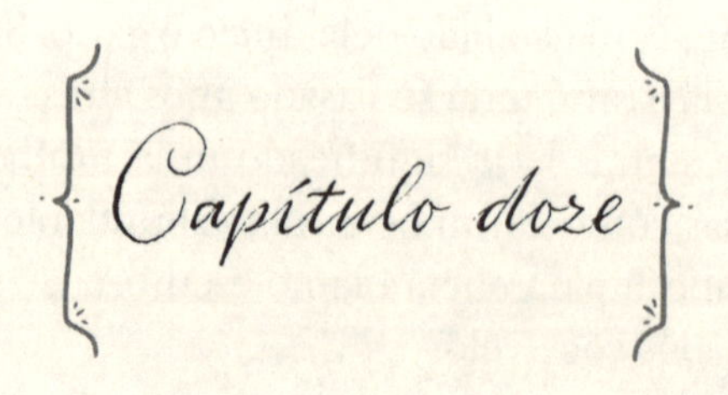

Capítulo doze

Andar pelas ruas naquela noite foi uma experiência nova.

Nada de ficar se esgueirando furtivamente pelas vielas escuras. Nessa noite, Ash estava quase saltitando. Dançando.

Ele não encontrou nenhum espécime de lixo humano que o enfurecesse.

Não havia mais a frustração sexual que o levava ao ponto da irascibilidade.

Ele se sentia quase... humano outra vez. Até mesmo atravessou uma praça aberta.

– Ei! – alguém chamou. – Você é o Monstro de Mayfair!

E com isso, o bom-humor de Ash estourou como um balão. Lá se ia a sensação de humanidade.

Uma figura desengonçada atravessou a praça até ele. Ash empurrou o chapéu para trás, revelando o rosto, e fez uma careta. Isso sempre funcionava com as crianças.

Pois, na verdade, era um garoto de idade escolar que se aproximava. Um garoto que, evidentemente, tinha aprendido a xingar no trimestre escolar que se encerrava.

– Macacos me mordam. – O garoto assobiou baixo. – Você é mesmo tão assustador e feio como os jornais dizem.

– Oh, sério? E o que eles dizem disto? – Ash brandiu sua bengala. – Agora vá para casa. Sua babá deve estar preocupada.

Ele se virou e continuou andando. O garoto o seguiu.

– Eu vi você na Travessa Marleybone – o rapaz disse atrás dele. Como se fossem dois velhos camaradas conversando num clube. – Você acabou com aquele vagabundo encharcado de gim. O que estava batendo na mulher, lembra?

Sim, claro que Ash lembrava. Fazia apenas dois dias.

– Aquilo foi maravilhoso. – A essa altura o rapazote andava ao lado dele. – Fenomenal. E também ouvi falar dos ladrões em St. James. Toda Londres ouviu.

Ash soltou lentamente a respiração. Ele se recusava a morder a isca. *Quanto mais você o ignorar, mais rápido ele vai embora,* Ash disse para si mesmo. *Como uma afta.*

– Então, aonde nós vamos esta noite? – o garoto perguntou.

Nós?

Aquilo já era demais.

Ash parou no centro da praça vazia.

– O que é que você quer?

O garoto coçou a orelha e deu de ombros.

– Quero ver você acabar com alguém. Dar a algum sujeito o que ele merece.

– Muito bem, então. – Ash levantou a bengala e empurrou o rapaz com o castão, fazendo-o cair sentado nos arbustos. – Pronto, aí está.

Alguns dias mais tarde, Emma se viu parada diante de uma casa geminada com a fachada em pedra branca e janelas com cornija do outro lado da Praça Bloom. Por mais que a distância fosse pequena, ela parecia ter deixado sua coragem cair em algum ponto do caminho.

Sabia que não podia se render ao nervosismo. Precisava começar a frequentar a sociedade, e pedir ao duque que a acompanhasse pela cidade seria um desperdício de fôlego. Se Davina queria conseguir permissão para visitá-la em Swanlea, Emma precisava fazer contato com ladies de criação impecável e maneiras refinadas – e não como costureira delas, mas como uma igual. Esse dia era um primeiro passo importante.

Ela olhou para o convite que tinha em mãos e o leu mais uma vez.

À nova Duquesa de Ashbury.

Receba calorosas boas-vindas à Praça Bloom! Todas as quintas-feiras minhas amigas vêm para o chá. Ficaríamos encantadas se viesse se juntar a nós.

Lady Penelope Campion

P.S. Devo avisá-la: somos diferentes das outras ladies.

Essa última linha deu a Emma esperança – e coragem para bater na porta.

– Você veio! – Uma jovem de cabelo claro e faces rosadas puxou-a para o saguão de entrada. Ela mal fechou a porta e já estava cumprimentando Emma com um beijo na bochecha.

– Meu nome é Penny.

– Penny?

– Ah, sim. Eu deveria ter dito. Meu nome na verdade é Penelope, mas é um tanto pomposo, não acha?

Emma estava espantada. Essa era Lady Penelope Campion? Ela atendia sua própria porta e cumprimentava estranhas com beijos no rosto? Parecia que a observação no convite não era um exagero: ela era mesmo diferente das outras ladies.

Emma fez uma mesura, provavelmente mais reverente do que uma duquesa deveria ser, mas o hábito estava enraizado nela.

– Encantada por conhecê-la.

– Eu também. As outras estão morrendo de vontade de conhecer você.

Lady Penelope pegou Emma pelo pulso e a arrastou até a sala de visitas. Esta era uma bagunça de móveis sem dúvida finos, mas que já tinham vivido melhores dias.

– Esta é a Srta. Teague – ela disse, virando Emma na direção de uma jovem ruiva cheia de sardas... e um pó compacto branco que parecia farinha. – Nicola mora no lado sul da praça.

– O lado menos elegante – Nicola disse.

– O lado mais empolgante – Lady Penny a corrigiu. – O lado com todos os artistas escandalosos e cientistas loucos.

– Meu pai era um dos cientistas, Vossa Graça.

– Não lhe dê ouvidos – Penny disse. – Ela também é uma cientista.

– Obrigada, Penny – Nicola agradeceu. – Eu acho.

– E esta é a Srta. Alexandra Mountbatten. – A anfitriã se virou para a terceira ocupante da sala.

A Srta. Mountbatten tinha estatura baixa e usava um vestido cinza simples, mas o cabelo tornava sua aparência esplêndida – penteado num coque alto, era preto verdadeiro, brilhante como obsidiana.

– Alex vende o tempo – Lady Penelope declarou.

Emma pensou não ter ouvido direito.

– Vende o tempo?

– Eu ganho a vida acertando os relógios na hora de Greenwich – ela explicou enquanto fazia uma mesura bem baixa. – É uma honra conhecê-la, Vossa Graça.

– Sente-se – Penny pediu.

Emma obedeceu, sentando-se no assento oferecido – uma poltrona entalhada que devia ter sido resgatada de algum castelo francês, se não do palácio real. O estofamento, contudo, estava puído, até mesmo cortado em certos lugares, com tufos do algodão aparecendo.

Um balido veio de algum lugar nos fundos da casa.

– Oh, essa é a Margarida. – Penny pegou a chaleira. – Não ligue para ela.

– Margarida?

– A cabra – Nicola explicou.

– Ela morre de amores por Angus, e não está gostando nada da quarentena. Margarida está resfriada, sabe.

– Você tem duas cabras, então?

– Ah, não. Angus é um bezerro das Terras Altas. Eu não deveria encorajá-los, mas são criaturas gregárias. Precisam de companhia. Você aceita leite e açúcar?

– Os dois, por favor – Emma disse, um pouco aturdida.

– Penny tem um fraco por animais feridos – Nicola explicou. – Ela os acolhe com a desculpa de que é só até ficarem bons, mas depois nunca os deixar ir embora.

– Eu os deixo ir embora – Penny protestou. – Às vezes.

– Uma vez – Alexandra interveio. – Você deixou um ir, uma vez. Mas vamos tentar manter uma conversa normal, só por alguns minutos. Do contrário vamos assustar Vossa Graça.

– Claro que não – Emma procurou tranquilizá-la. – Estou feliz por estar aqui. – As ladies refinadas e elegantes ficariam para outro dia. – Como é que você me convidou?

– Oh, a praça é pequena. Todo mundo sabe de tudo. A cozinheira conta para o quitandeiro, que conta para a criada no fim da rua... e assim por diante. – Ela entregou a xícara de chá para Emma. – Estão dizendo que, até semana passada, você era uma costureira.

Oh, céus. Emma murchou. Ela pensou que era mesmo irreal ter a esperança de que poderia esconder o passado.

Penny juntou as mãos sobre as pernas.

– Conte-nos tudo. Como vocês se conheceram? Ele foi incrivelmente romântico ao cortejá-la?

– Não sei se podemos dizer que foi romântico. – Na verdade, dava para dizer que foi qualquer outra coisa.

– Bem, um duque casar com uma costureira é algo extraordinário. Como um conto de fadas, não é? Ele deve ter se apaixonado desesperadamente por você.

Isso não era nem um pouco verdade, claro. Mas como Emma iria dizer para suas recém-conhecidas que o duque quis se casar com ela porque foi o primeiro útero conveniente que apareceu para ele?

Ela foi salva de responder quando uma almofada de alfinetes aninhada numa cesta ao lado se desenrolou e saiu andando.

– Isso é um porco-espinho?

– É – Penny baixou a voz para um sussurro. – Mas a pobrezinha é terrivelmente tímida. Por causa de uma juventude traumática, sabe? Pegue um biscoito. Nicola que fez. São divinos.

Emma pegou um e deu uma mordida. Ela desistiu de tentar entender qualquer coisa naquela casa. Ela era um crustáceo no casco do navio HMS Penelope – não tinha ideia do destino, mas iria aproveitar a viagem.

Nossa. O biscoito era mesmo divino. Doçura amanteigada que derretia na boca.

– Por favor, não pense que estamos tentando extrair fofocas de você – disse a Srta. Mounbatten (Alexandra?). – Penny só está curiosa. Nós não contaríamos para outras pessoas.

– Nós mal falamos com outras pessoas – Nicola disse. – Formamos um clube bem fechado, nós três.

Penny sorriu e pegou a mão de Emma.

– Com espaço para um quarto membro, é claro.

– Nesse caso... – Pensativa, Emma mastigou o último pedaço do biscoito, seguindo-o com um gole de chá. – Posso ter a ousadia de lhes pedir um conselho?

Com um "sim" tácito e unânime, Penny, Alexandra e Nicola se inclinaram para frente em seus assentos.

– É sobre... – Ela perdeu a coragem de ser honesta. – É sobre o meu gato. Eu o peguei na rua, e ele ainda não tem um nome bom. Vocês me ajudam a fazer uma lista de possibilidades?

Ash. É assim que os amigos o chamam, ele disse. Parecia um progresso ser admitida nesse círculo íntimo, mas Emma não sabia se gostava desse nome. Para um homem que tinha sobrevivido a queimaduras severas, Ash [cinza] parecia uma ironia – na melhor das hipóteses. Na pior, parecia crueldade.

Além do mais, ela estava se divertindo muito com os outros nomes.

Ela precisava fazê-lo deixar de ser tão retraído. Precisava ganhar seu respeito. Se ela tivesse sorte, a gravidez viria, mas poderia ser verificada a tempo de ajudar Davina? Difícil. Precisava convencê-lo a mudar de ideia.

Nas noites seguintes à primeira que passaram juntos – quer dizer, a primeira noite *bem-sucedida* –, ele tinha feito todos os esforços para garantir o prazer de Emma. Um homem que se preocupava com a satisfação dela na cama poderia ser convencido a honrar os desejos dela em outros lugares também, não? Ela tinha começado a gostar dele, ainda que a contragosto.

– Se é um nome carinhoso que está procurando, veio ao lugar certo – Penny disse.

Nicola pegou um lápis diminuto no caderninho que trazia pendurado numa corrente de prata que pendia de seu pescoço.

– Vou fazer uma lista.

– Precisa ser algo afetuoso – Emma disse. – Para o gato. Ele é muito desconfiado e irritadiço. Parece que eu não consigo ganhar a confiança dele.

– Bem, se é um nome carinhoso que você quer, existem inúmeras palavras deliciosas para criaturas jovens – Penny disse. – Filhote, gatinho, leitão, gamo, novilho, girino, potro...

Alexandra pegou sua xícara.

– Oh, céus. Ela vai continuar para sempre.

– Isso é só o começo – Penny continuou. – Existem os pássaros. Patinho, gansinho, cisne, frangote, aguieta...

– Aguieta? – Nicola levantou os olhos da lista.

– É uma águia pequena. Uma aguiazinha.

Emma riu.

– Por mais tentador que seja chamá-lo de frangote, acho que gatinho e filhote são meus favoritos até aqui.

– Acho que posso contribuir com alguns nomes astronômicos – Alexandra disse. – Estrela-dalva, cintilante, luar, solar...

– Oh, Deus. – Emma só imaginou a reação do duque a "cintilante". – São perfeitos. O que você acha, Nicola?

– Não sei. Eu fico rodeada por engrenagens e mecanismos a maior parte do tempo. Nomes afetuosos não são minha especialidade. – O olhar dela caiu nos biscoitos. – Acho que existem as coisas doces: favo de mel, melado, docinho.

– Receio já ter tentado esses.

– Bombom? – Nicola sugeriu, em total inocência.

Depois de um instante em silêncio, as outras caíram na risada.

– Oh, céus. – Alexandra enxugou uma lágrima do olho.

Nicola olhou para as outras três.

– O que foi?

– Nada – Emma disse. – Você tem mesmo uma mente brilhante. – Ela apontou o caderninho. – Você precisa acrescentar bombom à lista.

Meia hora mais tarde, Emma foi embora da casa de Lady Penelope Campin com um saco de biscoitos e uma aljava cheia de flechas verbais. Ela tinha esperança de que uma dessas flechas penetrasse na reserva de risos que o duque guardava no peito. Ela sabia que não devia mirar no coração.

Penny a abraçou na despedida.

– Continue tentando com seu gato. As criaturas mais difíceis de tocar no fim tornam-se os companheiros mais amorosos.

Emma sentiu uma pontada de ironia. Não duvidava da capacidade que Penny possuía de domar não apenas gatos, mas cãezinhos, cabras, bezerros escoceses e até porcos-espinhos traumatizados.

Mas o duque com que ela tinha casado era um tipo diferente de animal.

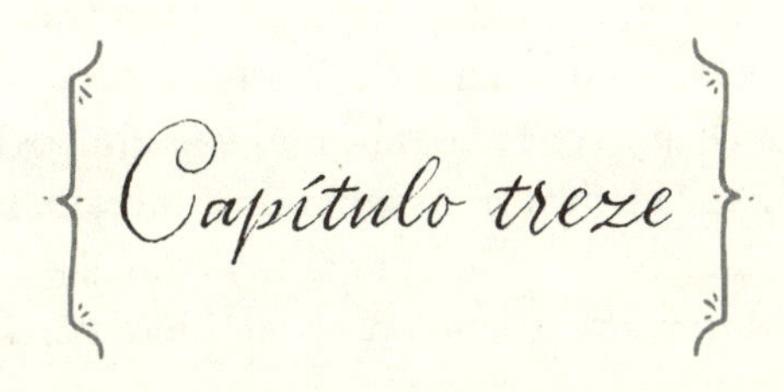

Bangue.

Ash levantou a cabeça do livro-razão.

Deixe para lá, ele disse para si mesmo. A Sra. Norton vai cuidar disso, seja o que for. *Não é da sua conta.*

Mas quando baixou a cabeça de novo, ele descobriu que era incapaz de se concentrar no trabalho diante de si. Ash afastou-se da escrivaninha e levantou, saindo da biblioteca a passos rápidos.

Se algum dia ele possuiu a capacidade de ignorar ruídos explosivos, havia deixado esse talento em Waterloo.

Após momentos tensos procurando, descobriu a origem do clamor. Um enfeite de bronze tinha caído no chão da sala matinal. Isso, em si, não era nada especialmente digno de nota. O que o assustou foi a outra parte da cena: sua esposa, de pé numa escada, segurando a vara da cortina a mais de três metros de altura.

Ela dobrou o pescoço para olhar na direção dele.

– Oh, olá.

– O que está acontecendo?

– Estou tirando estas cortinas.

– Sozinha? – Ele atravessou a sala e pôs as mãos na escada. Alguém tinha que ficar por perto para o caso de ela perder o equilíbrio e cair.

– Desculpe se assustei você com todo esse barulho. Eu perdi o apoio no capitel.

Ela tinha perdido o apoio no capitel. Que ótimo para ela. Ash estava perdendo a sanidade.

– Já que parece que você precisa ser lembrada, agora é uma duquesa. Não uma artista de circo nem um esquilo.

Ela fez um som de pouco caso.

– Isto é uma escada, não um trapézio. E eu acionei a trava de segurança. Garanto que sei como estas coisas funcionam.

– Sei, mas parece que você não sabe como os criados funcionam. – Ele firmou as mãos na escada, trava de segurança ou não. Se ela insistia em arriscar o pescoço, ele podia muito bem ralhar com ela. – Desça daí, então.

– É melhor eu terminar o que comecei. Ou então todo meu esforço terá sido em vão.

– Ah, claro, continue – ele disse num tom de voz entediado. – Não é como se eu tivesse algo para fazer. É só por diversão que estou administrando propriedades em toda a Inglaterra. Fazendo melhorias. Cuidando do bem-estar de milhares de arrendatários.

– Só vou demorar um minuto.

– Está bem. – Ele inclinou a cabeça. – Mas como punição, saiba que vou ficar olhando por baixo das suas saias o tempo todo.

Ele não conseguia ver muita coisa, infelizmente; apenas duas pernas esguias que desapareciam numa nuvem de anáguas, mas a visão mexia com ele mesmo assim. As meias dela eram de lã lisa e clara. Recatadas, inocentes. Indizivelmente excitantes.

– Pronto – ela declarou.

Uma cachoeira de veludo azul farfalhou até chegar ao chão. A sala foi inundada pela luz do sol.

Ash viu o fantasma de seu reflexo no vidro da janela. Que figura. Emma, descendo dos céus numa nuvem de musselina, e ele, o monstro que a espreitava lá embaixo.

Quando ela se aproximou do último degrau, ele colocou a mão na parte de baixo baixo das costas dela para apoiá-la. Ele abriu os dedos o máximo que conseguiu, para tocar o máximo de Emma que fosse possível.

Cedo demais, os sapatos dela tocaram o chão.

Ele recuou alguns passos antes que ela se virasse. Havia muita luz e Emma estava perto demais. Ele não queria assustá-la.

Ela bateu uma mão na outra para tirar o pó.

– Oh, assim fica muito melhor.

– Não fica, não. Não consigo entender o que você tem contra cortinas.

– Para começar, esta casa é uma caverna. Nós não podemos viver no escuro.

– Eu gosto do escuro.

– Não é bom trabalhar e ler no escuro. Você vai ficar cego.

– Rá. Se o tanto que eu me masturbei na adolescência e um foguete explodindo no meu rosto não provocaram cegueira... eu duvido.

– Bem, eu não. Vi acontecer com costureiras que passaram muitos anos fazendo trabalhos delicados sob luz fraca. Eu mesma não consigo ler por mais de uma hora de cada vez, e só costuro há seis anos.

Uma declaração imprópria de tão comovente. Fez com que ele quisesse enrolá-la em uma bola, para segurá-la nas duas mãos para sempre, e assim não deixar que nada pudesse feri-la nem amedrontá-la nunca mais.

– De qualquer modo, este tecido é lindo. – Ela se abaixou para pegar a ponta da cortina caída. – Este veludo pode ser mais bem utilizado.

– Não. – Ele bateu o pé, literalmente. Com a bota, prendeu no chão a massa de veludo azul. – De jeito nenhum. Eu a proíbo.

– Proíbe o quê? Você nem sabe o que eu estou pensando.

– Eu sei sim. Você está com a ideia ridícula de fazer um vestido com as cortinas. E eu a proíbo.

Ela ficou vermelha e começou a gaguejar.

– Eu... eu...

– Você – ele a interrompeu – é uma duquesa. Você compra seus vestidos. Você pede aos criados que subam nas escadas. E esse é o fim da discussão.

Essa esposa que ele tinha arrumado gostava muito de economizar. Ela havia criado o hábito por necessidade, ele imaginava. Ash conseguia entender isso – inclusive admirar, até certo ponto. Ele também não gostava de desperdício. Contudo, agora ela estava sob os cuidados dele. A mãe de seu herdeiro não precisaria "se virar" nem economizar.

Com toda certeza não seria pega vestindo *cortinas*.

– Amanhã você irá encomendar um guarda-roupa completo. Vou cuidar para que tenha linhas de crédito em todas as melhores lojas da rua Bond.

– O ateliê da madame Bissette é o melhor de Londres, e o único em que consigo me imaginar entrando sem que me sinta uma fraude. Mas como é que vou aparecer lá como consumidora, poucas semanas depois de deixar o emprego?

– Essa vai ser a melhor parte. Pense na inveja que vai provocar. No desagravo por ter sido subestimada.

– Não tenho dúvida de que outras mulheres possam gostar de provocar esse sentimento. Mas eu não. Madame Bissette me deu um emprego e me ensinou muita coisa. E as outras garotas do ateliê são minhas amigas. Não quero constrangê-las. Além do mais, pagar uma modista para me fazer um guarda-roupa seria um desperdício. Tudo o que eu tenho é tempo. Conheço a última moda. Fiz vestidos para muitas ladies refinadas.

– Sim – ele disse, tenso. – Eu sei muito bem.

– É claro que você sabe. – Ela estremeceu. – Sinto muito. Não quis voltar ao assunto da Srta. Worthing. Eu sei que deve ser dolorido para você...

– O que me dói é pensar na minha esposa andando por aí vestindo cortinas. Você não vai costurar seu próprio guarda-roupa. – Ele puxou a ponta do veludo que segurava.

Ela também puxou.

– As ladies não são estimuladas a bordar?

– Isso é diferente. – Ele puxou com as duas mãos, desequilibrando-a. Ela cambaleou na direção dele. – Ladies fazem coisas *inúteis*, como drogas de almofadas e bordados que ninguém quer, além de coberturas para o assento do vaso sanitário. Elas não usam suas habilidades para fazer trabalho de plebeu.

– Isto não é trabalho de plebeu. Eu gosto, quando não sou obrigada a costurar 24 horas por dia. Envolve criatividade. Nunca tive talento para música nem pintura, mas... – agarrou sua ponta do veludo e se inclinou para trás, empenhando todo seu peso para resistir a ele – ... sou boa nisto.

Com um giro do pulso, ele enrolou o tecido no antebraço esquerdo, como faria com as rédeas se estivesse conduzindo uma carruagem. Então firmou as pernas e contraiu os braços, dando um puxão com toda força.

Ela foi cambaleando na direção dele, que a pegou nos braços.

Ash sentiu o cérebro se transformar em purê. Aquele pequeno cabo-de-guerra fez bem a ela. O esforço lhe deixou com as faces rosadas, e a respiração forçada fez coisas deliciosas com os seios. Ash precisava admitir que ela ficaria linda num vestido feito com aquele veludo safira.

Apesar disso, estava fora de questão. Emma não sacrificaria seu prazer de *ler* em troca de costurar seus próprios vestidos. Ash deixaria que ela andasse nua antes de consentir com uma coisa dessas.

Droga. Agora ele a estava imaginando nua.

– Escute aqui. Eu sei muito bem que você sabe costurar um vestido. Você poderia ser a melhor costureira da Inglaterra e ainda assim eu não permitiria. – Ele pegou a mão dela e virou-lhe a palma para cima, como um quiromante. Com um olhar significativo, ele passou o polegar sobre os calos na ponta dos dedos dela, demorando-se sobre cada prova do trabalho de Emma. – Não vai haver mais nenhum destes.

Ela ficou quieta por um instante.

– É chocante de tão carinhoso da sua parte.

– Não tem nada de carinhoso.

– E o que você diria que é?

– É... outra coisa. – Outra coisa. Imaginá-la nua era apenas natural. Protegê-la era seu dever. Carinho era algo muito perigoso. – Eu não sei. Não sou um dicionário.

Ela lhe deu um olhar de repreensão, mas afetuoso. Um olhar de esposa.

– Não é mesmo. Você é um homem e tanto.

O coração dele deu um salto e se debateu como um potro indomado dentro de um estábulo.

Um homem, ela disse. Não um título. Não uma fortuna. Não um monstro retorcido, formado de cicatrizes. Ela não podia saber como essas duas palavras simples o afetaram.

Ela olhou para sua mão, aninhada na dele. Então a virou, para que as duas palmas se encontrassem e seus dedos se entrelaçassem num aperto.

A luz do sol dourava os fios de cabelo que emolduravam o rosto dela. Seus olhos escuros eram grandes e sinceros. Destemidos. Tão lindos. Seu olhar encontrou o dele e não o largou, sem se desviar para o cabelo irregular ou para a face retorcida.

O momento foi glorioso.

E maravilhoso.

Acompanhado por música orquestral.

Era excessiva e indesculpavelmente imbecil da parte dele permitir-se aquilo. Esse tipo de coisa não podia acontecer. Aquela intimidade toda apresentava um risco grande demais.

Ash pigarreou.

– Isto, ahn... esta coisa que estamos fazendo é provavelmente uma má ideia.

– Sim. Sim, é claro. Precauções. – A mão dela escapou da dele. – Amanhã vou encomendar um guarda-roupa.

Ele se afastou.

– Você vai encomendar um guarda-roupa mais tarde nesta semana. Amanhã nós vamos sair.

– Sair? Para onde?

– Swanlea. Sua futura casa. – Antes que ela pudesse se animar demais, ele levantou a mão. – Não para ficarmos. Só para passarmos a tarde. Para que você possa fazer uma lista de tudo que precisa ser feito.

Os dois tinham um acordo, e para o bem de ambos, Ash precisava se lembrar disso e seguir o combinado.

– Esteja pronta amanhã. Vamos partir ao nascer do dia.

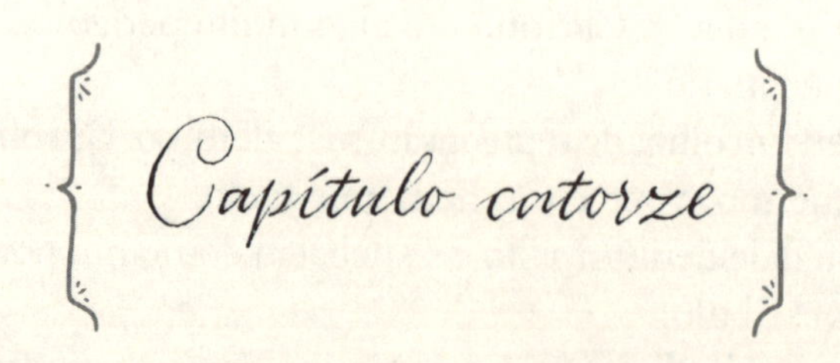

Capítulo catorze

– Oh.

Ao descer da carruagem, os pulmões de Emma se esvaziaram com o suspiro mais bobo, mais sentimental. Ela até levou as duas mãos ao peito.

– Oh, é linda.

Diante dela jazia um sonho de casa perfeita. A fachada era de tijolos, com janelas em número suficiente para fazê-la parecer uma residência acolhedora e amigável. Um espelho d'água em frente à casa refletia as fileiras de olmos graciosos dos dois lados. Ao contrário da Casa Ashbury, projetada para impressionar, na melhor das hipóteses, e intimidar, na pior, Swanlea não era grandiosa nem humilde demais. Ela parecia um lar.

– É um pouco pequena – o duque disse. – Só tem doze cômodos.

Ela olhou de soslaio para ele. *Só?*

Jonas, o cocheiro, estalou as rédeas. Os cavalos levaram a carruagem.

– Aonde ele vai? – ela perguntou.

– À cidade, trocar os cavalos. Se vamos fazer a viagem de volta esta tarde, precisaremos de animais descansados. – Ele abriu a porta com a chave e acenou para ela entrar. – A casa está fechada há algum tempo. Vinte anos.

– Estou vendo.

De fato, o lugar estava quase vazio. Uns poucos móveis restavam; cadeiras espalhadas aqui e ali, alguns baús e armários. O papel de parede estava descascando em alguns lugares, e o gesso do teto estava trincado.

Ainda assim, a casa a encantou. As tábuas velhas do piso rangeram debaixo dos pés dela, contando histórias de crianças correndo pelas escadas e de cães de caça exuberantes pulando para cumprimentar seus amados donos. A bancada da cozinha estava marcada por gerações de facas – algumas trinchando aves, outras aparando massa. O sol entrava pelas janelas descobertas.

Emma teve a sensação de que a casa estava feliz por vê-la.

Também estou encantada por conhecê-la.

– Dê uma boa olhada – ele disse. – Faça uma lista dos móveis que vamos precisar comprar, das cores para a decoração, qualquer mudança ou reforma que desejar. Muitos consertos serão necessários. Os jardins, sem dúvida, precisam de atenção. Um casal idoso de zeladores mora na propriedade. Vou dizer para eles contratarem criadas e trabalhadores para começarem a reforma.

– Tenho certeza de que isso não é necessário. Adoro a casa como está, e vou precisar de uma criadagem de, no máximo, duas ou três pessoas. Parece desperdício fazer você gastar sem necessidade.

– Pense como uma duquesa, Emma. Limpar, decorar e consertar a casa vai dar emprego a dúzias de pessoas, muitas das quais estão precisando muito de trabalho. Não é desperdício. É emprego.

– Sim, claro. – Ela mordeu o lábio. – Eu não tinha visto por esse lado.

Ali estava uma virtude inquestionável daquele homem; estava sempre pensando nas pessoas que dependiam dele. Do contrário, não teria se casado com Emma. Era para o bem de ambos que ele queria produzir rapidamente um herdeiro.

Eu avisei, ela quis dizer. *Eu avisei que eu não daria uma boa duquesa. Você devia ter se casado com uma lady, não com uma costureira com boa educação.*

Mas ela *era* a duquesa. Emma tinha assumido o papel e devia fazer o melhor para desempenhá-lo.

– Muito bem – ela disse. – Se é trabalho de que elas precisam, é trabalho que vamos lhes dar. – Ela pegou um caderno e lambeu a ponta do lápis. – Vou fazer uma lista.

As horas seguintes voaram enquanto Emma ia de um aposento a outro. Ela atribuiu uma função a cada cômodo. Dormitório, dormitório de serviço, sala matinal, berçário. Escrevia listas de móveis, pedidos de tinta e papéis de parede, ao mesmo tempo em que anotava todas as fissuras e trincas que precisavam de reparos. A modernização das salas de banho e da cozinha empregaria mais do que um punhado de homens. Em seguida, ela foi analisar a área externa, anotando quais árvores precisavam ser podadas e arbustos junto ao riacho que estavam muito grandes. Era provável que o lago demandasse peixes. A horta precisava ser completamente replantada. E já que estava inventando trabalho... por que não começar um pomar?

Quando terminou, ela foi procurar o marido. Ele não estava na casa. Por fim, o encontrou à margem do riacho que cortava a propriedade. Ash tinha tirado o paletó e o segurava com dois dedos, casualmente, jogado sobre o ombro.

– Aí está o meu bonequinho. Procurei-o por toda parte. – Ela colocou o caderno com anotações na mão dele. – Aí tem bastante trabalho para empregar meia Oxfordshire, eu acho.

Ele guardou a caderneta no bolso do colete sem fazer comentários.

Emma voltou o olhar para os galhos que formavam um arco acima deles. O riacho passava por um trecho cheio de pedras, borbulhando e trepidando em diálogo com os pássaros.

– Este é um lugarzinho encantador, não é?

– A melhor pesca de todas as propriedades ducais. Na metade do caminho tem uma castanheira excelente para se trepar. É um bom lugar para criar um garoto.

Era evidente que ele falava por experiência própria. A casa estava fechada há vinte anos, ele tinha dito? Fazia sentido. Provavelmente foi fechada após a morte dos pais. Era difícil imaginá-lo trepando em castanheiras e correndo pelo riacho. Mas até os homens mais imponentes foram garotos um dia. Com Ash sem o paletó, apenas de colete e mangas de camisa, Emma quase conseguia vê-lo correndo por ali.

Eles caminharam a curta distância de volta para a casa.

Emma não viu a carruagem.

– A noite está caindo. Não deveríamos estar voltando para casa?

– Deveríamos. Mas Jonas ainda não voltou.

Ela prendeu as saias debaixo das coxas e sentou no degrau da frente.

– Acho que podemos esperar e apreciar o pôr do sol.

Eles esperaram. E esperaram.

O sol se pôs.

E nada de Jonas. Nada de carruagem.

O sol já tinha sumido, e a noite caía rapidamente.

– Onde diabos ele está? A esta altura, seria possível domar quatro cavalos novos.

Um bolo de desconfiança se formou no estômago de Emma.

– Oh, céus. Eu estou com um mau pressentimento sobre isso.

– Não se aflija. Ele é um cocheiro experiente. Não deve ter encontrado nenhuma dificuldade séria.

– Não é isso. Estou com o pressentimento de que Jonas não vai voltar esta noite. Não por causa de algum acidente, mas de propósito.

– Que propósito poderia ser esse?

Emma apoiou um cotovelo no joelho e descansou o queixo na mão.

– São os criados. Todos eles. Eles se convenceram dessa ideia tola de que, se nos forçarem a ficarmos juntos, nós iremos...

– Iremos o quê?

– Nós iremos nos apaixonar.

– *Apaixonar*? – Ash não podia acreditar no que estava ouvindo. – Isso é...

– Absurdo – ela completou. – Claro que sim. Tentei dizer isso para eles. Eu disse que não vai acontecer.

– A ideia é simplesmente...

– Ridícula. Eu *sei*. Mas eles parecem decididos a nos forçar, de um jeito ou de outro. Eles estão tramando todo tipo de conspiração. Disseram para eu torcer o pé, derramar vinho no vestido. Eles até pensaram em nos trancar no sótão da Casa Ashbury. Parece que decidiram nos abandonar aqui esta noite.

Como ousavam? Ash não se importava com seu próprio conforto, mas deixar Emma em uma casa vazia durante a noite? Intolerável. Se não criminoso. Após um instante de silêncio ameaçador, ele se levantou.

– Aonde você vai? – ela perguntou.

– Vou andar até a vila para encontrar aquele renegado pérfido.

Ela se levantou em um salto.

– Ah, não. Não vai mesmo. Você não vai me deixar aqui. Em menos de meia hora vai estar escuro. Não vou ficar aqui sozinha.

Ele percebeu o tremor de medo na voz dela. Emma tinha razão. Era tarde demais para deixá-la ali sozinha.

– Não se preocupe. Não vou deixá-la. – Ele pôs as mãos nos braços dela e os massageou, para esquentá-los. – Vamos entrar. Eu vou acender a lareira.

Ele procurou deixar a irritação de lado. No momento, não havia nada que pudesse fazer a respeito daquela criadagem traidora. Emma tinha que ser o foco de sua atenção. Ela era sua esposa, e o mínimo que podia fazer era mantê-la aquecida e a salvo.

Ele entrou na casa, pendurando o paletó no corrimão da escada. Ela o seguiu com cuidado, colada ao lado dele. Quando o pé de Ash fez uma tábua do piso ranger, ela deu um salto.

– Desculpe – ela murmurou. – De repente, esta casa não parece tão acolhedora agora quanto era à tarde.

Espere até a noite cair, ele pensou.

Não haveria lua nessa noite, e Swanlea ficava isolada demais para receber a luz das lampiões ou da lareira de algum vizinho. Eles seriam como duas moscas nadando num tinteiro.

– Com um pouco de sorte, vamos encontrar material para acender a lareira na sala de estar.

Sim, lá estava a caixa, que ainda continha um pouco de musgo seco e uma pederneira. Graças a Deus.

O que ele não tinha, contudo, era madeira.

Não havia chance de ele encontrar um machado àquela hora, muito menos de achar uma árvore pequena e cortá-la. Era mais provável que acabasse cortando o próprio pé. Porém, tinha prometido fogo a Emma, e não a decepcionaria de modo algum.

Seu olhar parou numa cadeira solitária. Ele a ergueu por duas pernas, a balançou para trás, e a espatifou contra a cornija de pedra. Do outro lado da sala, Emma deu um pulo. O encosto da cadeira ficou pendurado, mas fora isso, a coisa permanecia quase intacta. Que droga sua avó e o gosto por coisas bem-feitas.

Ele balançou a cadeira para trás, para outro golpe. Este conseguiu soltar uma perna da base. Mais algumas batidas e ele tinha uma pilha de madeira combustível – e uma dor terrível irradiando do braço para o pescoço.

– Como você consegue fazer isso? – ela perguntou.

– Fazer o quê?

– Bater com tanta força, apesar do ombro machucado.

Ele arrumou as pernas da cadeira na lareira, depois colocou o musgo seco nas fendas.

– Quando eu acordei depois do acidente, o médico me disse que eu precisava alongar e exercitar o braço todos os dias, se quisesse manter a funcionalidade dele. Do contrário, as cicatrizes iriam se formar muito apertadas, e eu não conseguiria movimentá-lo. Seria como se a junta tivesse enferrujado.

– Por isso você joga badminton.

– Entre outras coisas. – Ele riscou a pederneira.

– E não dói mais? – ela perguntou.

Dói como arrancar um dente toda vez.

– Não – ele respondeu.

Agachando-se, ele soprou a brasa até o fogo pegar e virar uma labareda. O verniz ajudou a incendiar rapidamente os pedaços de madeira.

– Pronto. – Ele se levantou, o peito arqueando pelo esforço. – Eu fiz um fogo para você. Agora, admire minha virilidade.

– Eu admiro, muito.

Emma deu um passo à frente e estendeu as mãos, para aquecê-las no fogo crepitante. Ele teve exatamente três segundos para admirar como a pele dela brilhava à luz do fogo antes de uma fumaça espessa começar a sair da lareira. Eles recuaram, tossindo e escondendo os rostos nos braços.

Ash sentiu os olhos arderem. Com um xingamento nada literário, ele chutou o fogo incipiente, espalhando-o até que restassem apenas brasas. Por um minuto ou dois, tudo o que eles puderam fazer foi tossir, até que a fumaça se dissipou.

– A chaminé deve estar entupida – ele disse. – Por bernes.

– Bernes?

– Verme de cavalo. – Diante da expressão de nojo dela, ele acrescentou: – Você que perguntou.

– Acho que sim. Todas as chaminés vão precisar ser limpas. Vamos acrescentar isso à lista. Amanhã.

Não havia como escrever nessa noite.

Ele começou a andar de um lado para outro, sua frustração crescendo.

– Se sabia que os criados estavam conspirando, você devia ter me contado. Eu teria tirado qualquer ideia desse tipo da cabeça deles.

– Eu *tentei* fazer isso. Disse para eles que este era apenas um casamento de conveniência.

Ele limpou fuligem do rosto com a manga da camisa.

– Parece que você não foi muito convincente.

– Bem, talvez eles não estivessem tão esperançosos se *você* não fosse um patrão tão difícil.

– Se esse é o problema deles, posso resolver com muita facilidade. Mando todos embora.

– Não, por favor. Você sabe que não encontraríamos substitutos. – Ela se abraçou e tremeu. – Não lembro de ter visto cobertores na casa, e você?

– Não. Vamos ter que...

– Não – ela o interrompeu. – Não podemos. É isso o que eles querem.

Ash ficou pasmo.

– O que é exatamente que eles querem?

– Abraços.

– Abraços?

– Sim, abraços. Que fiquemos juntos, para nos aquecer. Nós dois. É óbvio que esse é o plano deles, e devemos nos recusar a fazer parte disso.

Ele ficou irritado.

– Você não tem que parecer tão enojada pela ideia.

– Desculpe. Não estou rejeitando você, mas é uma questão de princípios.

– Princípios não vão mantê-la aquecida esta noite. – Ash foi até a entrada da casa e encontrou seu paletó, então voltou e o colocou nos ombros dela. – Pronto. Já é um começo. Agora... havia um divã por aqui.

A canela dele encontrou o móvel. Ai.

Eles se acomodaram nas extremidades opostas do banco desconfortável forrado de crina de cavalo. A coisa tinha tantos caroços. Ash imaginou que seu traseiro ficaria cheio de calombos no dia seguinte. O estômago dele roncou, reclamando.

– Se eles pretendiam nos deixar aqui, podiam pelo menos ter nos deixado alguma comida.

– Por favor, não fale em comida – ela disse, a voz fraca.

Aquela iria ser uma noite longa e sofrida.

Emma teve um sobressalto.

– O que foi esse barulho?

– Que barulho?

– Alguma coisa arranhando. – Ela o fez ficar quieto. – Escute.

Ele ficou em silêncio, escutando.

– Isso! – Ela bateu no ombro dele. – É isso. Você ouviu agora? E de novo.

Sim, ele ouviu. Um barulho leve, de arranhar, que coincidia com cada brisa leve.

– Ah, isso – ele disse. – É só a Duquesa Louca.

– A Duquesa Louca?

– O fantasma residente. Toda casa de campo tem um. – A voz dele assumiu um tom misterioso. – Conta a história que meu bisavô casou com uma noiva de conveniência, com o objetivo de ter um herdeiro. Ela era bem bonita, mas logo após a lua de mel, meu bisavô começou a se arrepender do casamento.

– Por quê?

– Mil razões. Ela arrancou as cortinas da casa. Conspirou com os criados. Ela o chamava de nomes ridículos. E o pior: tinha um assecla, um demônio que assumia a forma de um gato.

– Oh, é mesmo?

– Sim, é verdade.

– Parece que ela era horrível.

– E era mesmo. Causou tantos problemas que ele a trancou num armário no andar dos quartos e a manteve lá durante anos.

– *Anos?* Parece um pouco exagerado.

– Era o que ela merecia. Ela o deixou louco, e ele quis retribuir a gentileza, trancando-a. De vez em quando, jogava para ela umas migalhas de pão ou uma esponja úmida. Nas noites frias dava para ouvi-la arranhando a porta do armário, tentando escapar. Está ouvindo? – Ele fez uma pausa. – Escute: arranha, arranha, arranha.

Ela engoliu em seco de forma audível.

– Você é um homem cruel e horroroso. Espero que pegue um berne.

– Se duvida de mim, fique à vontade para subir e verificar você mesma.

– Não, obrigada.

Tudo ficou em silêncio durante vários minutos, durante os quais Ash ficou muito cheio de si.

Então foi a vez de Ash estremecer, surpreso.

– Mas o que foi *esse* barulho?

– Que barulho?

– Esse... barulho de amassar. Parece alguém desembrulhando papel.

– Não sei do que você está falando – ela disse. – Talvez seja a Duquesa Louca.

O barulho de desembrulhar parou. Mas outros sons surgiram. Sons baixos, molhados. De chupar e mastigar.

– Você está comendo? – ele perguntou.

– Não – ela respondeu.

Alguns instantes de silêncio. E aconteceu de novo. O som de algo sendo desembrulhado seguido por um leve estalo de lábios.

– Você está comendo algo, eu sei.

– Não estou, não – ela insistiu. Pelo menos foi isso o que ela tentou dizer. Mas as palavras saíram mais como *noun ixtou noun.*

– Sua dissimulada. Divida comigo.

– Não.

– Muito bem, vou deixar você aqui. – Ele se levantou. – Sozinha. No escuro. Com os ruídos.

– Espere. Tudo bem, eu divido.

Ele voltou a sentar.

Ela tocou o braço dele e foi tateando pela manga até encontrar a mão, onde colocou um pacotinho.

– São só umas balas que eu comprei quando paramos para dar água aos cavalos.

Ash desembrulhou uma.

– O barulho de arranhar é feito pelo galho de um carvalho que existe nos fundos da casa. Ele arranha o parapeito da janela do meu antigo quarto. Muitas vezes eu desci por ali para aprontar algum tipo de travessura. – Ele colocou a bala na boca. – É melhor você não dar esse quarto para o meu herdeiro.

– Vou dar esse quarto para *você*.

– Eu não preciso de um quarto – ele disse, falando com a boca cheia. – Esta é a sua casa.

– Bem, sim, mas... imagino que você virá nos visitar.

– Não pretendo.

O silêncio dela foi de espanto.

– Você não vai querer ver seu filho?

Que Deus a abençoe. Ela não compreendia. Não importava se Ash desejava ver o filho. O filho é que não iria querer ver o pai.

Suas andanças pelas ruas de Londres à noite provaram muito bem como as crianças ficavam ao vê-lo. Gritos de terror eram a reação mais comum, seguidas de perto pelo horror mudo. A Duquesa Louca não era páreo para o Duque Monstruoso. Ele chupou a bala.

– É claro que espero receber pelo correio, regularmente, relatórios atestando o bem-estar e a boa educação dele.

– Pelo correio? Você pretende criar seu filho por correspondência?

– Estarei ocupado, em Londres e nas outras propriedades. Além do mais, você possui uma superabundância de afeto e despotismo. Não imagino que vá precisar de mim para criá-lo. Meu herdei...

– Seu *filho*.

– ...vai ficar muito melhor sob seus cuidados.

– E se eu não concordar? – ela perguntou. – E se eu quiser que ele o conheça? E se *ele* quiser, não só conhecer o pai, mas amá-lo, do modo como você amou seu pai?

Impossível.

O filho de Ash nunca poderia admirá-lo do modo como Ash adorou seu próprio pai. O pai dele tinha sido inabalavelmente sábio, altruísta e paciente. Não amargurado e irascível, como Ash tinha se tornado.

Seu pai era forte. Capaz de colocar o filho nos ombros sem sentir dor.

Seu pai possuía um rosto atraente, nobre. Um rosto que nunca tinha deixado de fazer Ash se sentir protegido e seguro. Se Ash não podia dar ao próprio filho aquela sensação profunda de segurança, era melhor permanecer longe.

– Chega de conversa. Vá dormir.

Depois de alguns minutos, contudo, o silêncio foi interrompido. Dessa vez, não pelos lábios e língua dela, mas por seus dentes. Logo o divã todo começou a tremer. Ela vibrava como um diapasão.

– Emma? – Ele deslizou até o lado dela. Ela tinha puxado os pés para baixo das saias, abraçando os joelhos junto ao peito.

– D-d-desculpe. Vai parar em um in-instante.

– Não está tão frio – ele disse, como se pudesse fazê-la parar de tremer com argumentos.

– Estou sempre c-com frio. Não posso evitar.

Sim, ele lembrava dos cinco cobertores.

Ash a pegou nos braços, segurando-a bem apertado para compartilhar seu calor com ela. Bom Deus. Ela tremia violentamente dos pés à cabeça. Aquilo não podia ser devido à temperatura. Ele pôs a palma da mão na testa dela. Não parecia febril.

Só restava uma explicação. Ela estava com medo. Sua esposinha, que não temia duques nem bandidos, estava morrendo de medo.

– É o escuro? – ele perguntou.

– N-não. É só... – Ela se agarrou ao colete dele. – É só algo que acontece às vezes.

Ele apertou mais os braços ao redor dela.

– Eu estou aqui – ele murmurou. – Estou aqui.

Ash não fez mais perguntas, mas não conseguiu evitar pensar nelas. Seu instinto dizia que isso não era apenas uma esquisitice. Tinha uma causa. Algo, ou alguém, havia causado aquilo.

Emma, Emma. O que aconteceu com você?

E quem eu posso esganar para fazer passar?

Depois de vários minutos, o tremor começou a diminuir. E também a preocupação que dava um nó no estômago de Ash. Ele tinha ficado tão preocupado que começou a pensar em tentar carregá-la até a vila, em busca de socorro.

"Tentar" era a palavra que o enfurecia nessa frase. Com os ferimentos de seu ombro, Ash não acreditava que conseguisse carregá-la nem durante metade dessa distância. Maldição, ele detestava se sentir tão inútil.

– Estou melhor agora. Obrigada.

Ela tentou se soltar do abraço dele, mas Ash não quis saber disso e apertou mais o braço bom. Pelo menos isso ele podia fazer.

– Durma.

Não demorou muito para Emma obedecer. Todo aquele tremor tinha drenado sua energia, sem dúvida. Ash ficou sozinho com seus pensamentos na escuridão silenciosa.

Tudo tinha saído errado naquela viagem. Ela deveria ter ficado encantada com a ideia de uma idílica vida no campo sem ele, e Ash deveria ter se lembrado de sua intenção original. Casar com ela, engravidá-la, escondê-la no interior e reunir-se com seu herdeiro depois de 12 anos ou mais.

Em vez disso, agora ela estava em segurança, envolta por seus braços, e ele não queria soltá-la. Para piorar, não podia deixar de cheirar o cabelo dela. O aroma era de madressilva. Ele detestava saber disso.

O duque deveria culpar Jonas ou toda a criadagem. Mas, na verdade, a culpa era dele.

Como tudo o mais em sua vida, seus planos davam errado de modo espetacular.

Emma acordou sobressaltada.

Onde ela estava?

Ah, sim. Debaixo do braço do marido. Bem no meio de um desastre.

Quando pensou em sua tremedeira deplorável na noite anterior, ela se encolheu de vergonha. De todos os momentos para ter um desses episódios. No ano passado, ela tinha sofrido apenas alguns ataques de tremor violento, e o último acontecera há vários meses. Ela pensava que tivessem finalmente desaparecido.

Mas parecia que não.

Emma virou a cabeça com cuidado e olhou para ele. Ash continuava dormindo, ainda bem. Sua mão livre repousava sobre o peito. As pernas estavam esticadas em linha reta, cruzadas nos tornozelos. A pose era muito masculina, militar, e deixou Emma muito consciente de sua própria postura, nada elegante, com os membros esparramados. Não foi só a postura que a deixou constrangida. Por que os homens acordavam com a aparência tão boa como quando adormeceram – se não melhor? O cabelo desgrenhado, uma sombra de barba por fazer... não era justo.

Deslizando de sob o braço dele, ela fez algumas tentativas apressadas de melhorar sua aparência. Soltou o cabelo e o penteou com os dedos, depois beliscou as bochechas para deixá-las coradas.

Quando ele se mexeu, Emma se jogou no lado oposto do divã, pousando a face sobre as mãos, fingindo que dormia. Quando teve certeza de que ele estava acordado o bastante para reparar, ela permitiu que seus olhos abrissem, tremulando delicadamente os cílios. Então se sentou, esticando os braços acima da cabeça em uma saudação gentil à aurora rosada. Sacudiu o cabelo, deixando que caísse em ondas sobre os ombros. Deu um sorriso tímido para ele e prendeu uma mecha de cabelo atrás da orelha.

– Bom dia.

Ora, claro, eu acordo linda assim todas as manhãs. Saiba que, quando você vai embora à noite, é isto o que está perdendo.

Ele coçou atrás da orelha como um cão pulguento e bocejou ruidosamente antes de pegar a bota.

– Preciso dar uma mijada.

Emma esvaziou os pulmões com uma bufada. Ótimo. Ela não era a Bela Adormecida e ele, o príncipe.

Nesse caso, podia parar de fingir.

– Essa foi a pior noite imaginável.

Ash enfiou um pé na bota.

– Se isso é o pior que consegue imaginar, sua imaginação não é grande coisa.

– É uma hipérbole – ela disse. – Você sabe o que eu quis dizer. Foi terrível.

– Talvez. Mas nós sobrevivemos, não foi?

Ele se levantou e lhe ofereceu a mão. Ela aceitou e ele a puxou.

– Você tem razão. – Emma tentou alisar os amarrotados da saia. – Já passei por coisa pior, e sei que você também. Pelo menos tínhamos um ao outro.

O olhar dele mudou, como acontecia em raros momentos. O azul gelado derreteu-se em lagos de emoções profundas, não ditas. Ela se sentiu atraída por eles. Emma podia se afogar naqueles olhos.

– Emma, você... – ele se interrompeu e recomeçou: – Só não se acostume. Só isso.

– Essa ideia nem me passou pela cabeça – ela mentiu.

– Ótimo.

Emma não tinha um motivo lógico para ficar magoada com essas palavras, mas ficou.

O estrondo das rodas da carruagem vindo da trilha salvou-os do silêncio tenso.

Ele ajeitou o colete.

– Agora, se me dá licença, tenho que ir estripar alguém.

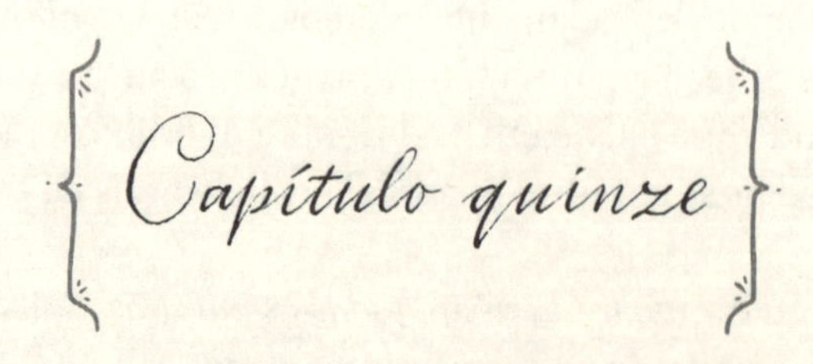

— Entre, entre. Estou tão feliz que tenha vindo. – Emma entregou a capa de Alexandra, molhada de chuva, para a criada. – Não acredito que você veio debaixo desse temporal.

– Eu sou sempre pontual – Alexandra disse, alisando os fios de cabelo preto que se levantaram com a umidade.

– Sim, imaginei que fosse.

– Eu trouxe o cronômetro. – Ela abriu a valise sobre o banco ao lado e retirou um instrumento de bronze que parecia o relógio de bolso de um gigante. – Posso lhe garantir que ele mede o tempo com precisão de um segundo. Eu o levo a Greenwich a cada quinze dias para ser sincronizado no meridiano, e uma vez por ano é calibrado...

– Não precisa me vender seus serviços, Alex. Eu tenho plena confiança em você.

– Obrigada. – Alexandra sorriu.

Emma a levou até a sala de estar.

– Primeiro, chá. Você precisa de algo para se aquecer depois de vir nessa chuva. Então vamos andar pela casa e ver quantos relógios nós temos.

– Você não precisa fazer isso. A governanta pode me acompanhar.

– Acredite, vai ser um exercício útil. Existem alas desta casa que eu ainda não conheço bem.

– Sim, mas nas outras residências elegantes, eu só acerto um ou dois relógios, e depois o mordomo...

– Esta não é uma das outras residências elegantes – Emma a interrompeu. – Você vai acertar sozinha todos os relógios desta casa. Todas as semanas. E vai nos cobrar o triplo do que costuma.

– Eu não posso fazer isso.

– Muito bem, então. Vamos multiplicar seu valor por cinco. – A criada trouxe a bandeja com xícaras e chaleira. Emma esperou até a moça sair, depois pegou a chaleira para servir. – Eu sei... muito bem... como é ser uma jovem solteira em Londres, alguém que precisa trabalhar por valores criminosamente baixos.

Alexandra pegou sua xícara e olhou para o líquido.

– Se você quiser mesmo me fazer um favor...

– Qualquer coisa.

– Eu preciso de um vestido novo. Algo um pouco mais elegante, para quando vou visitar clientes em potencial. Talvez você possa me ajudar a escolher o estilo, ou a selecionar o tecido?

– Vou fazer melhor do que isso. Eu mesma vou costurar o vestido. – Ela levantou a mão para recusar a objeção da amiga. – Não existe nada que eu gostaria mais de fazer.

– É demais.

– Nem um pouco. Outras ladies tocam piano ou pintam aquarelas. Meu talento é fazer vestidos. Por mais que possa soar estranho, sinto falta do desafio. Então é você quem estaria me fazendo o favor.

Muitas das ladies que visitavam o ateliê de Madame eram elegantes e andavam na última moda, mas as favoritas de Emma eram as outras, as garotas tímidas, as solteironas, aquelas em quem ninguém reparava. Costurar para elas não era algo superficial. Um vestido bem-feito, favorável, tinha a capacidade de fazer aparecerem qualidades interiores da pessoa: não apenas o encanto, mas também autoconfiança.

Alexandra Mountbatten era uma beleza oculta.

– Se você insiste – ela disse, tímida.

– Insisto. Só preciso tirar suas medidas, e depois farei alguns desenhos.

– Nossa. É melhor irmos ver os relógios antes de tudo isso.

Elas começaram a andar pela casa. Depois de apenas alguns quartos, ficou claro que a tarefa iria demorar. Só a sala de visitas tinha três relógios: um de pêndulo, um de ouropel e um que parecia artesanato vienense, com um casal dançarino que rodopiava a cada hora.

Elas passaram pela sala matinal, pela sala de música e pelo salão de jantar. Alex tomava notas a respeito de cada relógio, sala após sala.

Quando chegaram à porta do salão de baile, Emma parou e colou a orelha à porta. Batidas e grunhidos intermitentes vinham lá de dentro.

– Vamos voltar aqui mais tarde – ela sussurrou, levando Alex pelo corredor de volta à segurança do saguão de entrada.

Elas subiram a escada, e Emma teve dificuldade para lembrar os nomes de todos os quartos de hóspedes. Alguns eram fáceis, como o Quarto Rosa e a Suíte Verde, mas elas precisaram inventar nomes para o resto: o Perturbador Quarto do Retrato, o Anexo do Papel de Parede Hediondo e a Suíte de Tamanho Ridículo.

– O que é este aqui? – Alex abriu a porta seguinte. – Oh, é o mais grandioso de todos.

– São os aposentos do duque.

Emma parou no corredor. Ela não estava preparada para aquilo. Para ser honesta, só sabia que eram os aposentos do marido porque ficavam depois do dela, no corredor. Ela nunca tinha estado lá dentro, e sentiu-se constrangida demais para admiti-lo. Até mesmo para Alex.

Não devia ter vergonha de entrar, devia? Afinal, ela era a senhora da casa. Não era invasão da parte dela entrar e fazer um inventário dos relógios. Não era como se ela pretendesse remexer nas gavetas dele e cheirar sua roupa suja.

Além do mais, sabia que ele estava no salão de baile – bufando e tilintando com o pobre Khan. Deus, quanto sofrimento ele infligia àquele homem.

Emma entrou no aposento fingindo ter a mesma confiança que demonstrou ao explorar os demais.

Alexandra escreveu em seu bloco, tomando nota do relógio sobre a cornija da antecâmara antes de entrar no dormitório, onde ela avistou o pequeno relógio na mesa de cabeceira.

– Tem um relógio na sala de vestir? – Alex perguntou.

– Eu não... – Emma xingou a própria ignorância. Em vez de admiti-la, ela seguiu em frente, demonstrando falsa segurança. – Quero dizer, não, não tem.

– Você quer que eu ajuste o relógio de bolso?

– Relógio de bolso?

Alexandra indicou o lavatório com a cabeça. Ao lado da bacia e do jarro haviam produtos de higiene pessoal de um cavalheiro: pó para os dentes, sabão e navalha de barbear, colônia, toalha de algodão... e, mais adiante, uma bandeja de prata contendo alfinete de gravata, relógio de bolso e diversas moedas.

– Não sei – Emma disse, sem querer ir tão longe. – Vou perguntar para ele mais tarde.

O olhar dela voltou para o sabão e a navalha de barbear. Ela não tinha parado para pensar nisso antes, mas devia ser muito difícil para ele barbear em volta das cicatrizes. Ainda assim, ele se barbeava todos os dias. Todas as noites também, ela refletiu. Quando ele beijou seus seios ou pôs o rosto entre suas coxas – Emma sentiu a pele esquentar com a lembrança –, ela não sentiu a barba arranhá-la.

Ele se dava a todo esse trabalho só por ela?

Essa noção era profundamente comovente. Sentiu o corpo amolecer em lugares aleatórios. Os cantos da boca. Os joelhos. O coração.

Para se distrair, andou até um canto da antecâmara, onde um lençol havia sido colocado por cima de algum móvel alto e estreito. Seria outro relógio sem uso? Caso fosse, Emma tinha esperança de que precisasse de conserto. Ela poderia pagar uma quantia assustadora para Alex consertá-lo.

Contudo, quando puxou o tecido, não descobriu um relógio.

Ela encontrou um espelho.

Um espelho de corpo inteiro em uma moldura dourada, mas quebrado. Uma teia de estilhaços irradiava a partir do centro. Cada caco refletia em um ângulo diferente, transformando sua imagem em uma Emma de retalhos.

Ela encostou as pontas dos dedos no centro da teia de estilhaços. Parecia que alguém – um alguém forte e alto – tinha batido com o punho no vidro.

Ela sentiu um nó surgir na garganta.

Alexandra puxou a manga do seu vestido.

– Emma, tem alguém vindo.

Oh, não.

Alguém *estava* mesmo vindo. E o pior era que ela sabia quem devia ser. Passos tão pesados só podiam pertencer a uma pessoa da casa.

O duque.

– Precisamos continuar, de qualquer modo – Alexandra disse.

Emma deu meia-volta, desesperada. Se saíssem da suíte naquele momento, iriam encontrá-lo no corredor e ele ficaria desconfiado, aborrecido ou até furioso.

Uma porta rangeu. Ele entrou pela antecâmara.

Emma agarrou Alexandra pelo pulso e a puxou para o outro lado do quarto. Juntas, as duas mergulharam atrás do sofá.

– Por que estamos nos escondendo? – Alexandra sussurrou. – É a sua casa. Seu marido.

– Eu sei. – Emma remexeu as mãos. – Mas entrei em pânico.

– Acho que agora estamos presas. Vamos esperar que ele não fique muito tempo.

Emma pôs o dedo indicador diante dos lábios pedindo silêncio, pois os passos do duque entraram no dormitório. O quarto ficou quase em silêncio. Quando ela não aguentou mais, espiou por trás do sofá. Ashbury estava de costas para ela e...

Que Deus tivesse piedade. Ele estava tirando a roupa.

Ela se escondeu de novo atrás do sofá e bateu silenciosamente a cabeça no estofado.

Por quê, por quê, por quê? Por que nesse momento? Por que ali?

Bem, ela pensou que "ali" era o lugar óbvio para tirar a roupa, pois era o quarto dele. Mas essa resposta não fazia nada para aliviar o sofrimento silencioso daquela situação. Ela nunca se sentiu tão estúpida.

– *O que foi?* – Alexandra sussurrou.

Frenética, Emma fez com as mãos todos os sinais que conhecia para indicar a necessidade de silêncio absoluto. Ela provavelmente inventou alguns.

Mantenha a calma, ela disse para si mesma. Era provável que ele tivesse ido até o quarto apenas para trocar de paletó, pegar o relógio ou outra coisa. Do contrário, ele não tocaria a campainha para chamar o camareiro?

Depois de esperar vinte batidas de coração – o que devia equivaler a quatro segundos no cronômetro de Alexandra –, ela espiou de novo.

Oh, *Senhor*. Ele tinha jogado o paletó de lado, desabotoado o colete e, enquanto Emma olhava, tirou a camisa de dentro da calça e a puxou pela cabeça.

O coração dela parou – e então recomeçou a bater dolorosamente.

Pelos céus.

O lado esquerdo dele era musculoso, esculpido como uma estátua grega, e todos os outros descritivos que uma mulher pode evocar para indicar atração e puro desejo. Só aquela elevação entre o flanco e o quadril... e o modo como a calça se assentava ali, revelando o início provocante de um traseiro firme e rijo.

Emma desejou poder afirmar que estava pregada *naquela* visão. Em todas as partes dele que eram fortes e perfeitas. Ela desejou que seu olhar não tivesse se desviado para o lado ferido, onde, teimoso, ficou grudado. Mas desviou. E agora não conseguia olhar para outra coisa.

Os ferimentos no rosto eram só o começo. O tronco era uma longa faixa de cicatrizes que descia pelo pescoço, pelo lado direito do ombro e do peito, depois dava a volta nas costelas e terminava na coluna lombar.

Quando ele jogou água no rosto e no pescoço, as gotas desceram por um caminho tortuoso. A pele dele se elevava e torcia, tão nodosa quanto a casca de uma árvore velha. As cicatrizes pareciam se enfrentar, umas puxando as outras com dedos agressivos. E então havia alguns pedaços dele que simplesmente... estavam faltando. Depressões que criavam vazios, onde o fogo tinha cavado e deixado apenas osso e tendões.

Era um milagre que ele tivesse sobrevivido. Mas Ash era tão mal-humorado e intratável que, sem dúvida, recusou-se a seguir a morte quando esta o chamou. Seria típico dele.

Oh, seu homem teimoso, corajoso e impossível. Maldito seja por estar mais atraente do que nunca.

Emoções conflitantes a dominaram. Ela foi tomada por um impulso de correr até ele, mas não sabia o que fazer quando chegasse lá. Beijá-lo, abraçá-lo, agarrá-lo, chorar nos braços dele...? Era provável que ela bancasse a tonta fazendo as quatro coisas ao mesmo tempo. Era melhor, pensou, que ela fosse obrigada a permanecer atrás do sofá até ele sair do quarto.

Um barulho estridente quase a fez pular para fora da pele.

O bloco de Alexandra – e seu estojo de metal – caíram no chão. *Desculpe*, a amiga fez com a boca.

– Quem está aí? – O duque pegou sua navalha no lavatório e se virou.

Emma estremeceu. Não havia mais nada a fazer.

– Sou eu. – Ela saiu de trás do sofá, dando-lhe um sorriso e um aceno alegre. – Só eu. Euzinha. Ninguém mais, com certeza.

Ele a encarou com uma expressão que misturava raiva e incredulidade.

– Emma?

Ela chutou Alexandra de leve antes de sair de trás do sofá e se aproximar do marido.

– Eu... eu pensei que você estava lá embaixo – Emma disse. – No salão de baile.

– Eu *estava* lá embaixo. Então vim para cima.

– Sim, é claro.

Atrás dele, Alexandra saiu engatinhando de trás do sofá e começou a atravessar dormitório ainda de quatro.

Se Emma não prendesse a atenção dele, Ashbury veria Alexandra, e aquela cena, já desagradável, entraria no... bem, não exatamente no nono círculo do inferno, mas na invenção menos conhecida de Dante: o sexto octógono do constrangimento.

– Mais badminton esta tarde? – ela perguntou, a respiração difícil.

– Esgrima.

– Ah, sim. Esgrima. – Ela coçou a orelha. – Isso explica os ruídos metálicos, não é mesmo?

Com sua visão periférica, Emma viu o sinal de despedida de Alexandra, do outro lado da porta. Ela exalou, aliviada.

– Minha vez de fazer perguntas – ele disse. – O que diabos você pretende vindo me espionar aqui?

– Antes de eu responder, você pode... soltar a navalha?

Ele pareceu surpreso por ainda estar segurando a coisa. Fechou a lâmina e a jogou no lavatório, onde caiu com um estrondo.

– Agora explique o que você estava fazendo abaixada atrás do meu sofá.

Ela ergueu o queixo com confiança, tendo pensado na desculpa perfeita.

– Eu estava procurando o gato.

– O gato.

– Sim. O gato.

– Você quer dizer *aquele* gato? – Com a cabeça, ele indicou o mesmo sofá atrás do qual Emma tinha se escondido.

Ela se virou. Calças estava deitado no assento estofado, dormindo.

Quando foi que ele apareceu ali?

Como se soubesse que era o assunto da conversa, o gato levantou a cabeça, esticou as longas pernas e deu um olhar interrogativo, inocente, para ela.

Emma não se sentia traída tão completamente desde os 16 anos de idade.

Seu animalzinho peludo. Eu o encontrei passando fome na rua, tirei você do frio e é assim *que me paga?*

– Basta – o marido disse. – Apenas admita que veio até aqui para me espiar. Para invadir minha privacidade, contra a minha vontade, e satisfazer sua curiosidade.

– Não. – Ela sacudiu a cabeça, negando com veemência. – Não, eu nunca faria isso.

– Não minta para mim – ele esbravejou.

Ela engoliu em seco. Ele abriu os braços e girou lentamente.

– Bem, aqui está o que você queria. Dê uma boa olhada. E depois caia fora.

Depois que ele terminou a exibição, Emma o encarou, tomando cuidado para que seu olhar não se desviasse.

– Eu não vim aqui para espioná-lo. Eu juro. Mas não vou negar que, depois que eu estava aqui, não consegui deixar de olhar.

– É claro que você olhou. Quem não olharia? Existem shows de horrores na Torre de Londres que custam seis moedas para entrar, e não são tão grotescos como eu.

– Não fale assim – ela pediu. – Você tem mesmo uma opinião tão ruim de mim?

– O que eu tenho é uma compreensão da natureza humana. – Ele bateu o punho no peito. – Eu quero que você admita a verdade. Esta não é a primeira vez que a pego me observando, ainda que esta seja a maior invasão da minha privacidade. Você ousa negar?

– Não. Não posso.

Ele avançou sobre ela.

– Você veio até aqui, e se escondeu atrás do meu sofá, para ceder à sua fascinação mórbida.

Ela sacudiu a cabeça.

– *Admita.*

– Não posso admitir! Não é verdade. – Eu... a voz dela falhou. – Eu olho para você, sim. Mas não é porque eu o acho grotesco. E com certeza não é fascinação mórbida.

– Então diga, por favor, o que poderia ser.

O coração dela martelou o peito por dentro. Ela ousaria admitir a verdade?

– Paixão.

– Pai... – Ele recuou um passo e a encarou. Como se chifres tivessem nascido em sua cabeça. E então tivessem nascido flores e bolinhos nos chifres.

Emma não sabia o que fazer ou dizer. Ela já tinha feito e dito demais.

Sem mais palavras, ela saiu correndo do quarto.

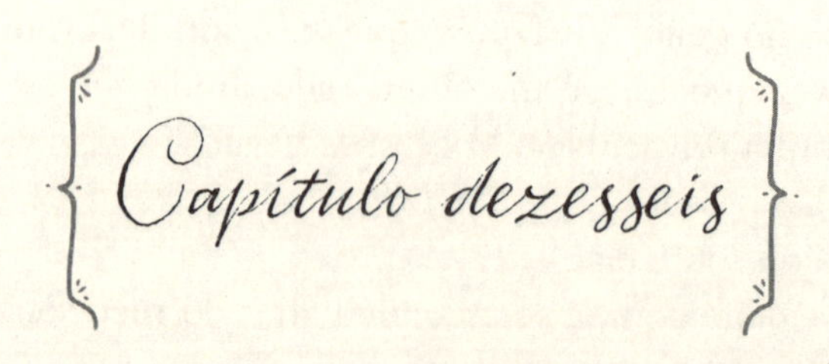

O jantar daquela noite foi atípico, livre das provocações costumeiras e da tagarelice incansável de Emma. Ash só pôde imaginar que sua esposa estava envergonhada, e devia estar mesmo. Ele desejou que pudesse parar de se importar – com a invasão dela, com suas mentiras. E com o fato de ela não estar comendo nem bebendo vinho.

– Você não está tomando sua sopa – ele disse, afinal. – Está me fazendo perder a vontade de tomar a minha.

– Eu... deixe para lá. – Como se fosse uma condenada, ela pegou uma colher quase vazia.

Ele revirou os olhos.

– Pare com isso.

Emma congelou, parando com a colher no ar.

– Não com a sopa. Pare com a birra e diga o que tem para dizer.

Ela colocou a colher no prato.

– Nós precisamos conversar sobre esta tarde. Sobre o fato de eu estar apaixonada por você.

Ash olhou para os criados. *Vão. Embora.* Eles foram. Ele voltou sua atenção para a esposa desmiolada.

– Por que você fica dizendo isso?

– Porque você fica perguntando! Porque eu preciso dizer para alguém, e não sei como dizer para outra pessoa. – Ela observou a sopa. – Estou apaixonada por você, ainda que a contragosto. É um problema.

– *Poderia* ser um problema – ele disse –, se não fosse produto da sua imaginação.

– Não estou imaginando coisas.

Ele deu de ombros.

– Talvez suas regras mensais estejam se aproximando. Ouvi dizer que as mulheres se tornam turbilhões de emoções irracionais nessa época.

– Bem, *agora* eu estou turbilhonando. – Ela lhe deu um olhar irritado. – Você é um homem irritante. E estou estupidamente atraída por você, apesar disso. Talvez até *por* isso. Estou certa da paixão. Já senti antes.

Foi a vez de Ash se tornar um turbilhão de emoções irracionais. Sendo ciúme raivoso a principal emoção.

– Por quem?

– Por que isso importa?

– Porque – ele disse – eu gosto de saber os nomes de quem eu detesto. Eu os anoto num caderninho que, de tempos em tempos, releio enquanto saboreio conhaque e solto gargalhadas guturais e malévolas.

– Foi por um rapaz da minha vila, muito tempo atrás. Com certeza você conhece a sensação de se apaixonar. Todo mundo conhece. Não é mera atração física. Sua cabeça se fixa na pessoa, e é como se você passasse os dias flutuando, cantando uma música que só tem uma palavra, sem pensar em mais nada além da próxima vez que você vai encontrar a pessoa.

– E você afirma estar se sentindo assim. Flutuante. Cantante. A meu respeito.

Ela suspirou.

– Sim.

– É absurdo.

– Eu sei, mas parece que não consigo parar. Eu tenho o hábito infeliz de procurar o melhor nas pessoas, e isso me torna cega para os defeitos delas.

– Eu sou inteiro composto de defeitos. Não posso imaginar de que outras provas você necessita.

– Eu também não. É isso que me preocupa. – Ela mexeu no guardanapo. – Quero dizer, uma hora *vai* passar. Essas coisas sempre passam. Ou a gente desperta do encanto, ou passa a amar de verdade.

– Como foi com esse rapaz da sua vila?

– Eu pensei que era a segunda alternativa, mas então ele deixou claro que não se sentia do mesmo modo. A ilusão bateu forte e eu vi quem ele era de fato.

Ash se recostou na cadeira.

– Aí está sua resposta, então. Nós podemos resolver isso aqui e agora. Pois vou lhe dizer que não sinto o mesmo. Porque realmente não sinto.

– Eu não acredito. – Ela fez uma pausa. – Eu acho que você está apaixonado por mim também.

Ash começou a cortar o faisão assado, serrando com desgosto a ave inocente. Ele colocou uma porção no prato dela.

– Não consigo imaginar o que a faz acreditar *nisso*.

– Toda noite você aparece cada vez mais cedo no meu quarto.

– Talvez eu apenas esteja ansioso para resolver logo o assunto.

– Não é só o fato de que suas visitas estejam começando mais cedo. Elas estão durando mais, também.

Ele enfiou um garfo no peito do faisão.

– O que é isso? Você está mantendo um diário da minha virilidade no seu criado-mudo? Mapeando meu vigor? Fazendo *gráficos*?

Ela deu um sorrisinho para a taça de vinho.

– Não finja que não se sentiria lisonjeado se eu tivesse esse diário.

– Pare de sorrir. Só existe um motivo para eu ir ao seu quarto, a qualquer hora. Você deve conceber meu herdeiro. Para tanto, insisto que mantenha boa saúde e se alimente corretamente. Coma seu jantar.

Ela pegou o garfo.

– Se você diz, meu tesouro.

– Eu digo, minha *mala*.

Ash olhou furioso para os candelabros de prata. Aquilo era um problema, de fato. Estava tudo muito bem, tudo muito bom – conveniente, na verdade –, enquanto eles se davam prazer na cama. Fora do quarto, contudo, a manutenção de um distanciamento era essencial. Ele não devia encorajar qualquer sentimento tolo por parte dela, mesmo que Ash pudesse acreditar na admiração dela – e não podia.

A verdade era simples, ele procurou se lembrar. Ela estava inventando desculpas por ter sido pega em seu quarto e depois ter fugido como se tivesse o diabo nos calcanhares. Ela desejava aplacar a raiva dele por meio de afagos ao seu orgulho.

Apaixonada, ela disse. Inconcebível.

E se Emma acreditava que *ele* estava apaixonado por *ela*, não lhe restava nenhuma escolha a não ser provar que ela estava enganada.

Essa noite, Ash decidiu, ele não apareceria na cama dela.

Manter essa decisão provou ser mais difícil do que Ash poderia ter imaginado.

Não sabia o que fazer consigo mesmo. Era cedo demais para ir caminhar – as ruas estariam cheias de gente a essa hora. Para passar o tempo, ele se serviu um conhaque e decidiu dar uma olhada no relatório do administrador de sua propriedade em Essex.

Ash fechou a garrafa e, quando se virou para a escrivaninha, o gato infernal pulou sobre ela, andou em círculo e se acomodou exatamente sobre os papéis que ele pretendia estudar.

– Mas que grande ajuda você é – Ash disse de mau-humor. – Sua massa imunda e deformada.

Calças o encarou.

– Você está me ouvindo? Caia fora. – "És um tumor, uma ferida inchada, um furúnculo apustemado".[1] *Rei Lear*, ato dois.

O furúnculo apostemado soltou um bocejo de enfado.

Ash desistiu. Talvez fosse melhor ir dormir.

Ele tirou as botas, apagou as velas e deitou na cama. Esta era um monumento, passada através de gerações de duques. Quatro postes de mogno entalhados e dossel de veludo ricamente bordado com borlas douradas. O dossel mantinha o calor nas noites frias e bloqueava a luz nas manhãs inoportunas.

E também formava uma bela caverninha para se esconder da realidade.

Ele cruzou as mãos sobre o peito e grunhiu de descontentamento. Quem sabe Emma estivesse certa. Talvez ele *estivesse* mesmo apaixonado. Todos os sintomas estavam presentes. Embora soubesse que ela tinha defeitos – muitos, muitos –, ele não conseguia lembrar de nenhum no momento. O nome dela ficava pipocando em seus pensamentos. A música com apenas uma palavra.

Emma, Emma, Emma, Emma, Emma.

Ele se consolou com uma coisa. Ela disse que não iria durar. Ash teria que dar um jeito de se afastar daquela paixão.

Ele bateu as mãos, fazendo um estalo ecoar pelo quarto. O único resultado disso foi se sentir incrivelmente estúpido.

Ash apertou bem os olhos, fazendo estrelas explodirem atrás de suas pálpebras, contou até três e os abriu. Ainda mais estúpido.

Ele pensou nas coisas mais desagradáveis que sua imaginação conseguia conjurar:

Fragmentos de fogo impulsionados com a força de um tiro explodindo em seu rosto.

Vomitar até ficar seco enquanto abandonava o ópio.

Pus. Não do tipo amarelo, meio repulsivo. Pus verde, exsudando, malcheiroso.

---

[1] William Shakespeare, *Rei Lear*.

Isso ajudou por alguns minutos, mas, aparentemente, seu cérebro não queria mais se demorar nessas lembranças – não quando sua mente podia alcançá-la com tanta facilidade.

Emma, Emma, Emma, Emma, Emma.

Pelos deuses.

Ele se sentou na cama. No dia seguinte Ash queimaria ramos de sálvia e espalharia a fumaça pela casa. Era evidente que estava enfeitiçado. Possuído.

A porta de seu quarto rangeu ao ser aberta.

– Não se assuste. Sou eu. – Emma entrou no quarto segurando um candelabro com três velas que cintilavam.

Ash esfregou os olhos.

– Por que, por favor diga, você está no meu quarto?

– Porque você não está no meu. – Ela colocou o candelabro sobre uma cômoda em frente ao pé da cama. – E porque eu lhe devo algo, para ser justa.

Ela vestia apenas uma camisola fina, e seu cabelo castanho estava preso numa trança frouxa, amarrada na ponta com uma fita de musselina.

Enquanto Ash a observava, arrebatado e incrédulo, as mãos dela foram até os botões da camisola.

Glória aos céus, ela começou a soltá-los. Um por um por um. Enquanto os desabotoava, os dois lados da camisola começaram a se separar, revelando um triângulo de pele clara que ia se abrindo a partir do pescoço; até o vale entre os seios e chegando ao umbigo.

Quando todos os botões estavam soltos, ele a ouviu soltar um suspiro trêmulo. Então ela deslizou os braços para fora da peça de roupa; um, depois o outro, deixando a camisola escorregar até o chão.

Jesus, Maria...

– Eu tenho uma confissão a fazer – ela disse.

– Deus, espero que seja bem demorada.

– Calças não é meu animal de estimação. Ou não era, até a manhã do nosso casamento. Eu o peguei na rua. Dada a natureza do nosso acordo, precisava de algo quente e fofinho para trazer comigo. Alguma criatura de que eu pudesse gostar. Amar. – Os lábios dela se curvaram num pequeno sorriso de arrependimento. – O animalzinho nem mesmo tinha um nome até você me perguntar qual era.

Ash não tinha ideia de por que ela estava parada ali, nua, falando sobre o gato, mas de jeito nenhum iria reclamar.

Por favor, continue.

Ele se endireitou para observá-la melhor. Toda ela. Ash demorou-se olhando para as deliciosas orbes dos seios, a curva suave da cintura, que se abria nos quadris. Aqueles bocados tentadores de feminilidade que ele tinha agarrado com fervor no escuro.

Então seu olhar desceu até o destino lógico... o triângulo escuro entre as pernas. Todos aqueles lugares doces e secretos que ele agora conhecia tão bem com seus lábios e sua língua.

Ele podia sentir o sabor dela de onde estava.

– De todos os nomes em que eu podia ter pensado – ela disse. – Brutus. Bambino. Até Floquinho teria sido melhor. Mas não. Eu tinha que dizer Calças. E você quer saber o porquê?

– Eu não sei por que você imagina que eu me importe com isso, neste momento. – Ele seguiu em frente, memorizando cada contorno das coxas dela.

– Porque era para onde eu estava olhando naquele instante. Calças. Mais exatamente, para as suas calças. Admirando como você... – ela engoliu em seco. – ...as preenchia.

Ash levantou a cabeça. *Agora* ele se importava.

– Admirando – ele repetiu, incrédulo.

– Sim. Talvez até desejando.

Então era isso. Nada daquilo era real. Ele estava sonhando.

Senhor, nunca me deixe acordar.

– Eu me sinto loucamente atraída por você. Fisicamente atraída. Desde o começo. E, sim, eu o tenho encarado muito. – Ela saiu de dentro da camisola amontoada. – Eu sinto uma paixão aguda, carnal, por você. Não vou fingir o contrário e não vou me culpar por isso. Não mais.

Ele engoliu em seco.

– Entendo.

– Ótimo. – Ela foi na direção dele.

Ash se colocou de pé e a manteve a distância com o braço estendido.

– Você já disse o que queria. De forma muito vívida. Agora pode voltar para sua cama.

– Voltar para minha cama? Sem nós nem... – Ela acenou a mão para preencher a lacuna na frase. – Por quê?

– Porque as únicas atividades que consigo imaginar no momento envolvem completa e total depravação. E você – ele agitou a mão, imitando-a – não consegue dizer o que quer, nem da forma mais tímida.

– Não precisamos falar muito, precisamos?

Muito bem, ele podia demonstrar.

Passando o braço bom pela cintura dela, ele a puxou para si, erguendo-a. Então empurrou o pau duro e latejante contra a barriga dela, esfregando-o na nudez dela através da barreira da calça. – Você sente isso?

– Sinto – a exclamação dela pareceu mais um ganido.

– Eu tenho um lado ruim, Emma. Um que não tem nada a ver com minhas cicatrizes. Você não faz ideia do que eu gostaria de fazer com você. Prendê-la contra uma parede. Enfiar meu pau no seu calor doce e molhado. Te comer até você perder os sentidos. Te esfolar. Com tanta força que você não conseguiria andar por dias. E isso só para começar.

Um calor intenso surgiu entre eles. Os mamilos dela ficaram duros, apertando o peito dele como pontas de lanças.

– Esse discurso era para me fazer desistir? – A voz dela saiu estrangulada. – Porque, se esse era o intuito, preciso dizer que não deu certo.

Droga. É claro que sim. Ele não devia esperar outra coisa.

Tudo na vida dele dava errado.

Primeiro, aquele foguete em Waterloo. Depois, seu noivado. Agora todo o acordo feito com Emma. Apesar da natureza supostamente impessoal do casamento, ela estava aos poucos entrando debaixo de sua pele, debaixo de suas cicatrizes. Se não mais fundo.

Paixão era algo bem perigoso. Tinha que acabar ali. Se ele permitisse, o destino acabaria rindo da cara dele. Seu próprio coração explodiria em fragmentos, e ele ficaria tão destruído por dentro como estava por fora.

Ela precisava ir embora de seu quarto imediatamente. E Ash precisava trancá-la do lado de fora – em todos os sentidos.

Ele fez uma última tentativa, sua voz sombria e severa.

– Vá. Agora. Antes que eu a use de maneiras que você não quer ser usada.

Ela passou o olhar por ele e mordeu o lábio inferior.

– Não estarei sendo usada se eu quiser o mesmo.

Ele desistiu. Bastava. Desejo primitivo dominou todas as suas emoções, intenções e pensamentos. Ela o tinha provocado, e agora Ash pretendia possuí-la de seis modos diferentes. No dia seguinte, os criados iriam recolher os pedaços que sobrassem.

– Não diga que não lhe avisei.

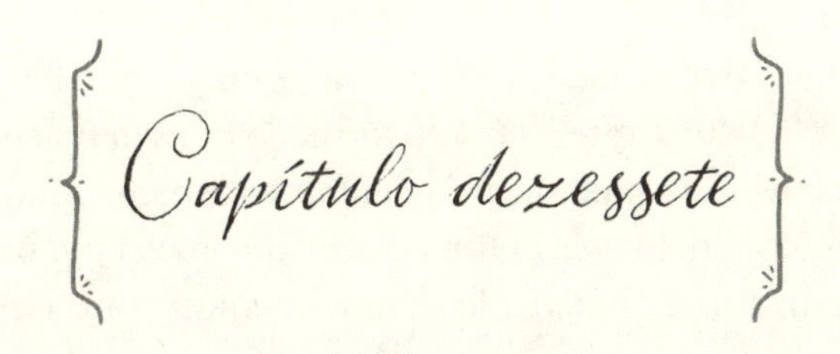

Emma mal teve tempo de respirar antes de ele a pegar e a prender contra o poste da cama. As mãos dele foram logo para o traseiro dela, erguendo-a para que seus quadris ficassem alinhados. Os olhos dele também capturaram os dela.

Será que ele a beijaria?

Ela fechou os olhos, esperançosa. Estava ansiosa para sentir o beijo dele em seus lábios outra vez e corresponder com paixão.

Ela sentiu a boca de Ash – não nos lábios, mas no pescoço. Ele baixou a cabeça, deslizando a língua para baixo, traçando um caminho até os seios.

O poste da cama estava desconfortável nas costas dela, com os detalhes entalhados arranhando sua pele, e as mãos de Ash agarravam com força seu traseiro... mas Emma não ligava. A dor só adocicava o prazer enquanto ele arrastava o rosto na sua pele e a beijava. Ash passou os dentes pelos mamilos dela, arrancando-lhe uma exclamação de surpresa e deleite.

Sentindo-se encorajada, ela colocou um braço entre os dois, mergulhando-o nas calças dele para encontrar aquela extensão dura e grossa. Oh, ela estava morrendo de vontade de tocá-lo ali. De explorar a masculinidade dele e compreender como funcionava. Como aquilo podia lhe dar tanto prazer, e como ela poderia lhe retribuir.

Emma deslizou a ponta dos dedos por toda a extensão e toda a largura da ereção, delineando cada saliência e cada veia. Acariciando, provocando.

Ela circulou a ponta aveludada com o polegar, espalhando a gota de umidade que havia ali.

Ele grunhiu de prazer.

– Pegue na mão.

Ela fechou os dedos, agarrando a vara rígida junto à base. Ele era tão grosso, e estava tão duro, que o círculo formado por seu polegar e seu dedo médio não fechava. Ela puxou a mão lentamente para cima, deslizando a pele macia e flexível dele pela coluna de aço que havia por baixo. Quando começou a deslizar para baixo, ele se movimentou contra a mão dela.

– Deus – ele disse, fechando os olhos.

Ele ficou ainda maior na mão dela, e Emma lambeu os lábios. Seus pensamentos estavam confusos. Gotas de suor começaram a vagar por sua pele.

Ash se soltou da mão dela e a virou de costas para ele, deixando-a de frente para o poste da cama. Ele a inclinou para frente a partir da cintura e colocou as mãos dela na coluna de madeira entalhada.

– Segure aí – ele disse.

Ela agarrou firme no poste.

Isso feito, ele abriu mais as pernas dela. Emma se sentiu vulnerável, quase em uma exposição – e esse parecia ser o objetivo dele. Ash tocou os lugares íntimos dela com os dedos, abrindo-a para sua observação. O constrangimento dela foi aplacado – um pouco – pelo som de satisfação que ele emitiu. O polegar dele deslizou por suas reentrâncias e dobras de pele, deixando-as macias e inchadas.

– Por favor – ela disse. – Por favor. Eu quero... Você sabe o que eu quero.

– Se você quer meu pau, diga isso. – Ele a provocou com o membro rijo, movimentando os quadris para frente e para trás. – Quero ouvir você dizer.

– Não consigo.

– Consegue, sim. Afinal, está em *Hamlet*.

Não era a permissão de Shakespeare o que Emma precisava. Ela não sabia como explicar, mas sentia-se mais à vontade com o membro masculino dentro dela do que pronunciando seu nome vulgar. Ao fazer amor, ela podia fingir que suas ações pertenciam a outra pessoa. Alguém mais ousada, mais sedutora. As palavras, contudo... seriam inevitavelmente dela.

Esse era o motivo da relutância em dizer o que ele mandava. Então ela se perguntou se essa era também a razão de ele querer ouvi-la dizendo. Para saber que o desejo era sincero e todo dela. Emma pensou que ele merecia.

– Eu... – Ela fechou os olhos. – Eu quero seu pau.

Ele grunhiu uma aprovação.

– Então você vai ter. Por inteiro.

Ash a segurou pelos quadris e deslizou para dentro dela, enchendo um centímetro delicioso após o outro. Ela agarrou o poste da cama com força, empurrando o corpo para trás até suas coxas encontrarem as dele. Ele começou a se movimentar num ritmo lento e constante.

– Está sentindo isso? – As investidas dele ganharam velocidade. – É o que você faz comigo. É você que me deixa duro assim. Faz tempo que eu queria isto. Sempre que você me provocava, desafiava, me dava aquele sorrisinho maroto, eu queria dobrar você assim e lhe ensinar uma lição.

Emma se segurou no poste, buscando equilíbrio, enquanto ele se movimentava dentro dela, fazendo seus seios balançarem com cada estocada.

– Eu vivi nas garras do láudano. Eu sei o que é ansiar por algo. Tremer de vontade, ser dominado pela necessidade. Aquilo quase me destruiu. Isto aqui é pior. Não há alívio. Assim que eu saio da sua cama, começo a contar as horas até a noite seguinte.

Ash puxou os quadris dela mais para cima, obrigando-a a se equilibrar nos dedos dos pés.

– Às vezes – ele ofegou –, mesmo no meio do dia, eu tenho que trancar a porta da biblioteca, pegar meu próprio pênis e gozar num lenço, como um adolescente tarado. E ainda assim não é o bastante. Nunca é o bastante.

Havia um tom de raiva nas palavras e certa brutalidade no ritmo dele – como se Ash quisesse que ela se arrependesse de enlouquecê-lo de desejo. Bem, Emma não tinha nenhuma intenção de pedir desculpas. Aquelas confissões grunhidas eram a melhor coisa que ela já ouvira. Emma só esperava conseguir se lembrar delas por tempo suficiente para anotá-las em seu diário, no dia seguinte.

Ela o sentiu apoiar a testa em seu ombro, febril e úmida com suor. Ash pôs uma mão sobre a dela no poste da cama, apoiando seu peso, então estendeu a outra mão para tocá-la entre as coxas. Circulando a ponta dos dedos bem onde ela precisava, bem onde ele sabia que a destruiria.

O tempo todo, ele a possuía com investidas vigorosas. Era animalesco, incivilizado e ela estava louca de excitação. Seu corpo sacudiu quando ele a levou ao orgasmo mais devastador de sua vida. Ela não conseguiu evitar, não conseguiu segurá-lo. Quando o prazer a atingiu, gozou com soluços violentos. Emma esqueceu onde estava, esqueceu quem era.

Mas ele não cumpriu a promessa de comê-la até Emma ficar inconsciente. Não mesmo. A consciência que ela tinha dele só aumentou. Emma sentiu o calor do corpo dele, ouviu sua respiração pesada, inalou o almiscarado terroso de sua pele, sentiu a extensão férrea de seu membro no centro dela.

– Deus – ele engasgou. – Deus. Emma.

Uma emoção disparou para dentro dela quando Ash disse seu nome. Mesmo em meio à cópula furiosa, ele também não tinha esquecido de quem ela era.

Um grunhido entrecortado sinalizou o clímax dele. Depois restou apenas imobilidade, silêncio, escuridão e respiração ofegante.

Depois de vários momentos, ele beijou o alto da cabeça dela. Seu braço apertou o abdome dela, trazendo-a para perto.

– Diga-me que não ficou muito escandalizada.

Ela sorriu para si mesma.

– Estou escandalizada na medida certa, muito obrigada. Mas minhas coxas viraram geleia.

Ele a ajudou a subir na cama e os dois desabaram num emaranhado de membros suados.

– Bem – ele disse –, esse foi um primeiro prato delicioso.

– *Primeiro prato?* De quantos?

– Depende do tamanho da minha fome.

Ela bateu nele com um travesseiro. Ash o tirou dela e o colocou debaixo da cabeça.

Quando a puxou para perto, teve um espasmo de surpresa.

– O que foi? – ela perguntou, assustada.

– Por Deus, mulher. Seus pés são pedras de gelo.

– Eu já disse, parece que eu sou uma dessas pessoas que está sempre com frio.

Ash sentou na cama e pegou um dos tornozelos dela, puxando-o para seu colo. Ele massageou vigorosamente o pé dela com as duas mãos, esquentando-o. Quando terminou com o primeiro, pegou o outro.

Emma resistiu.

– Sério, você não precisa fazer isso.

– Eu preciso sim, se você vai ficar na minha cama. E você *vai* ficar. Não estou nem perto de terminar com você esta noite. – Ele estendeu a mão para o outro tornozelo. – Dê o pé.

Emma não sabia como podia recusar. Ela deixou que ele pegasse seu pé.

– Não deboche, por favor. Eu sei que é feio.

– *Feio?* – Ele massageou a perna nua dela do tornozelo ao joelho. – Nada em você consegue ser feio.

– Meu dedinho. Ou melhor, a falta do dedinho.

Então, ele finalmente olhou para a extremidade do pé dela, para o espaço vazio onde deveria estar o dedinho.

– Você nasceu sem?

– Não. Eu... ele congelou na neve.

Ele passou o polegar pelo toco de carne.

– Eu tentei avisar. – Ela puxou a perna. – Deus, é tão constrangedor.

Ele soltou uma gargalhada.

– Você é a mulher mais ridícula que existe. De todas as pessoas do mundo, acha que *eu* vou dar a mínima importância para o fato de você não ter a droga do dedinho? – Ash apontou para o lado marcado do próprio rosto. – Você já olhou para mim?

– Olhei o máximo que você me permite, sim. Mas é diferente. Você tem ferimentos de guerra. São marcas de coragem. Eu tenho uma marca de tolice.

– A única tolice aqui é você querer esconder isso.

– Hum. – Ela inclinou a cabeça para o lado. – Devo apontar a hipocrisia nessa afirmação?

– Não.

– Você marchou na direção do perigo.

– Na verdade, o perigo me encontrou. – Ele se deitou de lado, a cabeça apoiada no cotovelo. – Um foguete Congreve em Waterloo. Arma poderosa, quase impossível de mirar. Um desses foguetes se virou contra nossas tropas e eu tive a sorte de ser o alvo.

Emma também se deitou de lado, encarando-o. Ela não quis dizer nada com medo que Ash se fechasse de novo.

– Depois que me machuquei, quando acordei com uma dor insuportável, com partes de mim faltando, olhei para ver se meu pau ainda estava lá. Quando vi que estava, eu disse: "tudo bem, acho que quero viver".

– Fico feliz que você tenha vivido. – Ela sorriu. – Esta noite foi... eu nunca senti nada assim.

– Estou tentando aceitar isso como um elogio, mas considerando sua experiência limitada, não tenho certeza de que posso.

– Minha experiência pode não ser tão limitada quanto você está imaginando. Eu... – Emma reuniu sua coragem. – Não sou virgem. Quero dizer, eu não era quando nos casamos.

O quarto ficou em silêncio, pesado como uma bigorna. Ela sentiu dificuldade para respirar debaixo de todo aquele peso.

– Você está muito quieto – ela enfim arriscou dizer. – Não vai falar nada?

– Deixe-me adivinhar: o garoto da sua vila?

– Ele mesmo. Eu sabia que era imprudente, mas era isso que tornava tudo tão excitante. Meu pai era inflexível e eu tenho um lado rebelde.

– Reparei.

Emma nunca tinha sido uma boa filha do vigário, não importava o quanto tentasse ser. As expectativas de seu pai eram ilusórias. Se ela fizesse o menor progresso em direção à aprovação dele, seu pai aumentava as exigências. A certa altura, ela desistiu de tentar e foi procurar aprovação e afeto em outros lugares. Isso, claro, foi o que acabou lhe trazendo problemas.

– O rapaz era filho do fidalgo da região – ela disse. – Três anos mais velho do que eu. Às vezes nos encontrávamos por acaso, durante caminhadas, e eu ficava lisonjeada com o interesse dele. Um beijo virou dois e assim por diante. Eu me imaginava loucamente apaixonada por ele. Aconteceu um baile na casa da irmã dele, e ele pediu para ela me convidar. Disse que seria uma noite especial para nós dois.

– Eu posso imaginar que tipo de "noite especial" ele tinha em mente.

O olhar de Emma ficou distante, sem foco.

– Eu costurei um vestido novo para a ocasião. Em seda rosa e vermelha, com faixas douradas nas mangas e na cintura. Passei horas mexendo com papéis e tenazes quentes para deixar meus cachos perfeitos. Boba como eu era, pensei que ele iria me pedir em casamento. E mesmo depois que ele puxou meu corpete e enfiou a mão por baixo da minha saia, pensei que pretendia me pedir... depois. Pensei que ele estava tomado por paixão, só isso. Eu me sentia atordoada pelo romantismo.

Ela pulou os detalhes do encontro.

– Fomos pegos juntos, o que já foi bastante humilhante. Então ele se recusou a casar comigo, o que foi devastador. Pelo que entendi, havia algum acordo na família que ele se casaria com uma prima distante.

– Para o diabo com a prima. Alguém deveria ter feito o canalha assumir a responsabilidade.

– Não havia ninguém para sequer tentar. Eu não tinha irmãos para defender minha honra, e meu pai... Meu pai nem tentou obrigá-lo. Ele me culpou por tudo. Que tratamento eu esperava, ele me perguntou, ao sair por aí vestida de vermelho feito uma prostituta? Ele me chamou de rameira, de messalina, disse que não culpava o jovem por me rejeitar. Disse que nenhum homem decente iria me querer, e que era para eu ir embora da casa dele imediatamente, e nunca pensar em voltar.

Mesmo seis anos depois, a dor parecia tão recente como se tivesse acontecido ontem. Ela sabia que a sociedade a julgaria com crueldade por seu erro, mas seu próprio pai...? Giles a tinha desapontado e maltratado, mas foi o pai o homem que partiu seu coração.

Era por isso que ela precisava ajudar Davina Palmer. Ela não podia permitir que outra jovem enfrentasse aquele tipo de rejeição e abandono. Não se pudesse evitar.

Emma engoliu em seco o nó amargo que sentiu na garganta.

– Era inverno e nevava. Eu não tinha muito dinheiro. Então vim caminhando para Londres.

– E chegou com nove dedos.

Ela fez que sim com a cabeça.

– E costuma tremer de frio com frequência.

Ela concordou de novo.

Ele ficou em silêncio por vários momentos, e quando falou, sua voz soou baixa e grave.

– Emma, você devia ter me contado isso.

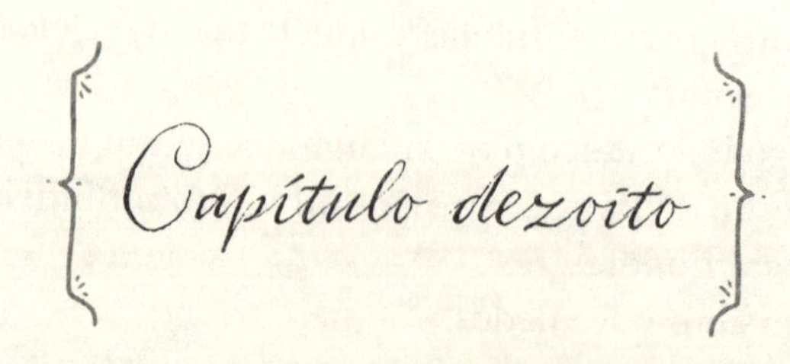

Capítulo dezoito

Você devia ter me contado isso.

O coração de Emma falhou uma batida. Culpa a gelou por dentro como um vento frio. Ela estendeu a mão para pegar uma das colchas.

– Você não perguntou sobre a minha virtude. Mas tem razão, eu deveria ter contado mesmo assim.

Talvez nem todo homem a condenasse por essa imprudência, mas um nobre possuía uma preocupação compreensível. As leis da primogenitura e tudo mais. Se Ash ficasse bravo com ela, Emma não poderia culpá-lo.

Talvez seu pai estivesse certo, e o duque estaria acreditando ter adquirido um produto estragado.

– Faz muito tempo – ela garantiu. – E eu não tive filho, graças a Deus. Não precisa se preocupar. Sua linhagem está em segurança.

Ele praguejou.

– Sério, Emma, essa ideia não me tinha passado pela cabeça.

– Então... que ideia *está* passando?

– Muitas. – Ele virou, ficando de costas na cama, e colocou as mãos atrás da cabeça. – Em primeiro lugar, estou em dúvida sobre a melhor forma de matar tanto o filho do fidalgo quanto o seu pai. Uma pistola seria o método mais eficiente, acredito, mas seria rápida demais para me dar satisfação. E estou ponderando se teria tempo para acabar com os dois na mesma noite ou se seria obrigado a ficar hospedado em alguma pensão miserável.

Ela não conseguiu evitar soltar uma risadinha.

– Não estou brincando – ele disse.

– É claro que está. Você é o Monstro de Mayfair, não o Assassino.

– Você é minha esposa. Algum vilão abusou de você.

– Eu não era sua esposa na época, e ele não abusou de mim. Eu fiz minha escolha. Pode ter sido uma péssima escolha, mas foi minha. Além do mais, mesmo que você desejasse matá-lo, a guerra foi mais rápida do que você.

Ele praguejou baixo.

– Ainda resta seu pai. Ele a tratou de maneira abominável. Bacalhau pestilento.

Emma precisou esconder o rosto para que Ash não visse como ela estava perto de chorar. Ela nunca tinha sido capaz de se livrar do sentimento de que talvez seu pai tivesse mesmo razão. Que foi culpa *dela* – não totalmente, mas em parte. Talvez ela tivesse mesmo sido uma vadia sem-vergonha por procurar paixão e amor. No mínimo fora uma tola.

Por esse motivo, tinha decidido manter as emoções fora de qualquer relacionamento. Contudo, estava ficando cada vez mais difícil manter essa resolução – não apenas todos os dias, mas todas as horas. Sentia carinho demais pelo homem que nesse momento planejava um assassinato ao seu lado. Não importava que ele procurasse afastar qualquer sugestão de que tivesse um bom coração com seu humor ácido, seu jeito entediado. E que estivesse decidido a convencer o mundo de sua natureza monstruosa.

Emma sabia a verdade. Não era fácil viver com o duque, que não era um santo. Mas ele possuía um coração grande e leal, que agora – ao menos em parte – estava comprometido a defendê-la. Como ela poderia deixar de ficar emocionada?

– Venha. – Ele a colocou debaixo de uma pilha de cobertas. – Quatro colchas bastam esta noite? Ou devo buscar mais?

– Quatro colchas são suficientes, obrigada. Você pode... Estou me sentindo um pouco frágil neste momento. Significaria muito para mim se você me abraçasse. Sabe, com seus braços.

Brilhante, Emma. Como se ele pudesse tentar abraçá-la com os joelhos ou as pálpebras sem que ela o orientasse.

Depois de uma breve hesitação, ele entrou debaixo das quatro colchas e passou o braço pelos ombros dela. Ash estava ficando muito bom nessas coisas. Assim como no escuro em Swanlea, ela se sentiu protegida. Segura.

Estava quase adormecendo aninhada naquele calor reconfortante... Quando ele saiu da cama e deixou o quarto.

Passava da meia-noite quando Ash chegou à vila.

Ele diminuiu o ritmo do cavalo ao se aproximar dos limites do vilarejo que dormia, depois o amarrou a um tronco de árvore ao lado de um riacho. O animal merecia um descanso, bem como água e pasto. Quanto a Ash, este precisava se aproximar furtivamente.

Foi bem fácil encontrar a casa certa – o chalé bem-cuidado perto da igreja. Só de olhar, ficou furioso. As floreiras brancas debaixo das janelas, cheias de inocentes gerânios vermelhos e rosa. Mentiras botânicas, cada um deles.

Ash encontrou um lugar onde o muro de pedra se aproximava da casa e subiu nele, bem debaixo da maior janela. A que dava para a igreja.

Ele estava preparado para quebrar a janela com a mão enluvada, mas descobriu que era desnecessário. Aparentemente, ninguém trancava a janela em vilarejos amenos como aquele.

– Quem é você? – Um velho levantou na cama e apoiou as costas na cabeceira. – O *que* é você?

– O que acha? – Ashbury levantou o lampião até o lado marcado e retorcido de seu rosto, deleitando-se com o choramingo angustiado do vigário. – Sou um demônio que veio arrastá-lo para o inferno, seu patife desgraçado.

– Para o inferno? E-eu?

– Você mesmo. Sua pústula da natureza. Seu sapo corcunda venenoso. Sentado nesta casinha medonha que recende a traição e... – Ele acenou para o que havia mais próximo. – Com cortinas horrorosas.

– O que há de errado com as cortinas?

– Tudo! – ele rugiu.

O velho canalha puxou as cobertas até o queixo e começou a chorar. Excelente.

– Não se preocupe com as cortinas, seu pusilânime caquético. – Ash pairou sobre a cama. – Não existem cortinas no inferno.

– Não. Não, não pode ser.

Ash recuou um passo.

– Oh, não pode? Talvez eu esteja na casa errada. – Ele tirou do bolso um pedaço de papel e o consultou. – Casa paroquial... Biltreton, Hertfordshire...

– Aqui é Bellington.

Ash alisou o papel e o examinou dramaticamente.

– Sim, tem razão. *Bellington*, Hertfordshire. Reverendo George Gladstone. Não é você?

– Sou eu – o velho gemeu.

– Graças a Plutão. – Ele amassou o papel e o jogou no chão. – É tanto aborrecimento quando eu me engano com essas coisas. O atraso é infernal, e há tanto para ser feito. Depois que você chegar à fornalha eterna haverá dívidas pecaminosas a serem acertadas. "Pagar os pecados" não é mera força de expressão. Depois existem dezenas de formulários para serem preenchidos e assinados.

– *Formulários* para serem preenchidos?

– É claro que existem formulários. Ninguém deveria ficar surpreso com o fato de que o inferno é uma burocracia imensa e ineficiente.

– Imagino que não – o velho disse, sem forças.

– Onde é mesmo que eu estava? Ah, sim. – Ash levantou o lampião e fez uma voz tenebrosa. – Prepare-se para o fogo eterno do inferno!

– M-mas eu sou um vigário! Tenho sido um fiel servo do Senhor.

– *Mentiroso!*

O clérigo tremeu. Uma mancha escura se espalhou pelos lençóis mal iluminados, e logo Ashbury percebeu o que era. Aquele amontoado covarde de lixo tinha urinado na cama.

– Você é o maior velhaco que já subiu ao púlpito. Sua Bíblia Sagrada não ensina nada sobre perdão?

O homem se encolheu em silêncio.

– Não? Estou perguntando! Ela não fala de perdão? Sou um demônio, não costumo ler essa coisa.

– S-sim, é claro. O evangelho é uma história de misericórdia e redenção.

Ash moveu-se na direção da cama, até ficar pairando sobre o reverendo que se encolhia, e levantou a lanterna bem alto. – Então por que, sua serpente sórdida, miserável, banhada em mijo, não ofereceu essa misericórdia para sua própria filha?

– Emma?

– Sim, Emma. – Ash sentiu um aperto no coração ao falar o nome dela, e assim sua voz tremeu de fúria. – Sua própria carne, seu sangue. Ela não é merecedora da clemência que você prega?

– A misericórdia requer penitência. Ela foi avisada. Recebeu todas as explicações. Ainda assim, insistiu no comportamento pecaminoso e não se arrependeu de modo algum.

– Ela era uma *garota*. Vulnerável. Ingênua. Com medo. Você a jogou aos lobos para proteger seu orgulho egoísta, perverso. E se diz um homem de Deus. Você não é nada além de um charlatão.

– Diga-me o que posso fazer para expiar meus pecados. Farei qualquer coisa. Qualquer coisa.

– Não há nada que possa dizer. Não pode inventar nenhuma desculpa.

Ash inspirou lenta e profundamente. Se estivesse ali para satisfazer seus próprios desejos, teria matado o velho com prazer, naquele instante. Despachado o pulha para o inferno. Mas ele não estava ali para executar sua própria vingança. Estava ali por Emma.

Porque ela o tinha tocado, beijado, fazendo com que se sentisse humano, desejado e completo. Porque o covarde repulsivo que ela tinha como pai a magoou tanto que Emma ainda não confiava em seu próprio coração.

Porque Ash estava provavelmente começando a amá-la. E não era *isso* um inferno?

Por ela, Ash limitaria sua vingança a métodos que não envolvessem objetos pontiagudos e entranhas. Ele deixaria o velho manter a vida. Mas faria todo o possível para ter certeza de que o biltre não a aproveitaria.

– Que dia é hoje? – Ash perguntou.

– Qu-quinta.

Ash meneou a cabeça.

– Maldito seja eu.

– Mas... você já não está amaldiçoado?

– Silêncio! – Ash trovejou.

O homem estremeceu.

– O dia está errado. Você vai ter um adiamento. Um *breve* adiamento.

– Um adiamento? – Ele levantou os olhos para o teto. – Obrigado, Senhor.

– Não agradeça ao Senhor. Você deve agradecer a *mim*.

– Sim, sim, é claro.

– Fique sabendo de uma coisa, seu cancro pusilânime. – Ash rodeou a cama em passos ominosos. – Nós *vamos* nos reencontrar. Você não vai saber o ano, nem o dia, nem a hora. Todas as noites você irá sentir as chamas lambendo seus calcanhares. Seu mingau diário terá gosto de enxofre. Em cada passo, cada respiração, cada momento do restante da sua vida miserável e inútil... você irá tremer com um medo impiedoso.

Ele foi até a janela e se preparou para subir e desaparecer na noite.

– Porque eu vou voltar para pegá-lo, e quando o fizer, não haverá escapatória.

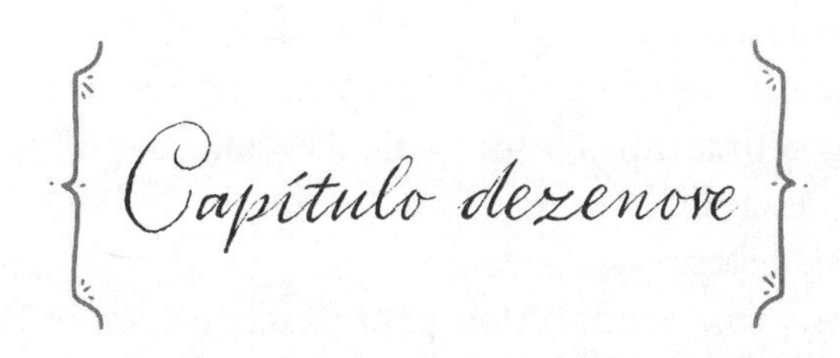

Capítulo dezenove

Ora, sua ladrazinha.

Mas Ash precisava admitir... em se tratando de ladras, aquela era muito bonita.

Sua manhã tinha sido tomada por correspondências enfadonhas. Depois de enviar um contrato para seus advogados, para mais uma revisão, Ash foi em busca de almoço. Depois voltou à biblioteca... onde encontrou a esposa saqueando seus livros.

Aparentemente, o volume que ela tinha em mãos era interessante a ponto de Emma não notar sua presença. Enquanto ele estava parado na entrada, observando, ela prendeu uma mecha de cabelo atrás da orelha. Então lambeu o dedo e virou a página.

Os joelhos dele fraquejaram. Em sua cabeça, ele se esforçava para transformar aquela fração de segundo em uma lembrança duradoura. A curva do dedo esguio. O vermelho dos lábios se entreabrindo. O cor-de-rosa fugaz, erótico, da língua.

Ela fez de novo.

Ash agarrava o batente da porta com tanta força que seus dedos adormeceram.

Ele queria que Emma lesse toda a droga do livro com ele assistindo. Queria que o livro tivesse mil páginas.

Ela fechou o volume e o depositou sobre a pilha crescente na cadeira. Então, virando as costas para Ash, esticou-se na ponta dos pés para pegar outro. Os calcanhares dela saíram dos sapatos, revelando o arco de seus pés e aquelas meias brancas e indescritivelmente excitantes.

Bom Deus. Existe um limite para o que um homem consegue aguentar.

– Não se mexa.

Ela congelou. Seu braço permaneceu erguido, a mão continuou preparada para retirar um volume verde da estante.

– Eu só queria um livro.

– Não – ele repetiu – se mexa.

– Um romance, poesia. Algo para passar o tempo. Pensei em até mesmo tentar Shakespeare. Eu não pretendia atrapalhar...

– Fique. Do. Modo. Que. Está. – Ele se aproximou com passos lentos e cautelosos; um passo para cada palavra lenta e cautelosa. – Não mexa nem um único dedo. Nem um dedinho do pé. Nem uma sarda no seu traseiro.

– Eu não tenho sardas no meu... tenho?

Ash não parou até ficar bem atrás dela. Ele esticou a mão, cobrindo a dela. Com um movimento dos dedos, recolocou o livro verde em seu lugar.

– Vou deixar você à vontade para trabalhar – ela disse e começou a baixar a mão.

Ash prendeu o punho dela na estante.

– Ainda não.

Ela inspirou fundo. Ele a conhecia bem o bastante para reconhecer o som. Não era medo, mas excitação.

Bom. Muito bom.

– Sabe – ele começou, num tom preguiçoso, passando o polegar pelo pulso delicado dela. – Eu andei pensando.

– Isso parece horrível.

– Ah, mas é mesmo. – Com a mão livre, ele envolveu o volume do seio dela, acariciando-o por sobre a musselina. – O objetivo deste casamento é engravidá-la.

– Sim. – A voz dela estava lânguida. – Acho que eu me lembro que esse era nosso acordo.

A cabeça dela inclinou para o lado, e ele passou a língua pelo pescoço estendido. O gosto dela era, ao mesmo tempo, ácido e doce. Delicioso.

– Assim, se fizermos isto duas vezes por dia – ele murmurou –, será duas vezes mais provável que alcancemos nosso objetivo.

– Eu... eu acho que sim.

– Não há nada para achar. – Ele apertou o mamilo dela. – Trata-se de matemática básica.

Após uma pausa, ele ouviu um sorrisinho na voz dela:

– É mesmo, meu docinho?

Garota atrevida, impertinente.

A corrida começou. Emma o ajudou a levantar as saias até a cintura. Ash deslizou o dedo pela abertura dela até encontrar aquele ponto essencial no ápice. Ela exclamou de prazer, agarrando a estante com as duas mãos. Ele começou a desabotoar as calças o mais rápido que conseguia.

Depois do que pareceu um século lidando com as roupas, eles finalmente colaram seus corpos. A necessidade dura e latejante dele no calor úmido e pronto dela.

– Agora? – ele grunhiu a palavra.

A resposta dela foi ofegante.

– Sim.

Sim.

Sim, sim, sim.

A brincadeira na biblioteca foi o primeiro de muitos encontros românticos diurnos. Depois que Ash descobriu que ela aceitava atividades não convencionais, a imaginação dele perdeu qualquer limite, e sua energia estava longe de se esgotar. Fazer amor nu em plena luz do dia, contudo, ainda parecia ser um risco grande demais. Quando os dois estavam tão próximos, tão íntimos... Ash odiava a ideia de que piedade pudesse se intrometer nesses momentos em que ele devia ser forte. Existia, ainda, a preocupação de que ele pudesse reagir mal caso Emma o tocasse. E havia sempre o outro risco: causar repulsa completa na esposa.

Como eu conseguiria me deitar com... com isso?

Não, ele não podia se arriscar. Contudo, com uma parceira disposta e ousada, havia modos de superar os obstáculos. O prazer não precisava ficar limitado a encontros noturnos.

Emma não se opunha, ele descobriu, a ser dobrada sobre o móvel mais próximo. A mesa de bilhar propiciava uma conexão especialmente divertida. Ele a puxava para alcovas e armários sombrios onde a possuía de encontro à parede envoltos pela escuridão quente e almiscarada. Eles descobriram que todos os tipos de acessórios – gravatas, faixas, lenços – podiam ser usados como vendas.

Não importava o que ele sugerisse, ela nunca lhe dizia não.

Emma sempre dizia sim.

Ela dizia "sim" e "sim" e "mais" e "por favor".

Como sempre, aqueles pequenos suspiros e gemidos iam parar diretamente no membro dele, levando-o para mais perto do clímax. Mas conforme as tardes apaixonadas se transformaram em semanas, as palavras dela atingiram alvos mais profundos. Ele começou até mesmo a adorar os absurdos nomes carinhosos que ela lhe inventava. Eles penetravam suas cicatrizes e batiam na gaiola de ossos ao redor de seu coração.

Ash se esforçava para reconstruir essa barricada diariamente.

Não queira ver significado demais na disposição dela, ele se repreendeu. Emma era uma mulher de natureza passional. Sem dúvida também queria aquele filho, para acabar logo com aquele acordo.

Mesmo assim, ele não conseguia ficar longe dela, nunca conseguia satisfazer seu desejo. O abismo dentro dele não tinha fim. Não era apenas o corpo dela que Ash desejava; era a intimidade. A aceitação. O sentimento de ser desejado e nunca repelido.

Sim. Ela sempre dizia sim.

Até o momento em que não disse.

Certa noite, Emma não apareceu para jantar. A criada dela levou uma mensagem à mesa. Ash bebericava um conhaque enquanto desdobrava e lia o bilhete escrito com a caligrafia da esposa.

Estava indisposta, dizia a nota, e acreditava que precisaria de alguns dias para se sentir restabelecida por completo. Pedindo desculpas, ela afirmava que não poderia receber as visitas dele nesse período.

Muito bem. Não era preciso muito esforço para entender o fraseado delicado. As regras dela tinham chegado. Emma não estava grávida. Ainda não.

Ele deveria se sentir decepcionado.

Ao contrário, tudo que Ash sentiu foi alívio.

Ela não estava grávida. Isso significava que ele tinha outro mês.

Outro mês puxando-a para lugares escuros, virando o rosto dela para a parede e sentindo os dentes de Emma arranharem sua mão quando ela gozava.

Outro mês de "sim".

Outro mês sem estar sozinho.

Outro mês com Emma.

Algo no peito dele flutuou de alegria.

Ash terminou o conhaque. Então apoiou o cotovelo na mesa e baixou a cabeça até esta descansar no polegar e no indicador. Ele massageou a cicatriz nodosa na maçã do rosto direita.

Você é um palerma. Ignorante como lixo.

Aquilo era mais que uma paixão. Ash tinha permitido que uma ligação tola, irracional, se desenvolvesse. E algo precisava ser feito a esse respeito.

Ele pediu mais conhaque. E depois mais. Após esvaziar a garrafa, foi atrás da capa e do chapéu. E se aventurou pelas ruas escuras. Ash precisava encontrar alguns rufiões para ameaçar, ou alguns janotas mofados nos quais meter medo.

Esse, ele dizia para si mesmo a cada reação de medo e repulsa que causava, era o tipo de acolhida que o mundo dava a um monstro. Assim ele era "aceito" pela humanidade.

Talvez ele ainda tivesse outro mês de "sim", mas Ash não podia esquecer disto: a vida longa e amarga que tinha diante de si seria sempre "não".

– Maldição, eu *sabia*.

Ash congelou onde estava, a mão imóvel no fecho do portão. Sua outra mão apertou com mais força o castão da bengala. Ele se virou para ver a fonte daquela exclamação.

Um rapaz esperava por ele na viela além do estábulo. Não um rapaz qualquer. *Aquele* rapaz. Do outro dia.

– Eu sabia – o jovem disse. – Eu sabia que tinha que ser você.

Por todos os santos. Ash agarrou o rapaz pelo colarinho e o arrastou até as sombras. Examinou a viela para ter certeza de que não havia cavalariços ou cocheiros perto o bastante para ouvi-los.

– O Duque de Ashbury é o Monstro de Mayfair.

– Não sei o que você tomou – Ash disse, sério. Como se pudesse existir outro homem cheio de cicatrizes vagando pelas vielas de Mayfair à noite, usando capa e carregando uma bengala com castão de ouro.

– Eu sabia desde aquela noite, e até disse para os meus amigos, que você devia ser nobre – o rapaz tagarelava. – O resto eu deduzi dos jornais de fofocas. O Duque de Ashbury chegou a Londres algumas semanas antes de os jornais falarem da primeira aparição. Boatos de que você foi ferido em Waterloo. Decidi esperar aqui para ver se meu palpite estava certo. E, puxa vida, aí está você. – Ele juntou as mãos com estrépito. – Espere até os rapazes saberem.

– Os rapazes não vão saber de nada disto. – Ash sacudiu o jovem. – Está me entendendo?

– Você não me assusta. Eu sei que não vai me machucar. Bater em inocentes não é o que você faz, certo?

Não, não era. Infelizmente.

Ash soltou o colarinho do rapaz.

– Está bem. Vai ganhar uma coroa de mim e nada mais.

– Uma coroa em troca de quê?

– Em troca de você manter a boca fechada. É por isso que está aqui, não é? Mas preciso dizer que você é um bocado jovem para começar com chantagem.

– Minha mãe sempre disse que eu era adiantado para minha idade. – O rapaz sorriu, revelando uma falha entre os dentes da frente. – Mas não estou atrás de dinheiro. Minha família tem bastante. Meu pai fez fortuna com carvão. A propósito, meu nome é Trevor.

– Se tentar espalhar esta história, Trevor, ninguém vai acreditar. Você mora em Mayfair; já deve saber como a sociedade esnobe pensa. Ninguém vai acreditar na palavra de um fedelho novo-rico contra a de um duque.

Ash passou pelo rapaz e começou a atravessar a viela em passos rápidos. É claro que o garoto o seguiu.

– Você entendeu tudo errado – Trevor disse num sussurro alto, andando rápido ao lado de Ash. – Não quero expor você. Quero ser seu parceiro.

Isso fez com que Ash parasse.

– Meu parceiro?

– Assistente. Aprendiz. Protegido. Você sabe o que eu quero dizer.

– Não. Não sei.

– Quero acompanhar você à noite. Ajudar a fazer justiça. Sovar uns bandidos e tal.

Ash olhou o rapaz de alto a baixo.

– Você não consegue sovar nem massa de pão.

– Não tenha tanta certeza disso. Eu tenho uma arma. Secreta. – O garoto olhou para os dois lados antes de retirar algo do bolso e mostrar para Ash.

– Um estilingue. Essa é sua arma secreta.

– Bem, você já tem a bengala. E pistola ou faca não combinam com a gente.

– Não existe "a gente".

– É violência demais, sabe. E nós somos guardiões da paz.

– Também não existe "nós".

– Achei que um estilingue ajudaria a me destacar. – O rapaz pegou uma pedra no chão e a acomodou na peça de couro. – Está vendo aquele engradado na esquina? – Ele girou o pulso algumas vezes, criando impulso, então disparou a pedra... que acertou a porta do estábulo do outro lado da viela.

Um cavalo relinchou. Do apartamento acima, um cavalariço sonolento gritou com raiva:

– Ei! Quem está aí?

Trevor olhou para Ash. Este olhou para Trevor. Os dois articularam a mesma palavra ao mesmo tempo. *Corra.*

Depois de cruzar toda a extensão da rua e dobrar a esquina, Trevor apoiou as mãos nos joelhos e disse, ofegante:

– Eu, *ufa*, ainda estou melhorando a mira.

Ash continuou andando, na esperança de deixar o garoto para trás enquanto este ofegava, sem ar.

– Depois vou precisar de um disfarce, claro. Estou pensando em uma máscara preta ou vermelha. E um nome, é óbvio.

Ash grunhiu.

– Você não vai ter disfarce. Nem nome. Está me ouvindo? Vá para casa antes que eu mesmo o leve até lá e tenha uma palavrinha com seu pai.

– O que você acha de A Besta de Berkeley?

– É melhor O Palhaço de Piccadilly.

– Ou posso adotar algo mais simples. Como Danação. Ou O Corvo.

– Sugiro Verme. Ou Catapora.

– Que tal O Corvo da Danação?

Ash meneou a cabeça.

– Por todos os diabos, você é um perigo.

– Espere. É brilhante. Vou ser conhecido como... – ele passou uma mão à frente do rosto, como se mostrasse a manchete de um jornal – ... o Perigo.

Ah, vai ser mesmo.

Ash parou, virou-se e encarou o rapaz.

– Escute, garoto. Eu vou voltar para minha casa. E você vai voltar para a sua. E isso encerra o assunto.

– Mas não é nem meia-noite. Nós ainda não destruímos nenhum marginal.

Ash agarrou Trevor pelo paletó e o fez ficar na ponta dos pés. Ele se inclinou para frente e fez a voz grave, ameaçadora.

– Considere-se com sorte por eu não ter destruído *você.*

Ele soltou o garoto e começou a se afastar. Dessa vez não ouviu passos apressados atrás de si.

Graças a Deus.

– Você tem razão – Trevor disse, animado, atrás dele. – Amanhã à noite será melhor. Eu preciso de tempo para arrumar meu disfarce.

Ash puxou a aba do chapéu para baixo e grunhiu.

Se aquele garoto era representativo da próxima geração, que Deus salvasse a Inglaterra.

Emma desceu até a área de serviço com a intenção de pedir que ovos fossem adicionados ao cardápio do jantar. De todos os jantares. Diziam que ovos aumentavam as chances de concepção, não diziam? Talvez fosse apenas superstição, mas não custava tentar.

Ela parou do lado de fora. Os criados pareciam estar fazendo algum tipo de reunião. Khan estava de pé em frente a uma lousa grande, a que normalmente era usada para anotar o cardápio do dia. O restante da criadagem estava sentado ao redor da longa mesa de jantar dos empregados.

Ela estava quase se virando para voltar mais tarde quando o tópico da conversa lhe alcançou os ouvidos.

– Esforcem-se, todos vocês – Khan dizia. – Swanlea não foi suficiente. Precisamos de um novo plano.

Um novo *plano*?

Emma não gostava de ouvir a conversa dos outros, mas um novo "plano" que envolvia seu casamento pareceu-lhe um bom motivo para abrir uma exceção. Ela se enfiou no espaço entre a porta aberta e a parede. Dali podia não só escutar, mas também espiar através da fresta.

– Bem, tem que ser um baile – Mary disse. – Bailes são sempre tão românticos. Com certeza eles vão ser convidados para um.

– O duque nunca vai aceitar – um dos criados disse.

– Então quem sabe a gente pode dar um baile aqui – ela respondeu. – De surpresa.

– Talvez pudéssemos fazer isso – Khan disse com secura. – Se desejarmos ser executados sumariamente.

Mary suspirou.

– Bem, o que a gente for fazer, é melhor que seja logo. Depois que Sua Graça ficar grávida, vai ser tarde demais.

Uma criada da cozinha soltou uma gargalhada.

– E isso não vai demorar, vai? Com os dois como coelhos pela casa toda.

– Não só na casa – disse um cavalariço. – No estábulo também.

Mary fez sinal para eles ficarem quietos.

– A gente não pode dizer que reparou nessas coisas.

– Ora, ora. Como é que a gente não ia reparar?

Oh, Deus. Atrás da porta, Emma se encolheu. Que humilhante. Mas pensou que isso devia ser esperado. Ela e Ash tinham lustrado todos os móveis da Casa Ashbury com as anáguas dela levantadas. Eles também não eram muito silenciosos. Era natural que os criados tivessem notado. Como o cavalariço disse, como é que eles não iam reparar?

Khan pigarreou e bateu o giz na lousa.

– Vamos voltar à lista, por favor.

Os criados se atropelaram com as sugestões.

– Vamos começar um pequeno incêndio?

– Preparar um dos eixos da carruagem para quebrar. Por acidente. Numa tempestade.

– Oh! Eles podiam ir nadar na Serpentina.

Khan recusou-se a anotar essa sugestão na lousa.

– É quase dezembro. Eles vão morrer de frio.

– Pode ser – Mary disse. – Mas não existe nada como um bom susto para dar um empurrãozinho no amor. Quem sabe a gente podia deixar um dos dois só um pouquinho doente?

– O duque ficou de cama por quase um *ano* – o mordomo respondeu. – Isso seria uma crueldade. Mas um pequeno acidente, talvez...

O mesmo criado disparou a mão para cima.

– Abelhas! Vespas! Aranhas! Cobras!

– Sapos. Gafanhotos. Rios de sangue – a cozinheira falou. – Acho que já cobrimos todas as pragas, Moisés.

Emma bufou e levou as duas mãos à boca.

– Ela podia entrar no quarto do duque enquanto ele está se vestindo – Mary sugeriu.

Todos os criados se animaram com essa ideia.

– Oooh – eles fizeram.

– Agora, *isso* pode dar certo – disse Khan, aparentemente concordando.

Emma não conseguiu permanecer em silêncio. Saiu de seu esconderijo e anunciou sua presença.

– Essa ideia já aconteceu.

A criadagem reunida se colocou de pé num salto, e o sangue sumiu de seus rostos. Durante mais de meio minuto, o único som que eles produziram foi engolir em seco.

– E...? – Mary quebrou o silêncio. – Qual foi a reação do duque?

– A reação do duque não é da sua conta.

– O que Vossa Graça acha de picadas de aranha?

– Eu acho que isso tem que acabar. Tudo isso. Vocês precisam conter suas expectativas. Não haverá romance. O duque não vai me amar.

Emma precisava ser lembrada disso com seriedade assim como os criados.

Mesmo que o duque começasse a amá-la, não importaria. No fim, eles iriam se separar. Ashbury estava decidido a esse respeito, e ela precisava passar o inverno em Swanlea pelo bem de Davina. Mas para que Davina conseguisse permissão para passar uma temporada com ela, Emma precisava convencer o duque a frequentar a sociedade – pelo menos um pouquinho.

– Eu acho – ela disse em voz baixa – que ele precisa de amigos.

Khan soltou um suspiro profundo.

– Estamos perdidos.

– Todos os amigos abandonaram o duque – Mary disse. – E os poucos que não abandonaram... bem, ele afugentou. Sua Graça não tem mais amigos. Não fora desta sala.

No silêncio que se seguiu, Emma ponderou. Se era verdade que os únicos amigos que restavam a Ashbury moravam nessa casa...

Ela precisava convencê-lo a se aventurar para fora dali.

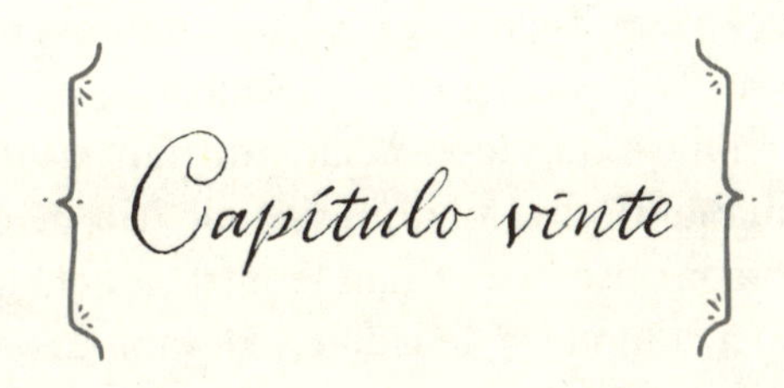

Capítulo vinte

Ash percorria os corredores da Casa Ashbury perguntando-se onde diabos estava seu mordomo.

Khan não estava na biblioteca, nem no salão de baile nem nas salas de bilhar, estar, artes ou música. Embora Ash não soubesse muito bem por que verificou a de música, pois tinha ficado dolorosamente claro, no verão passado, que Khan não sabia o que era uma nota musical.

Enfim, Ash o encontrou na cozinha.

A fragrância pungente de ervas vinha de uma panela que fervia no fogão. Khan estava sentado em uma cadeira, segurando uma compressa no olho, enquanto Emma cuidava dele.

Olhe só para ela, o retrato do cuidado doméstico. Daria uma mãe excelente. Ele tinha imaginado isso desde o começo, mas era reconfortante ver acontecendo. Seu herdeiro precisaria de uma presença constante e amorosa, e não seria Ash.

Ela ergueu o rosto e reparou nele. Seus olhos preocupados se estreitaram em dois rasgos acusadores.

– Você.

– O quê?

– Você sabe muito bem o quê. – Ela apontou para Khan. – Olhe só para ele. O olho está preto e inchado. Eu sei que você é o responsável.

Oh, ela também seria muito boa para impor disciplina. A bronca quase fez Ash se sentir culpado, e ele nunca lamentava suas ações. Apenas sua aparência.

– Nós só estávamos praticando boxe. E o machucado foi culpa dele.

– Culpa *dele*? Imagino que ele tenha socado o próprio olho?

– Nós estávamos praticando uma nova combinação de golpes. Khan deveria ter fintado e se esquivado. – Ash se virou para o mordomo. – Vamos, diga para ela que você deveria ter se esquivado.

– Eu deveria ter me esquivado – Khan murmurou atrás da compressa.

– Viu? – Enquanto Emma foi num silêncio frio até o fogão, Ash continuou: – Mas agora preciso dele. Khan tem trabalho a fazer.

Khan colocou a compressa de lado e se levantou.

– Obrigado, Vossa Graça, por seus gentis cuidados.

– Mas seu cataplasma está quase pronto – ela disse.

– Talvez Vossa Graça possa fazer a bondade de guardá-lo para mais tarde. – Ele fez uma reverência para Emma, depois se voltou para Ash. – Vou esperar na biblioteca.

Depois que o mordomo saiu, Emma começou colocar as coisas no lugar, evidentemente contrariada.

– É só um hematoma – Ash disse. – Derivado de uma atividade masculina. Eu garanto que ele adorou.

– Ele estava *chorando* – ela retrucou.

– Lágrimas de alegria. – Ele abriu os braços.

Emma suspirou.

– Sim, eu sou exigente. Não, eu não penso nos outros. Não tenho remorso. Algo mais que eu precise admitir enquanto estou aqui?

Ela pegou um jornal de sobre a mesa e o mostrou para ele. A manchete dizia: "Monstro de Mayfair ataca de novo".

– Eu não tinha visto esse. – Ash o pegou. – É maravilhoso. Estou na primeira página.

– Em várias primeiras páginas.

Ele passou rapidamente pela pilha que ela lhe mostrou.

– "Monstro de Mayfair ataca garoto."

– "Monstro de Mayfair aterroriza três homens na Rua St. James."

– "Monstro de Mayfair rapta ovelha do açougue. Suspeita-se de rituais satânicos" – ela concluiu.

– Rá. O "garoto" tinha pelo menos 20 anos e fez muito por merecer. Eram quatro na Rua St. James. Janotas mofados importunando uma dama da noite enquanto voltavam do clube Boodle's. Eu não gostei da atitude desrespeitosa deles. Esse último... eu *nem* fiz isso. Ovelha uma ova. – Ele riu. – Sabe o que isso significa?

– Estou casada com um justiceiro descontrolado?

– Não. Quero dizer, talvez. Mas também significa que as pessoas estão inventando histórias do Monstro de Mayfair só para ganharem notoriedade. Significa que sou uma lenda.

Emma meneou a cabeça. Ela coou as ervas em uma gaze e as apertou formando uma trouxa.

– Isto – ele mexeu nos jornais – é estupendo.

– Não é. Não mesmo.

– Oh, veja. Este tem uma ilustração. – Ele virou seu perfil destruído para ela e mostrou o retrato que o jornal trazia com a legenda "O Monstro". – O que você me diz? Acho que exageraram um pouco no comprimento do nariz, mas no geral é surpreendentemente parecido.

Ela bateu a panela vazia na mesa.

– Não é um retrato parecido, mas é uma ilustração perfeita do problema. Você só está deixando as pessoas verem um lado seu. Se pelo menos desse uma chance para que enxergassem além das cicatrizes...

– As pessoas não conseguem enxergar além das cicatrizes. Seja na rua, no mercado... em qualquer lugar. As cicatrizes sugam toda a atenção de um ambiente, e eu sou apenas a moldura.

– Não precisa ser assim.

Ele apertou o maxilar.

– Vamos fazer um acordo. Eu não finjo saber qual é a sensação de quando homens estranhos olham para seus peitos, e você não finge saber qual a sensação de quando as pessoas ficam me encarando.

A atitude dela se suavizou.

– Desculpe, eu não tenho como saber.

– Não, não tem.

– Você não quer tentar? – Ela deu a volta na mesa e parou diante dele. – Tudo que eu peço é uma saída. Uma única tarde com pessoas normais. Bem, talvez não sejam pessoas exatamente *normais*. Mas pelo menos não são marginais.

Ele franziu o cenho.

– O que você está querendo?

– Venha tomar chá com minhas amigas na próxima quinta-feira. É isso o que eu quero.

– Eu não... – Ele começou a protestar, mas ela colocou os dedos nos lábios dele, calando-o.

Os dedos dela cheiravam a ervas e mel. Inebriantes. Como ele podia continuar irritado quando o cheiro dela era tão saboroso?

– Na casa de Lady Penelope Campion. É do outro lado da praça. Não deve ser nenhuma grande provação. – Ela ergueu a sobrancelha, irônica. – Quero dizer, a menos que você tenha medo de moças solteiras e inofensivas.

Ash não conseguia lembrar quando foi a última vez que atravessou a praça para ir até a residência Campion. Ele era garoto com no máximo 10 anos. Lady Penelope era nova demais para lhe servir de colega de brincadeiras, para não falar que ela possuía o defeito incorrigível de ser uma garota. Mas ele era forçado a fazer esse esforço uma vez a cada verão. A única graça que ela tinha, no que lhe dizia respeito, era que Lady Campion sempre escondia alguma criatura nojenta no armário ou debaixo da cama.

Ele tinha uma lembrança distante de leitões. E uma salamandra, talvez?

Emma tocou a campainha.

– Vou fazer isso apenas desta vez – ele murmurou, olhando para a porta. – E chega.

– Entendo – ela disse.

– E só porque meus pais tinham esta família em alta consideração.

– É claro.

– Eles iriam querer que eu visse como está Lady Penelope, agora que ela mora sozinha.

Emma apertou a mão dele.

– Não fique tão ansioso. Elas vão adorar você.

A porta foi aberta. O estômago dele se contraiu.

– Lady Penelope. Que prazer.

Ash tentou pegar a mão de Penelope, com a intenção de se curvar para beijá-la, mas ela apenas riu, colocando as mãos sem luvas nos ombros dele e puxando-o para um abraço. Como se não fosse nada.

– Entrem, entrem. – Penelope passou o braço pelo dele e os levou para dentro. – E você deve me chamar de Penny. Somos velhos amigos. Já vi você de pijamas. Você não vai querer que eu o chame de "Vossa Graça", espero.

– Ashbury basta.

– Ash – Emma disse. – Os amigos o chamam de Ash. Em casa é o meu "docinho".

Ele olhou feio para Emma. Ela retribuiu com um sorriso.

– Ash, então – Penny disse, dando batidinhas no braço dele.

A casa estava do jeito que ele se lembrava. As mesmas pinturas nas paredes, os mesmos móveis... só que agora estavam cobertos de muito mais pelos.

Ele se preparou para o pior quando entraram no salão.

Contudo, Ash não foi recebido com rompantes de susto ou gritos de horror. Parecia que as outras convidadas tinham sido preparadas para sua entrada – o que de certa forma era um alívio, mas por outro lado era humilhante. Ele imaginou Emma dizendo para as amigas durante o chá: *Agora, não vão se assustar, mas meu marido é uma monstruosidade horrenda.*

Penny fez as apresentações desnecessárias. Com certeza as outras duas mulheres sabiam quem ele era, e Emma lhe contou um pouco a respeito delas.

A Srta. Teague tinha o cabelo ruivo desgrenhado e cheirava a algo queimado. A Srta. Mountbatten era pequena, de cabelos castanhos e... usava um vestido que lhe caía muito bem, feito de um tecido azul-pavão adamascado que lembrava muito Ash das cortinas de sua sala de música.

Ele fez uma pequena reverência e esperou que as mulheres se acomodassem antes de sentar. Penny começou a servir chá nas xícaras.

As Srtas. Teague e Mountbatten ficaram em silêncio, dando olhares furtivos para Ash, depois se entreolhando e, enfim, baixando os olhos para os próprios pés. Ele estava acostumado a ser objeto de curiosidade. O mais estranho, contudo, era que as duas pareciam estar o tempo todo com um sorrisinho de entendimento.

Um gato branco aproximou-se rodeando a perna da poltrona dele e pulou em seu colo.

Ash o retirou, colocando o animal no chão, mas ele saltou no mesmo instante de volta ao seu colo.

– É sempre assim com gatos – Penny disse. – São atraído pela pessoa que não quer saber deles. E Bianca é especialmente malandra. Atormenta Hubert sem parar.

– Não me lembro de um Hubert na sua família – Ash disse. – É um criado?

– Deus, não. – Penny riu enquanto lhe entregava uma xícara de chá. – Hubert é a lontra.

Claro que sim.

Sua anfitriã lhe ofereceu uma bandeja com sanduíches triangulares.

– Sanduíche de presumido?

– Eu aceito o sanduíche de presunto, obrigado. – Ash pegou um, mordendo uma grande porção. Quanto mais conseguisse mastigar, menos precisaria falar.

– Não, não. É sanduíche de *presumido* – Penny disse. – É como nós chamamos os vegetais amassados e apertados numa forma, que depois cortamos como presunto. É basicamente nabo e batata, com alho e um pouco de beterraba para dar cor. Bem nutritivo e tão delicioso quanto presunto.

Oh, Deus.

Ash engasgou com o sanduíche, e fez um grande esforço para esconder uma careta enquanto engolia a coisa com ajuda do chá.

– Lady Penny é vegetariana – explicou a Srta. Teague.

– Receio não compreender.

– Ela não come carne – Emma disse.

Ele fez uma pausa.

– Continuo sem entender.

– Aqui, prove os bolinhos. – A Srta. Mountbatten os passou para Emma. – Foi Nicola quem fez.

Ash pegou um e o observou, desconfiado. Parecia inofensivo.

– Entendi que Emma disse que você era uma cientista, Srta. Teague.

– Confeitaria é uma ciência – ela respondeu. – O sucesso está na precisão.

Ash deu uma mordida e achou o bolo precisamente delicioso. Um grande avanço em relação ao *presumido.*

– Bem – Penny começou, alegre. – Todos já estão com chá e comida. Agora vamos conversar. Do que podemos falar?

– Se pelo menos houvesse algo dominando a atenção de toda Londres – disse a Srta. Teague com um tom afetado.

Quase um tom *ensaiado.*

– Oh! – a Srta. Mountbatten pareceu se animar. – Vocês ouviram falar do Monstro de Mayfair?

Ash colocou sua xícara sobre a mesinha e virou o rosto para sua esposa.

Emma observava sua xícara com grande interesse, como se as folhas de chá estivessem fazendo um balé subaquático.

Penny se voltou para ele.

– Qual sua opinião a respeito, Ash?

– Um sujeito infame, com certeza – Ash disse. – Perigoso. Perverso. Condenável.

– Eu desconfio que ele seja um incompreendido – afirmou a Srta. Mountbatten.

A sala ficou em silêncio – pelo menos até a Srta. Mountbatten cutucar o joelho da Srta. Teague.

– Oh! Oh, sim. Essa parte é minha, não é? – A Srta. Teague pigarreou. – Acho que você está certa, Alexandra.

– Lembrei que eu tenho alguns dos jornais mais recentes. – Penny se virou para a mesa atrás dela e pegou uma pilha de jornais.

A verdade era inegável. Ash tinha sido atraído para uma teia, e agora se encontrava no centro de uma conspiração cuidadosamente tramada.

Um sanduíche de presumido. Servido numa bandeja de mentiras.

Penny folheava os jornais.

– Oh, vejam! "Doação de mil libras para o Fundo de Viúvas da Guerra atribuída ao Monstro de Mayfair". Ela pegou outro. "Monstro de Mayfair expulsa capataz cruel de abrigo. Os despossuídos de Londres comemoram."

Ela pegou o próximo jornal e, em vez de ler a manchete, virou-o para mostrá-la.

Ash tirou o jornal da mão dela e o observou, horrorizado. "Monstro de Mayfair salva filhotinhos de depósito em chamas?"

Isso... era um ultraje.

Viúvas. Despossuídos. *Filhotinhos.*

Alguém estava desconstruindo a lenda que ele tinha arquitetado com tanto trabalho. Ash pegou a pilha de jornal e passou rapidamente por eles, olhando as notícias. Um padrão suspeito de frases parecidas começou a emergir.

Este jornal soube de fonte confiável...

Uma fonte respeitável que deseja permanecer anônima...

"Os filhotinhos não paravam de lambê-lo de gratidão", relata uma Lady...

Então Emma e suas amigas não tinham apenas reunido essas histórias. Elas as tinham *inventado*. Aquelas bruxas.

– É o que eu desconfiava. – A Srta. Mountbatten sorriu. – O chamado monstro é apenas incompreendido.

– Se vocês querem saber minha opinião... – Emma começou.

– Eu não quero – Ash a interrompeu.

– Não acho que ele seja um monstro – ela concluiu. – Na verdade, ouvi dizer que ele apareceu em um orfanato levando sacos de doces, e os pequeninos o atacaram com abraços e beijos. Desconfio que *isso* vai estar nos jornais de amanhã.

– Eu desconfio – ele disse com um sorriso forçado – que os jornais vão trazer a notícia de uma duquesa e suas três cúmplices presas por difamação.

Depois de uma breve pausa, as três mulheres irromperam em uma gargalhada.

Penny lhe estendeu a bandeja com aquelas enganações odiosas.

– Pegue outro sanduíche, Ash. Ou devo dizer Chuchuzinho?

– Acredito que é Denguinho – disse a Srta. Mountbatten.

– Não, não – interveio a Srta. Teague. – Estou certa de que era "meu gatinho gordinho".

Todas voltaram a rir. Ash aceitou o sanduíche e fuzilou a esposa com o olhar.

Emma bebericou seu chá, dando-lhe um sorriso tímido por sobre a borda da xícara.

Espere só, ele pensou enquanto dava uma mordida ressentida naquela falsidade vegetal. *Espere só até voltarmos para casa.*

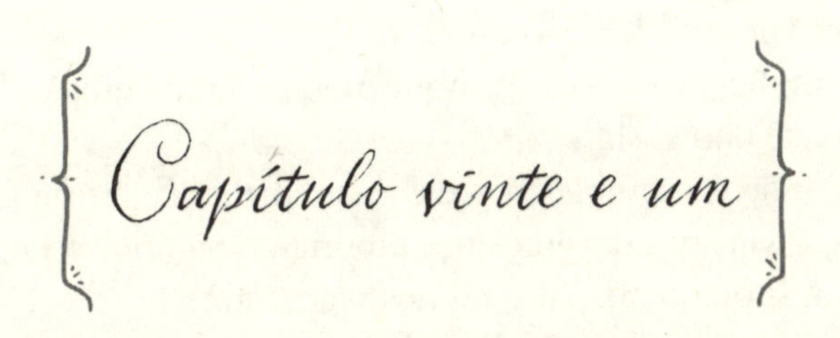

Acontece que Ash não teve a oportunidade de tirar satisfações com a esposa por sua perfídia. No momento em que passaram pela suíte dela, Emma fechou a porta e o prendeu nela, puxando-o pelo pescoço para um beijo entusiasmado.

– Obrigada – ela disse. – Você foi maravilhoso.

– Não foi nada.

E, falando sério, não tinha sido nenhum grande esforço. Depois que a provocação impiedosa delas acabou, ele chegou até mesmo a se divertir.

– Não acredito que você comeu dois daqueles sanduíches horrorosos – ela disse.

Correção: ele tinha se divertido, exceto pelos sanduíches.

Mas comeria sanduíche de "presumido" duas vezes por dia, sem reclamar, se fosse para voltar à casa e ter isso: as mãos de Emma – melhor ainda, seus lábios – passeando por todo ele.

Ela soltou a gravata e desabotoou seu colete. Ash fez o que pôde para ajudar, livrando-se do paletó e jogando-o... em algum lugar. Não se preocupou em ver onde.

Emma desceu serpenteando pelo corpo dele, então ficou de joelhos. Ela soltou as calças dele, puxando-as até as coxas. A ereção, libertada, deu um salto, implorando atenção. Com uma mão ela levantou a bainha da camisa, prendendo o tecido excessivo na barriga dele. Com a outra ela pegou o pau, passando o polegar no lado inferior.

Ela lambeu os lábios e se inclinou para frente.

– Espere – ele gemeu.

Ela parou.

Por quê? Por que ele tinha dito isso?

– Não vou beijar – ela disse, arqueando a sobrancelha. – Vou lamber. E chupar. Você não gosta?

– Esse... não é o problema – ele disse, firme. E "firme" em mais de um sentido. – Mas nós devemos nos procriar, e não posso engravidar sua boca. A rigor, isto não faz parte do nosso acordo.

– E o que você vai fazer? – Bem-humorada, ela o encarou. – Vai abrir um processo no tribunal? Meritíssimo, minha esposa ousou me despir. Em seguida, ela acariciou meu corpo, com mãos e lábios, em desrespeito ao nosso acordo que proibia isso.

– Emma, você...

– E então – ela soltou uma exclamação dramática – essa mulher desobediente colocou a boca na minha vara intumescida.

Ela lhe deu uma lambida lenta, exploradora.

– *Jesus.*

Ela recuou, arqueando a sobrancelha.

– Ora, ora, que blasfêmia. Isso consta em Shakespeare?

Ele apertou os dentes.

– *Henrique IV, Parte 2*, ato dois, cena dois.

– Sério? Que interessante. – Ela deu um beijo bem leve na ponta do membro dele.

Deus. As mãos de Ash se crisparam em punhos aos lados do corpo. Ele não conseguiria aguentar mais daquilo.

Quando ela se curvou na direção dele outra vez, os lábios formando outro beijo provocador, ele a agarrou pelo cabelo.

– Chega.

– *Chega.*

Emma arfou quando ele enrolou a mão em seu cabelo, puxando mil terminações nervosas ao mesmo tempo.

– Chega – ele grunhiu de novo.

Ela entendeu o que ele queria dizer.

Chega de falar. Chega de provocar. Ela devia ir adiante com aquilo.

O que quer que "aquilo" implicasse.

Emma não sabia muito bem o que tinha começado, mas preferia morrer a perguntar. A ideia básica parecia evidente, mesmo que as sutilezas da técnica estivessem além de sua experiência. A julgar por suas próprias reações às atitudes dele enquanto faziam amor, devia ser difícil errar quando se lambia.

Olhando para cima, para avaliar a reação dele, Emma desenhou círculos com a língua na ponta do membro. Debaixo de sua mão, os músculos abdominais de Ash ficaram rígidos como um tanque de lavar roupa. Ele arqueou os quadris, empurrando os lábios dela com a cabeça de sua ereção. Emma aceitou a deixa daquele pedido tácito, tomando-o em sua boca.

Ele gemeu, derretendo contra a porta.

– Isso. Assim mesmo.

Ela adorou o gosto dele, almiscarado e masculino, e a sensação dele deslizando em sua mão com uma suavidade sedosa, com uma necessidade impaciente e dura. Emma adorou o modo como a respiração dele mudou, os sons profundos, entrecortados que ela arrancava do peito dele quando o recebia mais fundo.

Acima de tudo, adorou o poder. Ele estava indefeso, entregue ao prazer, exposto a ela, implorando, vulnerável. À sua mercê. Uma sensação de triunfo agitava o corpo dela a cada gemido e exclamação que Ash soltava.

Ela olhou para cima e viu que ele a observava, os olhos vidrados de desejo, os dentes cerrados. Como ele parecia gostar de olhar, ela usou a mão livre para tirar o xale e expor os seios. Sentindo-se ousada, ela deslizou a ponta de um dedo por suas curvas expostas, mergulhando-o no decote.

– Deus. *Deus.* – As coxas dele ficaram tensas e Emma deixou a timidez de lado, adotando um ritmo mais rápido. Ela percebeu que ele devia estar perto do clímax.

– Emma, eu...

Ele tirou o pau dos lábios dela. Pondo a mão por cima da dela, Ash ajudou-a a alcançar um ritmo furioso. A respiração dele ficou difícil e ofegante até que, finalmente, veio o êxtase.

Na sequência ele desabou contra a porta, arfando. Emma usou o xale, que tinha descartado, para limpar o peito. Ele esticou a mão e segurou o queixo dela, inclinando com delicadeza seu rosto para que ela olhasse para ele.

– Por isso – ele disse –, eu teria comido cem daqueles sanduíches.

Ela sorriu.

Ele a ajudou a ficar de pé, depois terminou de tirar as calças. E, juntos, os dois caíram na cama.

– Isso foi... indescritível – ele disse.

– O prazer foi meu. – E era verdade. Emma se sentia muito satisfeita consigo mesma, poderosa como nunca. Ela se virou, deitando de barriga para baixo, e se apoiou nos cotovelos. – Bem, nós fomos tomar chá. O que vamos fazer agora? É sua vez de escolher.

– Não sei o que está dizendo.

– Deve haver tantas coisas que você sente falta de fazer. Não precisa ser comigo. Andar de caleche no parque com a capota baixada. Frequentar os clubes de cavalheiros. Você podia praticar boxe no Gentleman Jackson's e parar de usar o pobre Khan como *sparring*. – Ela arqueou uma sobrancelha. – Desde que bordéis e dançarinas de cabaré não estejam na sua lista.

– Por favor. – Ele cobriu os olhos com o antebraço. – Do jeito que você me ataca, não me sobra energia.

– Ótimo. E quanto ao próximo passeio?

– Não acontecerá. Eu lhe disse esta tarde que essa seria nossa primeira e última visita.

– Nós poderíamos oferecer um jantar, se você preferir. Eu tenho uma amiga do meu tempo de costureira. Srta. Davina Palmer. Eu acho que o pai dela adoraria conhecer você. – Ela segurou a respiração, esperando a resposta dele.

Ele baixou o antebraço e a encarou, sério.

– O que é que você está tentando fazer?

A desconfiança nos olhos dele a enervou.

– Eu... eu detesto ver você assim, vivendo em reclusão. Só isso. Não consigo pensar em ir para Swanlea e deixar você sozinho em casa.

Pontadas de culpa pinicaram as mãos dela. Claro que essa não era a única razão. Ela tinha outro motivo: ajudar Davina. Mas também se preocupava com ele. Doía-lhe pensar em sua solidão. Doía-lhe pensar em deixá-lo. Doía-lhe pensar em ir para Swanlea e criar o filho deles sem que Ash fizesse parte de suas vidas.

Ela não gostava mais do acordo que fizeram, e estava ficando sem tempo para renegociá-lo.

Alguns dias mais tarde, Ash trabalhava com afinco na biblioteca, e tinha acabado de acertar o tom em uma carta contundente para seu arquiteto, quando Khan entrou.

Terrivelmente inoportuno, como sempre.

Ash nem levantou os olhos da carta.

– O que foi agora?

– Perdão, Vossa Graça, mas uma entrega bem grande chegou para a duquesa. Onde devo mandar que deixem as caixas?

– Uma entrega? – Ash ergueu a cabeça. – Entrega do quê?

– Acredito que sejam roupas. Devo mandar que levem para cima?

Ash colocou a pena de lado.

– Não. Não, mandem deixar tudo na sala de estar.

Roupas.

Graças a Deus pelos pequenos milagres. Sua esposa tinha, finalmente, encontrado entusiasmo para encomendar novas roupas, apesar dos protestos anteriores. Se havia um consolo que ele podia lhe oferecer naquele casamento era o luxo.

Após lacrar a carta, foi até a sala de estar, na esperança de ver Emma se deleitar ao abrir as caixas. Talvez ela lhe apresentasse um desfile de seus novos vestidos e chapéus. Se ela o fizesse trabalhar, ajudando com botões e ganchos, tanto melhor.

Quando ele entrou na sala, Emma já exibia algo de tirar o fôlego: uma expressão radiante de alegria.

– É o novo guarda-roupa – ela disse, seu entusiasmo evidente.

– Estou vendo. – Ash ordenou então que os criados os deixassem sozinhos.

Ela desfez o laço da primeira caixa e remexeu no interior. Ele viu de relance uma requintada seda marfim adamascada. Um início promissor.

Contudo, não foi um vestido que ela tirou da caixa. Foi um colete.

– Oh! – ela exclamou. – É perfeito. – Emma se virou para ele. – O que você acha?

– Você vai ter que me desculpar – ele disse após um silêncio cuidadoso. – Faz algum tempo que não circulo na sociedade. Parece que a moda feminina passou por uma transformação que eu não reparei.

– Não é para mim, pombinho. – Ela riu. – É para você. – Ela levou o colete até ele e o segurou diante do peito do marido. – Hum. Eu talvez tenha que abrir um pouco nos ombros, mas isso é fácil de fazer.

Ash não conseguiu encontrar nenhuma reação.

Emma jogou de lado a tampa de outra caixa, dessa vez desembrulhando um casaco de lã verde-caçador. De novo, ela emitiu um ruído de satisfação.

– Aqui. Por favor, vista este.

Ele olhou ao redor para as dezenas de caixas.

– Não diga que *tudo* isso é para mim.

– Você me mandou encomendar um guarda-roupa completo. – Ela lhe deu um sorriso atrevido. – Só não especificou para quem. E eu disse que me lembraria das suas medidas. – Ela puxou a manga do paletó que ele vestia. – Vamos lá. Tire o velho e vista o novo. Quero ver como os alfaiates se saíram.

Atordoado, ele deixou o paletó velho escorregar pelos braços e os enfiou nas mangas do novo.

Ela foi para trás dele, alisando a lã nas costas.

– Eu estava morrendo de vontade de vê-lo usando algo digno de um duque. Tudo o que você tem está puído, fora de moda ou as duas coisas.

Ela completou o circo, parando bem de frente para ele e endireitando-lhe as lapelas com um puxão firme.

– Pronto. Agora mexa um pouco os braços. Como está?

Ele esticou os braços para os lados.

– Melhor, por mais estranho que pareça.

– Eu disse para o alfaiate deixar mais espaço nos ombros. – Ela virou uma lapela para mostrar o forro. – O revestimento é de seda onde é obrigatório, claro. Mas as mangas têm um forro removível de flanela de algodão. Pode ser lavável e é menos provável de causar irritação. As camisas são do algodão mais macio que consegui encontrar. E as gravatas têm um colarinho de musselina por dentro, para que não precisem ser engomadas onde entram em contato com sua pele.

Ele ficou admirado com o tanto que ela pensou naquilo. Naturalmente, esse foi o tipo de trabalho que ela fez durante anos; sugerir e criar as roupas mais adequadas para uma cliente. Mas isso era trabalho.

Isto... isto diante dele era um presente.

As mãos dela deslizaram dos ombros de Ash até os punhos enquanto ela o observava.

– Eu sabia que o verde lhe cairia bem. Você está tão lindo.

Ash sentiu-se dividido entre uma emoção avassaladora e a repulsa por uma mentira evidente.

– Veja você mesmo. – Ela foi até o espelho e o virou para o marido.

Ele não precisava se olhar no espelho. Ash sabia exatamente o que veria. Um horror cheio de marcas e queimaduras de pólvora que pareceria ridículo em contraste com um belo paletó novo.

Mas era, ele precisava admitir, uma peça esplêndida. Caía-lhe com perfeição e, naquele momento, conseguiu se imaginar um homem mais novo, sentado no clube ou aceitando uma taça de conhaque após um dia de atividades ao ar livre no outono. Sua vida de "antes".

– Bem...? – ela queria um comentário. Emma parecia satisfeita consigo mesma e ansiosa por um elogio.

– É um paletó refinado – ele disse.

– Mas *você* gostou dele?

Eu gostei demais. Acima de tudo, eu gosto de você – muito mais do que deveria – e mesmo que seja tarde demais para eu me salvar, não vou lhe dar falsas esperanças.

Ele agitou os braços.

– Bem, ele oferece mais flexibilidade nos braços. Você sabe, para socar órfãos ou sacrificar cordeiros para satã.

Emma voltou para perto das caixas, empilhando-as com movimentos rápidos, irritados.

– Você encontra algum tipo de satisfação cruel no modo como está sempre menosprezando meu trabalho? Eu sei que costura não impressiona você, mas é meu maior talento. Eu teria construído uma carreira nisso, se não fosse... – Ela se interrompeu.

– Se não fosse o quê?

– Deixe para lá.

– Eu deixo para lá quando e onde quiser, obrigado. Se não fosse o quê?

– Se não fosse por você.

Ele arregalou os olhos para ela.

– O que eu tenho a ver com isso? O quê, você teria aberto seu próprio ateliê com suas duas libras e três xelins?

– Eu planejava me tornar uma costureira independente, mas precisava de um modo para atrair minhas clientes. Um vestido que representasse meu melhor trabalho, à mostra em um dos maiores eventos sociais da temporada.

– O vestido de casamento de Annabelle.

– A pele de monstro das neves coberto de vômito de unicórnio. Sim.

– Bem – ele gesticulava com exagero –, sinto muito se interferi em seus planos para uma vida de trabalho degradante para lhe oferecer riqueza e privilégios.

Ela empurrou o cabelo para trás com o pulso.

– É claro que eu não trocaria uma coisa por outra. Não sou idiota. E sou grata por tudo que você me deu. É só que... isso é tudo que eu tenho para lhe oferecer, e você insiste em insultar meu trabalho.

– E o que você quer que eu faça?

Emma abriu os braços, indicando as dezenas de caixas.

– *Use* essas coisas. Saia de casa. Leve-me com você para algum lugar. Qualquer lugar.

– Emma... – ele grunhiu.

– Não precisa ser nada público. Deve haver algum lugar a que possamos ir sem sermos vistos. Talvez Vauxhall. Ou um baile de máscaras. Eu quero passar algum tempo com você. Leve-me nas suas rondas noturnas por Londres, se não houver mais nada.

– Isso não vai acontecer. Nada disso vai acontecer.

– Porque você é orgulhoso demais.

– Porque eu já decidi. Você não devia imaginar que alguns paletós novos me fariam mudar de ideia. Nós tínhamos um acordo, eu preciso lhe lembrar, e ele não inclui visitas nem passeios pela cidade. Seu papel neste casamento resume-se a um objetivo preciso.

– Ser uma égua de reprodução. – Os olhos dela transbordaram mágoa. – Sim, eu me lembro.

Então Emma saiu da sala.

Ash esfregou o rosto com as duas mãos. Fazia semanas que ele vagava pelas ruas de Mayfair, instilando medo no coração da população, mas nunca se sentiu tão desprezível como nesse momento.

Ele nunca mereceu tanto o apelido de "monstro".

Era melhor assim, ele disse para si mesmo. Melhor magoá-la agora do que mais tarde.

Certo. E se repetisse essa baboseira mil vezes, talvez conseguisse começar a acreditar.

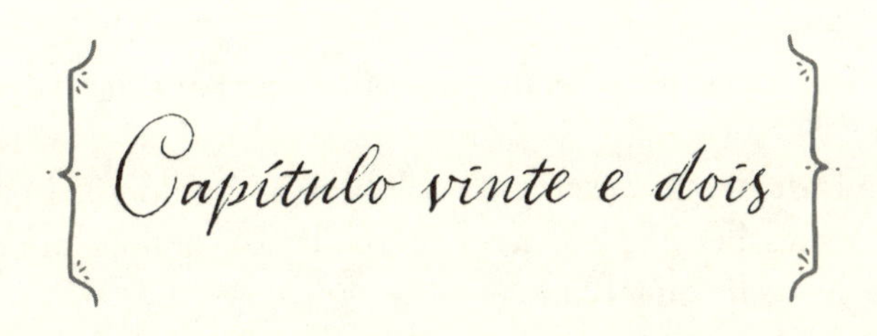

Capítulo vinte e dois

– Aqui tem mais um. – Nicola veio tomar ar e acrescentou um livro novo à enorme pilha que Alexandra segurava para ela. A jovem parecia decidida a levar pelo menos um livro de cada prateleira da livraria Hatchard's.

Emma inclinou a cabeça e leu as lombadas.

– "História do Tâmisa", "Arquitetura romana", "Culinária vienense", "Engenharia mecânica"... Existe algo que relacione tudo isso?

– Claro que sim – Penny disse. – Algo no emaranhado do cérebro de Nicola.

– Eu ouvi isso – Nicola disse, duas prateleiras abaixo.

Alexandra não levantou a cabeça de sua leitura, segurava a torre oscilante de Nicola com um braço, e no outro segurava seu único livro. Algo a respeito das estrelas.

– Foi um elogio. Você sabe como fico espantada com sua inteligência. – Penny se encostou nas estantes de livros. – Agora pense se conseguíssemos juntar seu cérebro, meu coração mole, o bom senso de Alexandra e a sensibilidade de Emma para a moda para fazermos uma só mulher. Seríamos insuperáveis.

Alex usou o dedo e os dentes para virar uma página de seu livro de astronomia.

– Nós seríamos uma mulher bem-vestida que passa os dias mexendo em mecanismos e assando biscoitos para alimentar os 43 patos, cabras, vacas e porcos-espinhos amontoados no quintal.

– Só 43? – Bufando com ironia, Nicola acrescentou outro livro à pilha no braço de Alexandra.

Dessa vez, contudo, foi demais. A torre oscilou, balançou e acabou caindo no chão.

Todos na livraria se voltaram para olhar feio para elas, censurando-as em silêncio.

Nicola franziu a testa sardenta ao observar o amontoado de livros.

– Eu devia saber que isso aconteceria. Estão vendo, é por *isso* que eu preciso dos livros de engenharia.

Alexandra foi atrás de seu próprio livro, que tinha ido parar a alguns metros do resto. Após recolhê-lo, contudo, ela trombou com um cavalheiro, e dessa vez, os livros dos dois foram parar no chão. Ela começou imediatamente a balbuciar um pedido de desculpas, ainda que o cavalheiro continuasse de costas. Quando ele se virou para ela, contudo...

Alexandra ficou em silêncio.

Todas ficaram. Nenhuma delas conseguia falar.

O homem parado diante de Alexandra devia ser o cavalheiro mais perigosamente atraente de toda Londres. Até Emma, apaixonada como uma tola que estava pelo marido, percebeu.

Feições bem-formadas. Olhos verdes malandros. Cabelo castanho desgrenhado na medida certa.

O cavalheiro fez uma reverência para Alexandra.

– Minhas sinceras desculpas.

– Nã-não foi nada – ela gaguejou, corando. – A culpa foi toda minha.

– Permita-me. – Ele se agachou aos pés dela e pegou o livro do chão, entregando-o para Alex antes de pegar o dele.

Os olhos de Alexandra ficaram brilhantes o suficiente para atrair mariposas durante o dia.

Nicola não estava prestando atenção, pois ocupava-se em empilhar seus livros de diferentes formas, tentando encontrar a formação mais resistente.

A mão enluvada de Penny segurou o pulso de Emma.

– *Ele está flertando com ela* – a amiga sussurrou por entre os lábios imóveis.

– *Eu sei* – Emma suspirou de volta. Mas, para ser justa, ela desconfiou que ele fosse o tipo de homem que flertava com toda mulher que encontrava.

– Você parece entender sobre livros – ele disse para Alexandra. – Talvez possa fazer a gentileza de me emprestar seu conhecimento.

– Com certeza você não precisa da *minha* ajuda.

– Eu acho que preciso. Veja, preciso comprar alguns livros para duas garotas, e não tenho nenhuma ideia de por onde começar. O que você acha destes? – Ele mostrou para ela as obras que tinha reunido, aproximando-se.

– Oh. – Tudo de Alexandra congelou. Até seus cílios. Após vários minutos, ela pareceu lembrar que deveria examinar os livros dele. – São todos contos de fadas.

– O que me pareceu ser o lugar lógico para começar, em se tratando de garotas. Quais *você* recomenda?

– Ahn... eu não sei.

– Bem, quais eram os seus favoritos?

Alexandra ainda não tinha piscado.

– Eu... não saberia dizer, eu...

O rosto de Emma queimou de constrangimento alheio. Pobre Alex.

Finalmente, Alexandra terminou sua frase com um sussurro:

– ... não tive nenhum.

– Muito bem, então. – O cavalheiro não perdeu a pose, continuando como se Alexandra tivesse dito algo fascinante. Ou qualquer coisa. – Imagino que isso signifique que terei que comprar todos eles, não é? Não sei porque não pensei nisso. Obrigado, Srta....

– Mount. – Uma pausa longa demais. – Batten. Mountbatten.

– Srta. Mountbatten, estou em dívida com você por sua gentil assistência. – Um sorriso encantador, uma reverência cortês e ele se foi.

Penny esperou três segundos antes de atacar a pobre e aturdida Alex.

– Por que você não falou com ele?

– Eu não sabia o que dizer. Quando garota, eu queria ler histórias de piratas. Nunca liguei para contos de fadas.

– Bem, então vou lhe contar uma coisa: muitos contos de fada começam desse jeito. – Penny deu um olhar melancólico para o cavalheiro que se afastava. – Você podia ao menos ter perguntado o nome dele. Podia ser o início de um romance.

– Um romance trágico – disse Nicola. – É óbvio que ele é um mulherengo desavergonhado.

– Sim, vamos nos convencer disso – Emma disse.

– Oh, não! – Alex gemeu, sem prestar atenção nas ideias românticas das amigas. – Não acredito. Vejam. – Ela mostrou o livro que tinha em mãos.

– *Um compêndio de histórias para garotas obedientes?* – Emma leu em voz alta. – Bem, isso parece terrível.

– E é terrível. O cavalheiro deve ter confundido meu livro com um dos dele. E eu fiquei com estes contos de fada, enquanto ele foi embora com meu *Catálogo de Nebulosas e Aglomerados Estelares* de Charles Messier. Pode demorar meses até eu encontrar outra cópia usada. Não tenho dinheiro para comprar um novo.

– E é por *isso* que você devia ter perguntado o nome dele – Penny disse.

– Sejam gentis com ela – Emma interveio. – Qualquer uma de nós poderia ter entrado em pânico. Inclusive eu, e sou casada com um homem bem intimidante.

Um homem intimidante, insensível e insultuoso, para deixar bem claro. Ela continuava magoada com o modo como ele tinha rejeitado as roupas. Bem, era o que merecia por ter colocado seu coração naquilo. Algum dia, talvez, ela aprendesse a não colocar aquele órgão delicado debaixo dos pés dos homens.

Para se distrair, ela folheou a revista parisiense de moda que tinha em mãos. Uma ideia surgiu em sua mente, e os dedos dela pararam, segurando uma página. Talvez pudesse usar suas habilidades de outro modo. Duquesas não trabalhavam, mas e quanto a caridade? Era um assunto diferente. Talvez ela pudesse ajudar mulheres como a Srta. Palmer, que, por uma razão ou outra, precisavam de um recomeço.

Mulheres que pudessem apreciar seus esforços, ao contrário de certo duque ingrato.

– *Wienerbrød.*

Essa palavra aleatória veio de Nicola.

– Seus apelidos carinhosos para o duque – ela disse, folheando um livro de culinária. – Acrescente à sua lista. É um doce vienense.

Emma abriu um sorriso. Oh, como ela precisava disso hoje.

– Obrigada, Nicola. É perfeito.

Aquele apelido carinhoso era tão absurdo que seu marido bem o merecia.

A avenida Strand estava engarrafada de carroças e carruagens. Quando Emma conseguiu chegar à Casa Ashbury, vinda da livraria, o crepúsculo tinha baixado. Ela desabotoou a peliça ainda no corredor. Emma pretendia cair na cama para um cochilo antes do jantar. Andava cansada ultimamente.

Ao entrar no quarto, contudo, ela se deteve onde estava, surpresa por algo escarlate que aparecia por trás de seu dossel.

Colocando de lado a touca e as luvas, ela andou até a cama do mesmo modo que um peregrino se aproxima de um altar. O coração dela começou a bater forte.

Ali, exposto sobre a colcha, havia um vestido do material mais fino que ela já tinha tocado. Emma deslizou os dedos pela borda do tecido. Gaze de seda vermelho-rubi disposta sobre cetim cor-de-marfim, os dois conspirando para criar um tom complexo e cintilante. O corte era ousado, tipo silhueta continental, com mangas que cobriam apenas os ombros e um decote que delineava o busto. Nada brilhante, nenhuma renda. Os únicos enfeites eram flores e vinhas de bom gosto, bordadas finamente, que decoravam a bainha, as mangas e o decote.

O vestido parecia uma rosa desabrochando no meio de um jardim.

Só depois que conseguiu tirar os olhos do vestido ela reparou no resto do conjunto que havia ao lado: sapatos de salto com rosáceas, anáguas de tule com babados, luvas de noite em cetim, uma *chemise* bordada e um espartilho muito na moda. E não parava aí. A penteadeira também estava cheia. Meias, ligas, pentes encrustados de joias para o cabelo...

– Não é lindo, Vossa Graça? Nunca vi nada mais fino. – Emma se virou e viu Mary, sua criada pessoal, parada na entrada com uma bandeja. – Sua Graça disse que você deve estar pronta às oito. Tomei a liberdade de lhe trazer o jantar. Pensei que nós poderíamos aproveitar o tempo extra para fazer algo especial com seu cabelo, antes que saia para o teatro.

Emma não podia acreditar no que estava ouvindo. Ele iria levá-la ao teatro?

– O duque também está jantando em seus aposentos. O Sr. Khan o está ajudando a se arrumar para a noite.

Tendo colocado a bandeja sobre a mesa, Mary balançava de empolgação, subindo na ponta dos pés e descendo.

– É tão maravilhoso, Vossa Graça. Ele não sai assim desde...

– Desde que voltou da guerra, eu sei – Emma completou. – E isso faz...

– Quase dois anos – disse Mary. – E é graças a Vossa Graça. Ele está tão encantado com você. Como todos nós queríamos.

Emma não sabia se era isso mesmo.

– Ele só está fazendo isso para que eu pare de pedir.

– Seja como for. – A criada pegou o vestido cintilante na cama e, segurando-o pelas mangas, colocou-o à frente do corpo de Emma. Ela virou a patroa na direção do espelho de corpo inteiro no canto do quarto. – Se o duque ainda não ama Vossa Graça, vai amar até o fim da noite.

– Você pode me dar licença por um instante?

Mary pareceu confusa, mas fez o que lhe era pedido.

– Claro, Vossa Graça.

Já sozinha, Emma ficou olhando para o espelho.

Fazia seis anos que ela não usava um vestido de noite. Desde aquela noite devastadora quando tentou capturar o amor e em seu lugar recebeu uma decepção cruel. Seu próprio pai a chamou de meretriz e coisa pior. Qualquer mulher sedutora com um vestido vermelho de prostituta, ele disse, estava *pedindo* para ser usada. Emma não tinha pedido nada daquilo. Ela própria havia costurado seu vestido, no qual depositou todas as suas esperanças. Não para cantar um canto de sereia nem para despertar desejo. Ela não estava pedindo *agarre-me atrás da cerca.*

Olhe para mim, era o que estava implorando. *Me admire.*

Me ame.

Um erro pelo qual ela tinha pagado caro. Várias vezes.

Mas ali estava ela. Contra seu próprio bom senso e suas decisões anteriores, ela se via ansiando que seu marido lhe desse aquelas mesmas coisas. Compreensão. Admiração. Afeto.

Quem sabe até amor.

Ela se observou no espelho e inspirou fundo, trêmula. Se vestisse aquela peça e descesse para se encontrar com ele, Emma estaria usando o coração do lado de fora do corpo. Não existiria nada que pudesse protegê-lo de ser penetrado, magoado, partido.

Despedaçado.

Ela seria uma tola se aceitasse o risco.

Ele tinha jurado protegê-la, não? Contudo, Emma não tinha certeza de que qualquer promessa fosse tão longe.

Emma supôs que essa noite iria descobrir.

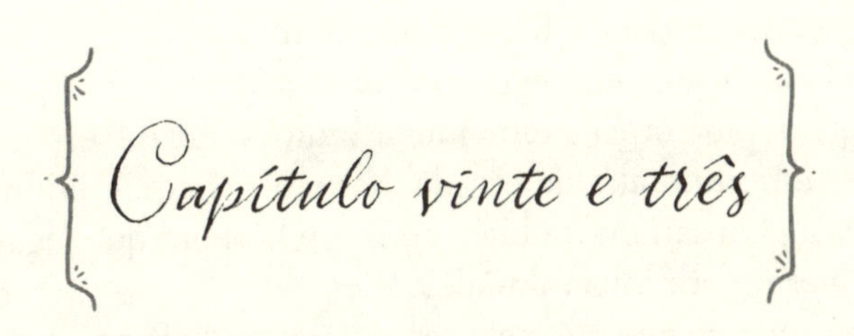

Ash andava de um lado para outro no hall de entrada, batendo sua bengala no chão de mármore. A cada meia-dúzia de passos, ele consultava o relógio. Graças à peculiar amiga de Emma, ele confiava que o mecanismo fosse preciso até nos segundos.

Oito e dez.

Ele parou de andar. Estava se comportando como algum tipo de pretendente fazendo a corte, não um duque esperando sua duquesa atrasada. E, com certeza, *não* era um boboca apaixonado. Ele apenas detestava esperar. Era só isso.

Ansioso por fazer algo, colocou a bengala na vertical e pendurou seu chapéu nela. Então, projetou a bengala para cima, fazendo o chapéu voar alguns metros, depois fez o necessário para pegá-lo. Na vez seguinte, jogou o chapéu mais alto. Após cerca de uma dúzia de repetições, Ash estava jogando o chapéu até o limite do teto em arco, para depois acompanhar sua queda e capturá-lo antes de chegar ao chão de mármore.

Ele tinha acabado de fazer o chapéu voar quando viu de canto de olho um brilho vermelho no alto da escadaria.

Emma.

– Desculpe o atraso – ela disse.

Ash se assustou, jogou a bengala de lado, numa tentativa tola de se livrar da evidência, e ficou parado enquanto seu chapéu de castor caía do nada, batendo em seu ombro antes de atingir o chão. Deve ter parecido que ele era alvo de um tipo de raio do Olimpo, só que um raio mais elegante.

Ela olhou para ele do alto da escada.

Ash decidiu que só havia um modo de lidar com a situação.

Negar.

Ele deu um olhar acusador para o teto, depois se curvou para pegar o chapéu, espanando-o com um ar de irritação.

– Vou perguntar para o Khan o que significa isso.

Ele pôde notar que ela segurou uma risada.

– O espetáculo começa em vinte minutos – ele disse.

Ela continuou no alto da escada, hesitante. Bem, e por que não hesitaria? Estava para sair em público com um homem que jogava chapéus e bengalas a esmo em intervalos aleatórios.

– Se você prefere não sair – ele começou –, tanto faz para mim. Preciso mesmo ler um relatório da propriedade de Yorkshire.

– *Você* prefere ficar em casa? – ela perguntou.

– Só se você preferir.

– Eu quero ir. Detestaria desperdiçar todo o esforço de Mary. – Ela tocou o cabelo com a mão enluvada.

Que asno cretino ele era. Emma não hesitava porque estava incomodada com a aparência *dele*. Ela apenas esperava que ele elogiasse a aparência *dela*.

Ele subiu a escada, dois degraus de cada vez. Quando chegou ao lado da esposa, estava sem fôlego – e não por causa do esforço.

O cabelo brilhante estava penteado para cima, adornado com fitas e preso com os pentes com joias. Uns poucos cachos emolduravam o rosto em espirais frouxas. Um toque delicado de rosa iluminava as maçãs do rosto, e aqueles cílios abundantes minavam a compostura dele a cada batida.

Mas os olhos dela brilhavam mais do que tudo. Estavam grandes e inquisidores, com pupilas redondas e grandes o bastante para que ele caísse dentro delas, com íris de um castanho profundo, complexo e salpicado de dourado.

Um pouco mais para baixo, ele sabia que havia um vestido suntuoso e seios finamente emoldurados para serem admirados, mas parecia que Ash não conseguia arrastar seu olhar ao sul do pescoço de Emma. Ela o tinha hipnotizado.

E ele nunca se sentiu mais monstruoso do que parado ao lado da esposa nesse momento.

– Você está... – a mente dele procurou palavras. Não tinha preparado nenhum elogio. De qualquer modo, não do tipo que ela merecia, e Ash imaginou que Emma não gostaria de ouvir a verdade: que o modo como ela estava, naquele vestido, fazia com que ele se sentisse imensamente inferior e um pouco indisposto.

Ele devia dizer que ela era incomparável? Uma visão? Uma visão incomparável?

Bah. Insípidos, os dois elogios. Ele imaginou que um homem não podia errar com "linda", por mais gasto que o adjetivo estivesse.

– O vestido é lindo – ela disse. – Obrigada.

Que maravilha. Ela tinha roubado seu adjetivo. Precisava começar do zero de novo.

– Você teria escolhido melhor – Ash disse, enfim. – E a qualidade podia ser melhor, se não fosse a pressa. – Ele tocou a borda decorada da manga. – E quem quer que tenha feito este bordado, não tem, nem de longe, a mesma habilidade que você.

Quando levantou os olhos, ele viu Emma o encarando.

Os lábios dela se curvaram num sorriso contido.

– Eu adorei.

Por um instante, o tonto pensou que poderia descer a escada flutuando.

– Fico feliz em saber.

Feliz. Aí estava uma palavra que ele não pronunciava há algum tempo.

– Você está magnífico – Emma disse.

– Que bom que gostou. – Ash estufou o peito e puxou as lapelas da casaca preta que ela tinha encomendado para ele. – Tem um corte muito bem feito por um dos melhores alfaiates. Você notou o colete? Estupendo.

– Não sei se eu diria *estupendo*.

– Bem, eu sei tudo sobre estupendicidade, e posso lhe dizer que este colete é a expressão perfeita de estupendo.

– Aceito sua palavra a respeito, então.

Ash lhe ofereceu o braço e ela o segurou. Ele a levou escada abaixo e até a carruagem que esperava, tomando cuidado com as saias volumosas, mas sem nunca parar. Recusava-se a mostrar qualquer sinal de relutância.

Nessa noite, não importava que ele fosse horrendo, todo marcado por cicatrizes e preferisse se esconder da sociedade.

Emma merecia ser vista. E essa noite era dela.

A viagem de carruagem até a rua Drury foi silenciosa. Demais. Conforme eles iam sacudindo pelas ruas de paralelepípedos, os receios de Emma foram crescendo. Ela andava tão consumida por suas emoções afetuosas que tinha esquecido de se preocupar com todo o resto. Aparecer num teatro grandioso e opulento, rodeada por ladies cujos vestidos ela mesma podia ter costurado.

Ela contorcia as mãos enluvadas sobre as pernas. Seu coração latejava como um polegar machucado.

Finalmente, ela decidiu dizer o que a consumia.

– Estou ansiosa. Você não está?

A resposta dele foi um grunhido, uma negação rude sem palavras.

Emma entendeu aquilo como um sim. Ela desconfiava que ele devia estar tão nervoso quanto ela por aparecer em público, se não mais. Contudo, sabia que não devia abordar o assunto.

– Não sei o que esperar. Nunca estive no teatro.

– Permita-me descrever a experiência para você. Há um palco. Atores ficam sobre ele. Eles gritam suas falas, borrifando cuspe sobre o mencionado palco. Às vezes um personagem é assassinado para animar as cosias. Nós ficamos no melhor camarote do teatro e assistimos a isso. É tudo bem...

A carruagem fez uma curva acentuada. Emma deslizou na direção da parede. Ele passou o braço pela cintura dela e a puxou de volta ao seu lado. Mesmo depois que a suspensão do veículo se ajeitou, ele manteve o braço à volta dela, mantendo-a bem perto.

– Você está tremendo – ele disse.

– Eu disse, estou ansiosa. – Não era mentira.

– Está fria, também. – Ele meneou a cabeça, tentando envolver os ombros dela com seu casaco. – Onde está seu xale?

– Eu não queria cobrir o vestido. – Na verdade, ela estava mais do que feliz em ser segurada perto do calor perfumado dele. – Não é uma viagem de horas.

– Não é mesmo. – Ele espiou pela janela. – Já chegamos.

A pista à frente do teatro estava uma loucura. A rua borbulhava de carruagens, cavalos, senhoras e cavalheiros vestidos com elegância. Mais adiante estavam os degraus grandiosos da entrada principal do teatro.

Eles passaram por tudo aquilo.

O cocheiro parou em uma rua lateral. Parecia que eles entrariam por alguma entrada particular para evitar os olhares da multidão. Ele saiu primeiro da carruagem. Enquanto a ajudava a descer, Ash puxou a aba do chapéu bem para baixo, como sempre fazia. A noite estava escura, prometendo chuva.

Ele a levou por uma escada estreita, um corredor ainda mais estreito, até, enfim, chegar a um camarote finamente decorado. Duas poltronas forradas de veludo estavam viradas para o proscênio, e, em uma mesa pequena ao lado, jaziam uma garrafa de champanhe no gelo e duas taças.

– Aqui. – Ele empurrou uma das poltronas para a frente do camarote. – Você deve sentar bem na frente.

– Ou podemos nos sentar mais atrás. – Ela indicou com a cabeça o fundo, longe da vista do público. – Não importa, para mim, onde vamos nos sentar.

– Para mim importa. – Ele bateu no assento. – Você deve ter uma visão plena do palco. E o resto da plateia deve ter uma visão plena de você.

– Por quê?

– Eu não encomendei esse vestido para que você se escondesse nas sombras. Esta é sua apresentação à sociedade londrina como Duquesa de Ashbury. E vai ser vista. Não apenas vista, mas admirada.

– Sim, mas...

Mas isso significa que você também vai ser visto.

– Esta noite – ele disse –, você vai brilhar como uma joia. Um rubi. Um rubi extraordinariamente grande. – Ele inclinou a cabeça para o lado. – Você vai ser o maior rubi que já existiu, eu imagino. Um rubi com... braços.

– Alguma parte disso era para ser um elogio?

Ele suspirou, frustrado.

– Deixe-me começar de novo. Você é a minha duquesa. Você é linda. Todo mundo tem que saber disso.

Enquanto se sentava, Emma guardou aquelas palavras para apreciá-las mais tarde. E como as apreciaria.

Você é linda.

Ela espiou por cima do peitoril do camarote, admirando o esplendor do teatro.

– Qual é a peça? – ela perguntou, percebendo, de repente, que não sabia.

– *Tito Andrônico.*

– Shakespeare? – Ela sorriu.

– Não um dos melhores, infelizmente.

Ao se sentar, Emma sentiu o coração derretido escorrendo até os dedos dos pés. Ele a tinha levado para assistir a uma peça que, sem dúvida, havia lido várias vezes, e nem era uma de suas favoritas. O vestido, o champanhe, enfrentar a multidão...

Ele tinha feito tudo por ela, e Emma o amava por isso.

Ela o amava.

Já sabia disso, mas essa noite era a marreta prendendo um cravo no formato de duque em seu coração. A dor era infernal, mas não dava mais para retirar esse cravo. Não sem uma grande hemorragia.

Apesar de todo o esforço empenhado, ele parecia não estar aproveitando a noite. Ash ficou agitado durante toda a peça, tamborilando os dedos no joelho, impaciente, e reclamando dos atores.

Passadas apenas duas cenas do quarto ato, ele se inclinou para murmurar no ouvido dela.

– Esta encenação é, ao mesmo tempo, horrenda e interminável. Para mim chega. Vou pedir para trazerem a carruagem.

– Mas e o fim da peça? Eu quero saber o que acontece.

– A ama é esfaqueada. Múcio é esfaqueado. Bassiano é esfaqueado. Saturnino é esfaqueado. Márcio e Quinto são decapitados. Tamora morre de um problema no estômago, cuja causa você não quer saber, e Aarão é enterrado até o pescoço e deixado para morrer de fome.

Ela se virou para ele, incrédula.

– Por que estragou o final?

– Não estraguei nada. É uma tragédia de Shakespeare. São todas assim. Todo mundo morre no final. – Ele pegou a mão dela. – Vamos andando.

– Por que você quer tanto ir embora?

– Você também deveria querer. – A voz dele ficou sombria. – A menos que queira levantar as saias e sentar no meu colo, para que eu possa possuir você aqui mesmo no camarote.

Então era *ela* o motivo da inquietação dele?

– Você fica sugerindo essas coisas como se fossem ameaças. Mas elas apenas me deixam curiosa. – Fingindo indiferença, ela pôs a mão na coxa dele, desenhando círculos preguiçosos com a ponta do indicador.

A coxa dele ficou tensa debaixo de seu dedo.

– Mulher, assim você me mata.

Ela deu de ombros.

– Como você mesmo disse, é uma tragédia de Shakespeare. Todo mundo morre no final.

– Basta. – Ele se colocou de pé. – Vou pedir a carruagem e nós vamos para casa. Para a cama. E você vai ter nada menos que dez "pequenas mortes" antes que eu fique satisfeito.

Muito bem, se ele insistia.

Depois que o marido saiu, Emma tentou, sem sucesso, voltar sua atenção para a peça. Os atores pareciam estar falando latim. Os diálogos entravam por um ouvido e saíam por outro, sem que fizessem qualquer sentido.

Após alguns breves minutos, ela se animou ao ouvir o som da porta do camarote sendo aberta. Emma se levantou, ansiosa para ir embora, sem se importar mais com o destino trágico dos personagens.

Mas não foi o duque que entrou no camarote.

Foi a Srta. Annabelle Worthing.

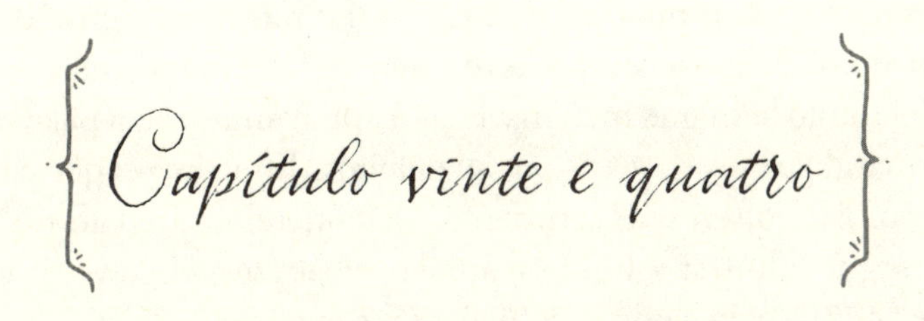

— Srta. Worthing. – Emma ficou tão chocada com a invasão que fez uma mesura completa... antes de lembrar que agora era uma duquesa e que era Annabelle Worthing quem deveria fazer a mesura para ela.

– Está gostando do passeio, Emma? – a outra perguntou.

– Muito.

– É tão engraçado, não acha? Eu nunca teria imaginado que nos veríamos nestas circunstâncias.

– Nem eu, Srta. Worthing. – Emma observou a mulher com desconfiança. – Desculpe-me, mas você quer alguma coisa?

– Não posso vir cumprimentar uma velha amiga?

Uma velha *amiga*?

A ex-noiva de um homem nunca deseja se tornar *amiga* da esposa. Além do mais, Emma sabia que essa ex-noiva não era exatamente uma pessoa que transbordava gentileza e generosidade.

– Você deve estar um pouco tonta com isso tudo, Emma. Ter subido tanto e tão depressa.

Emma estava surpresa demais para negar. Ela não conseguiu. Desde o começo, sabia que não fazia sentido que Ash se casasse com ela.

– Eu sei o motivo. Todo mundo vai saber. Não é agradável falar disso, mas você merece saber. Por isso vim lhe dizer, como amiga. – Annabelle se aproximou, baixando a voz. – Ele se casou com você para me provocar.

– O quê?

– Simples vingança. Eu sinto muito, mas conheço esse homem. Permanecemos noivos por mais de dois anos. Ele ficou furioso por eu ter desmanchado o noivado. Então casou com a costureira do meu vestido de noiva para rir às minhas custas. Ele já lhe mostrou o senso de humor cruel que tem? Ashbury sempre teve um lado feio, muito antes de se ferir.

– Sei muito bem que meu marido – Emma enfatizou a palavra "marido", afirmando o que era seu – possui defeitos. Também sei que é honrado e corajoso. Ele sofreu seus ferimentos defendendo a Inglaterra. Se você não consegue admirar a honra naquelas cicatrizes, ele teve sorte em se livrar de você. Nosso casamento não é da sua conta.

– Ele fez com que seu casamento fosse da minha conta. – A voz de Annabelle adquiriu um tom cortante. – Desfilando você diante da sociedade londrina e me humilhando na frente de todos. Para seu próprio bem, aconselho-a a não querer bancar a nobre. Você pode ter se casado com um duque, mas todas as ladies da sociedade a conhecem como uma costureira que já se ajoelhou aos pés delas. E nunca vão deixar que você se esqueça disso.

– Não ligo para o que elas pensam.

– Sim, mas você liga para ele. Não liga?

Emma não respondeu.

A Srta. Worthing bufou.

– Você sempre pareceu ser uma garota esperta. Claro que não pode acreditar que um duque iria se casar com uma mulher do seu nível por algum motivo honrado. Mesmo que ele a deseje, poderia ter facilmente a transformado em amante.

– Não, ele não poderia. Eu nunca teria...

O canto dos lábios de Annabelle se curvou enquanto ela olhava para a plateia.

– Os cavalheiros preferem amantes plebeias, pelo que ouvi dizer. Na cama. Garotas como você fazem coisas que as ladies não aceitam.

Como ela ousava?

– Não vou ficar aqui sendo insultada. Nem vou ouvir o duque ser questionado de forma tão vil.

– Não acredita em mim? – Annabelle deslizou o braço pelos ombros de Emma e a virou, apontando sutilmente seu leque na direção do outro lado do teatro. – Está vendo, ali? À esquerda, uma fileira para baixo? É minha mãe.

Sim, no camarote à frente estava a Sra. Worthing, a matriarca da família. Emma reconheceu a bruxa exigente de tantas provas que Annabelle fez no ateliê.

– Lorde Carrollton faz a gentileza de emprestar seu camarote para minha família. Na segunda quinta-feira após a estreia de uma nova peça nós estamos sempre aqui. – Ela encarou Emma no fundo dos olhos. – Você sabe que dia é hoje?

Emma podia imaginar.

– É apenas uma coincidência.

– Ah, não. Ashbury sabia que eu estaria aqui. – A Srta. Worthing passou os olhos pelo camarote. – Ele lhe contou que foi aqui que nos conhecemos? Ele ficou me encarando a noite toda. Não conseguiu tirar os olhos de mim durante todo o espetáculo.

O champanhe no estômago de Emma borbulhou.

– Aposto que foi ele quem escolheu este vestido para você. – Ela tocou a manga de Emma. – Vermelho como torta de cereja. E a fez sentar bem na frente. É claro que sim. Todo o esforço teria sido em vão se eu não a visse.

As palavras que ele tinha dito no início da noite ecoaram na cabeça de Emma.

A plateia deve ter uma visão plena de você. E vai ser vista. Não apenas vista, mas admirada.

– Acredita em mim agora? Em uma noite em que sabia que minha família estaria presente, ele a colocou em exibição, num vestido vermelho de prostituta. A noiva substituta de origem humilde. Ele a está usando, Emma. Para Ashbury, você não é nada além de um instrumento.

Emma se apoiou na parede. O teatro estava girando.

Ela não queria acreditar naquilo. Em nada daquilo. Ela disse a si mesma para não duvidar dele.

Mas, como Annabelle disse, todas as peças se encaixavam. A saída repentina, o vestido, a peça. Emma nunca compreendeu por que ele estava tão decidido a casar com ela quando a conheceu, fazendo sua proposta após dez minutos na biblioteca, sem saber nada a respeito dela.

Bem, ele sabia uma coisa de Emma: sabia que ela tinha costurado o vestido de noiva de Annabelle.

Oh, Deus. Oh, Deus. Oh, Deus.

Podia ser que todo o esforço que ele tinha investido nessa noite não tivesse sido por ela, mas por outra.

De repente, Emma não confiava em mais nada do que tinha visto ou ouvido. Ela duvidou de cada conversa, de cada momento. Tudo que tinha construído com ele, todas as emoções que, ela esperava, Ash viria a compartilhar... Seria possível que tudo não fosse nada além de orgulho ferido e vontade de se vingar?

Ela não ligava para o que Annabelle Worthing pensava sobre ela, nem para as outras ladies da sociedade. Mas se Ash...

Ela levou as mãos à barriga.

No palco, o quinto ato se aproximava de seu clímax macabro. Os personagens morriam a torto e a direito, cambaleando e gemendo enquanto caíam. Que interpretações ruins, ela pensou. Nada convincentes.

Ela estava morrendo por dentro, sem cambalear nem gemer. Havia apenas um desespero mudo e oco.

A culpa é sua, Emma. Você já devia saber.

Ela *já* sabia, e essa era a parte mais desanimadora. A seda vermelha que a envolvia pareceu-lhe um deboche. Mais uma vez, ela tinha sido uma tola.

Precisava ir embora. Imediatamente, antes que ele voltasse.

Alguém afastou a cortina, entrando no camarote.

– O que está acontecendo aqui?

Tarde demais.

Ash ficou vermelho de raiva.

Ele saiu deixando uma esposa radiante, sedutora, excitada de um modo que ele poderia lhe dar dois orgasmos na carruagem a caminho de casa, e voltou menos de quinze minutos depois para encontrá-la acuada num canto, pálida e trêmula.

E a causa... ah, a causa era evidente.

Ele se voltou para Annabelle.

– O que você fez com ela?

– Nada além de contar a verdade. – Os olhos da ex-noiva brilharam de mágoa e raiva. – Seu canalha. Já não fez o bastante comigo? Tinha que trazer essa costureira ordinária para me humilhar na frente de toda Londres?

– Você não vai falar assim dela. – Ele vociferou por entre os dentes cerrados. – Ela é a Duquesa de Ashbury. Vai se dirigir a ela com a honra que o título exige.

– Não vou me curvar para uma garota que se ajoelhava aos meus pés, só porque agora ela se põe de joelhos para você.

Ash nunca tinha batido numa mulher, e não pretendia começar nesse momento. Mas sentiu-se tentado de um modo que nunca havia imaginado. A fúria explodiu dentro dele como uma barragem de canhões.

– Se você fosse homem – ele disse –, ao amanhecer estaria encarando o cano da minha pistola. Como não é, estou tentado a desafiar seu irmão a responder por seu comportamento.

– Você quer desafiar meu irmão? – Ela riu com amargura. – Meu irmão queria desafiar você em abril. Pode me agradecer por fazê-lo desistir. Eu o convenci que a satisfação seria maior em deixar que você vivesse o resto de seus dias miseráveis. Deformado. Monstruoso. Sozinho.

– Eu não estou sozinho – ele disse. – Não mais. E é isso o que a incomoda, não é?

– Não entendo o que quer dizer.

– Não mesmo? Tudo está ficando muito claro para mim. Você se sente humilhada, mas não por causa da presença de Emma. Está sentindo vergonha da sociedade *me* ver. Porque ao me verem, todos vão entender a razão de nosso noivado ter sido desfeito. Todos vão saber exatamente que criatura superficial e vazia você é – e vão perceber que Emma vale mil de você. Sim, Annabelle, posso imaginar como isso seria humilhante.

Annabelle abriu a boca para retrucar, mas logo a fechou.

Ash sabia que o silêncio não iria durar. Ele se virou, ansioso para pegar Emma e sair daquela droga de teatro.

Mas quando se voltou, não encontrou sua esposa. Ela devia ter escapulido. Estava tão ocupado ralhando com Annabelle que nem reparou.

Praguejando baixo, Ash saiu em disparada pelo corredor e desceu a escada. Ele não a viu na entrada, então saiu para a noite. A chuva tinha começado e isso não o ajudou.

Ele encontrou a carruagem – não, os criados não tinham visto Sua Graça – e então subiu os degraus da frente do teatro, tentando ver em meio à chuva algum lampejo de vermelho.

A peça logo acabaria. Depois que o público saísse para as ruas, não teria qualquer esperança de encontrá-la em meio à multidão.

Ash escolheu uma direção a esmo e saiu correndo, parando na esquina para olhar em todas as direções. Impaciente, ele passou a mão no rosto para tirar a água da chuva.

Ali.

Ali, numa viela transversal... era um ponto vermelho?

Ele saiu correndo atrás do vermelho.

– Emma! *Emma!*

Quando tinha coberto metade da distância, ela se virou.

– Pare! – Emma gritou. – Me deixe em paz.

Ele diminuiu o ritmo. Para cada passo que dava na direção dela, Emma recuava um.

– Não podemos falar disto em um lugar menos molhado? – ele pediu.

– O que há para falarmos?

– Emma, não aja dessa forma. Eu sei que está chateada.

– Estou bem, duque. É assim que deseja que eu o chame, não é, duque?

– Você pode parar de me chamar assim. Sério.

Ela limpou as gotas do rosto.

– Quem sabe eu possa usar Ash, afinal. Estou começando a gostar. É bem flexível, sabe. BabacAsh. CanalhAsh.

Muito bem. Talvez ele merecesse isso. E se estivesse menos desesperado para tirá-la da chuva, era provável que tivesse rido.

A chuva se tornou uma tempestade. Ash tentou se aproximar para envolvê-la em sua capa, mas ela só recuou mais, ficando fora de seu alcance.

– Emma.

Ela se envolveu com os próprios braços.

– A culpa é minha. Você nunca me prometeu nada. Especificamente, não me prometeu *nada*. Nós tínhamos um acordo. Um acordo de conveniência, frio e impessoal. Em algum momento eu, estúpida, me permiti sonhar um pouco. Ter esperança de que... pudesse haver algo mais.

Esperança. Sonho. Mais.

Ela estava parada na chuva, em uma viela sombria, arrasada e chorando. Ash imaginou que devia sentir remorso. Mas estava transbordando de alegria.

Esperança. Sonho. Mais.

Essas palavras lhe deram vida. Três fios delgados que ele podia trançar e fazer uma corda, na qual se seguraria com toda a força.

– Você não foi estúpida. Ou, se foi, eu também fui.

– Pelo menos isso faz algum sentido. Eu sempre me perguntei por que você me escolheu. Agora eu sei. Você casou comigo para se vingar dela.

– Não. – Ele se moveu na direção dela de novo, e desta vez Emma permitiu que ele se aproximasse. – Estou lhe dizendo, essa não é a verdade.

– Ela o rejeitou e você quis humilhá-la.

– Ela nunca me rejeitou. Eu a rejeitei.

Ela o encarou através da cortina de chuva.

– Mas você disse... Todos disseram...

– É assim que se faz. Sempre se diz que o noivado foi rompido por decisão da mulher, para proteger a reputação dela. Foi a coisa decente a se fazer.

– Decente. De todas as pessoas do mundo, você se preocupa em ser decente com *ela*.

– No momento, eu acreditei que ela merecia. E eu gostava dela.

Ela cambaleou um passo para trás, piscando para tirar a chuva de seus cílios pesados.

Ash, seu idiota. Essa foi a pior coisa que você poderia dizer.

– A família dela queria desesperadamente os contatos, o título. E meu dinheiro, claro. Ela estava disposta a ir em frente, por eles. Apesar de sua... relutância pessoal.

"Relutância" era a palavra mais delicada. A mais precisa seria "repulsa".

– Eu gostava dela o bastante para não forçá-la a um casamento que não queria. Meu orgulho também era importante para mim. Não queria como esposa uma mulher que chorasse toda vez que se deitasse comigo. Não queria saber que ela tinha vomitado numa bacia depois do sexo.

– Ela não teria feito isso...

– Sim, ela teria.

Ela *fez*.

Ele manteve a noiva à distância durante meses depois que retornou à Inglaterra. Quase um ano se passou antes que Ash permitisse que ela o visse. A essa altura, ele tinha recuperado força suficiente para ficar em pé, e suas feridas abertas tinham se transformado em cicatrizes.

Mesmo assim, o horror e a repulsa no rosto dela quando o viu... Ficaram gravados na memória dele, inscritos em seus ossos. Ela saiu correndo do quarto, mas não foi longe. Ele pôde ouvir cada expulsão conforme ela esvaziava o estômago, e cada soluço enquanto o irmão tentava consolá-la no corredor.

Não consigo, ela tinha dito. *Não consigo.*

Você tem que conseguir, foi a resposta dele.

O duque vai querer um herdeiro. Como vou suportar me deitar com... com aquilo?

Com "aquilo", ela disse.

Não com "ele".

Com "aquilo".

Ash tinha se preparado para a visita dela, ou pelo menos acreditava que sim. Ele pensava estar forte mentalmente para uma reação horrorizada, para o sorriso relutante de uma noiva abatida.

Ele estava enganado. As palavras dela o evisceraram. Ele nem era mais um homem. Era um "aquilo".

– Você quer a verdade, Emma?

O movimento dos ombros dela foram de frio, não de indiferença.

– Por que não? Sempre fomos honestos, se nada mais.

– A verdade é esta. – Ele a abraçou. – Eu me importava com os sentimentos de Annabelle Worthing mais do que me importei com os seus.

Ela soluçou e se debateu.

– Me solte.

– Prefiro morrer. – Ele passou o braço direito ao redor da cintura dela e usou a mão boa para segurar-lhe o queixo, inclinando o rosto dela para o seu. Segurando-o com força, proibindo que ela desviasse o olhar. – Olhe para mim.

Ela fungou, piscando para afastar as gotas de chuva.

Segurando o queixo dela, ele a sacudiu de leve.

– Droga, Emma, olhe para mim.

Olhe para mim. Olhe para mim. Porque você é a única que olha. Provavelmente será a única que irá me olhar.

Enfim, os olhos castanhos dela procuraram os dele.

A expressão ferida no olhar dela... acertou-o como um porrete feito de culpa. Fechando os olhos, ele segurou o rosto dela com as duas mãos, encostando a testa na dela, protegendo-lhe o rosto da chuva.

– Não, Emma. Eu não liguei para os seus sentimentos. Não me importava se você me queria ou não. Eu não tinha paciência para cortejá-la, não podia me dar o tempo de fazê-la se sentir corajosa, espirituosa, bonita e inteligente, e todas as coisas que adorei em você desde o começo. E com certeza não tive a decência de deixá-la ir embora. Eu só liguei para mim mesmo. Está me ouvindo? Eu só sabia que precisava ter você.

Não só tê-la, mas mantê-la. Torná-la sua.

Mesmo naquele instante, a ideia de deixá-la ir embora... ele não conseguia suportar.

Não.

Ele não permitiria.

Não era carinho que o deixava assim determinado. Era um sentimento de posse. Puro, básico, selvagem. Se ela pudesse ver os impulsos brutos, animais, que se agitavam dentro dele, Emma sairia correndo como um coelho foge de um lobo faminto.

E ele a pegaria.

– Você é minha – ele disse com a voz rouca, erguendo a cabeça e encarando-a no fundo dos olhos, querendo que ela acreditasse. – Se me deixar, irei atrás de você. Está me ouvindo? Vou atrás para colocá-la numa carroça e levá-la para casa.

Um relâmpago riscou a escuridão. Pelo mais breve dos momentos, tudo ficou iluminado e esclarecido. A viela ao redor deles, o céu acima dos dois. O espaço entre o corpo dela e o dele, e cada emoção que ela exibia com tanta coragem no rosto.

Pouco antes de eles perderem esse momento para a escuridão, ele colou sua boca à de Emma num beijo desesperado.

Então a força do trovão explodiu nele, despedaçando-o em mil partes – algumas das quais foram lançadas nela, cravando-se tão profundamente quanto os estilhaços metálicos alojados debaixo das cicatrizes dele. Impossíveis de retirar.

Sim, Emma era dele. Mas partes dele também eram dela. Não importava o quanto a beijasse, Ash nunca as iria recuperar.

Ele fez assim mesmo aquela tentativa fútil, apertando-a junto a si. Os braços dela envolveram seu pescoço, puxando-o. Os lábios dela ficaram macios e se abriram para ele. Acolhendo-o.

Um gemido profundo, agradecido, elevou-se do peito dele. Ash aprofundou o beijo, acariciando a língua dela. Ele queria o máximo possível de Emma. Queria passar sua língua por cada centímetro do corpo dela. Ele nunca a tinha provado desse modo; a doçura da água fresca e fria misturada ao sal das lágrimas.

Oh, Emma. Sua tonta e linda mulher.

Só mesmo uma tola para chorar por ele.

Ele beijou suas faces, seu queixo, seu pescoço... afastando com beijos cada lágrima. Então, de repente, ela começou a retribuir o gesto, puxando-o para baixo e colando seus lábios no rosto dele. Ela beijou seus lábios. Seu nariz. Ela beijou-lhe a orelha e o pescoço, e as duas pálpebras trêmulas.

Ela beijou suas cicatrizes retorcidas, monstruosas.

O tempo parou. As gotas de chuva pareceram ficar suspensas no ar. Nesse momento, não havia antes nem depois. Apenas o agora, e agora era tudo.

– Emma.

– Eu... – Ela piscou algumas vezes. – Eu...

A mente dele completou o pensamento interrompido de doze formas diferentes. Não seja idiota, ele disse para si mesmo. Ela poderia estar querendo lhe dizer todo tipo de coisa. Qualquer coisa.

Eu... estou com uma pedra no sapato.

Eu... quero um pônei.

Eu... mataria alguém por uma xícara de chá neste momento.

Muito bem, Emma nunca diria essa última. Provavelmente nem a segunda. Mas absoluta e decididamente não diria aquela outra coisa. A-coisa-que-não-deve-ser-dita. Ou pensada, ou murmurada, ou, que Deus não permita, almejada.

– Ash, eu acho que...

O coração dele se debatia dentro do peito.

Ande com isso, mulher. Não me deixe nessa agonia.

Em vez de pôr fim àquela tortura, sua noiva de conveniência fez a pior coisa, a mais inconveniente.

Ela amoleceu em seus braços e desmaiou.

Capítulo vinte e cinco

Emma não permaneceu inconsciente por mais que alguns segundos, mas quando voltou a si, ele a tinha pegado nos braços. A cabeça dela estava apoiada no peito amplo, e ele lhe tinha envolvido os ombros com a capa. O aroma familiar fez com que percebesse onde estava. Colônia, sabão de barba e o couro das luvas dele.

Se ele ainda estava recuperando a força no braço ferido, ela não saberia dizer. Ele a segurava com uma força férrea e deslocava-se com passadas largas e rápidas. Por baixo das camadas de colete e camisa, ela podia ouvir o coração bater forte e ritmado.

Emma, por outro lado, sentia-se fraca. Parecia que não conseguia parar de tremer.

– Estou melhor agora – ela disse, tentando fazer com que os dentes parassem de bater.

– Não está, não.

– Você pode me pôr no chão. Eu consigo andar. – Ela não tinha certeza de que conseguiria andar muito, ou em linha reta, mas iria tentar. – Eu só cambaleei.

Ele nem se dignou a responder, apenas continuou a carregá-la até emergirem em uma rua mais larga. Após menos de trinta passos, ele abriu uma porta com um chute e a carregou para dentro, abaixando a cabeça e tomando cuidado para proteger a dela.

Eles tinham entrado em algum tipo de estalagem, Emma deduziu, juntando as observações em sua cabeça nublada. Não do tipo fino de estalagem. Nem do tipo especialmente limpo.

– Leve-nos a um quarto.

O estalajadeiro olhou de boca aberta para o duque. Um grupo de clientes que bebia no salão ficou em silêncio.

Uma mulher que vinha de uma sala nos fundos, carregando dois pratos de guisado de carne guinchou e derrubou sua carga.

– *Jesus.*

O duque não estava com paciência para todo aquele espanto. Ele apoiou o peso de Emma no braço bom e levou a mão boa ao bolso. Pegando uma moeda, ele a colocou no balcão. Um soberano de ouro. Dinheiro suficiente para alugar todos os quartos da estalagem por semanas.

– Um quarto – ele ordenou. – O melhor. Agora.

– S-sim, milorde. – As mãos do estalajadeiro tremiam quando ele pegou uma chave no gancho. – Por aqui.

Ash insistiu em carregá-la enquanto seguiam o estalajadeiro por uma escada íngreme e estreita. O homem levou-os a um quarto nos fundos.

– É o melhor quarto, milorde – ele disse, abrindo a porta. – Tem até uma janela.

– Carvão. Cobertores. Chá. E seja rápido.

– Sim, milorde. – Ele saiu e fechou a porta atrás de si.

– Isto não é necessário – Emma murmurou. – Claro que nós podemos ir de carruagem para casa.

– Sem chance. A esta hora da noite, com o público saindo do teatro, poderíamos ficar parados na rua por uma hora ou mais. – Ele ainda não a tinha soltado.

Ela esticou o pescoço para olhar para ele.

– Isso não importa. O que é uma hora?

– Sessenta minutos demais – ele disse, irritado. – Você está molhada e com frio. E não gosta de sentir frio. Portanto, eu *desprezo* o frio que está sentindo. Eu poderia assassinar as gotas de chuva e colocar fogo nas nuvens, mas isso demoraria um pouco mais do que uma hora. Talvez até mesmo duas. Então vamos ficar aqui e você vai parar de reclamar.

As palavras dele acenderam uma chama dentro dela. Emma fechou os olhos e escondeu o rosto no peito dele.

Obrigada. Seu homem terrível e impossível. Obrigada.

O estalajadeiro voltou carregando os itens pedidos: um balde de carvão e um acendedor, e uma pilha de cobertores de lã dobrados.

– A menina já vai subir com o chá.

– Ótimo. Agora saia já daqui.

– Milorde, se posso perguntar, você que é...

Ash fechou a porta com um chute. Ele afastou a única cadeira da parede e sentou Emma nela.

– Consegue ficar sentada? Não vai desmaiar de novo?

– Acho que não.

Ele fez uma pilha de carvão na lareira e colocou o acendedor nos espaços entre os carvões. Então, com a pederneira disparou uma fagulha no acendedor e ficou soprando, pacientemente, até uma chama de verdade surgir. Em seguida, voltou-se para os cobertores e desdobrou um, inspecionando a lã grosseira. Ele o jogou de lado.

– Imundo e infestado de pulgas. – Ele passou os olhos pelo quarto, embora não houvesse muito o que ver. – Vamos fazer assim.

Ele abriu a capa, com o lado de fora para baixo, sobre o colchão de palha manchado. A espessa camada externa de lã tinha cumprido com seu dever, mantendo seco o forro interno. O resultado foi um leito de cetim vermelho e brilhante. Então ele tirou o casaco e o colocou sobre os ombros de Emma.

Uma batida na porta anunciou a chegada do chá. Ele pegou a bandeja e fechou a porta na cara da garota que a trouxe, em vez de deixá-la entrar para servir. Ele próprio serviu Emma, inspecionando a limpeza da xícara antes de enchê-la com chá fumegante, leite e uma quantidade generosa de açúcar. Ele tirou uma garrafinha do bolso do colete, desenroscou a tampa e acrescentou uma dose de algo cor-de-âmbar, de cheiro potente, sem dúvida assustadoramente caro.

Emma assistiu a tudo isso sentada em silêncio, parecendo hipnotizada. O raciocínio tinha abandonado seu cérebro. Cada movimento dele parecia um tipo de acrobacia que fazia por merecer aplausos entusiasmados. Talvez ela estivesse mesmo doente. Tudo nele, do cabelo molhado grudado na cabeça a cada mancha de lama em suas botas, era perfeito aos olhos dela. Emma não mudaria nada nele.

– Aqui. – Ele levou a xícara para ela.

Emma se mexeu para pegá-la, mas ele a afastou.

– Não enquanto suas mãos estiverem tremendo.

Ele a levou aos lábios da esposa, orientando-a a tomar com cuidado pequenos goles da bebida quente. Um calor doce desceu pela garganta dela e se espalhou por seu peito.

– Agora sim. Está melhor?

Ela concordou.

– Estou.

Depois de colocar o chá de lado, ele estendeu a mão para Emma e a colocou de pé. Com as mãos em sua cintura, Ash fez com que ela desse meia-volta e começou a soltar os botões nas costas do vestido.

– Temos que tirar isto de você – ele explicou. – Se não, vai encharcar a capa por dentro e nunca vamos conseguir esquentá-la.

Os lábios trêmulos dela se curvaram em um sorriso.

– Estou começando a desconfiar que você planejou esta situação toda.

– Se eu tivesse planejado, teríamos encontrado uma estalagem melhor e eu teria encomendado um vestido com botões maiores. – Ele parou de tentar. – Para o inferno com isto. Esta droga está arruinada, mesmo. – Ele agarrou as bordas do corpete e, com um puxão violento, arrancou os botões de suas casas.

Misericórdia.

Emma oscilou, com tontura outra vez. A visão dela ficou embaçada nos cantos.

– Não sei o que está acontecendo comigo – ela disse, esfregando a têmpora. – Eu *nunca* desmaio. Acho que Mary prendeu o espartilho muito apertado.

– Eu vou lhe dizer o que aconteceu. Eu fui estúpido o bastante para deixar você parada debaixo de uma tempestade, no frio, vestindo apenas uns trapos de seda. Você está gelada até a medula.

Ela pensou que talvez fosse verdade. Mas por um beijo como aquele, Emma teria ficado de bom grado parada ali a noite toda.

Ash trabalhou com rapidez e sem nenhuma intenção de seduzi-la, mas o cuidado com que ele foi tirando as camadas de roupas encharcadas – vestido de seda, anáguas molhadas, espartilho – encheu o coração dela de ternura. Quando os dedos dele afastaram as mechas molhadas do pescoço nu e gelado, ela sentiu a pele arrepiar.

Quando ela estava apenas de *chemise*, Ash não parou para se ajoelhar e levantá-la; ele apenas foi puxando o tecido para cima.

– Levante os braços. – A ordem fez a nuca dela arder.

Emma obedeceu, esticando os braços acima da cabeça. Conforme ele continuou a levantar o tecido ensopado, este roçou os seios dela. Os mamilos tinham se retesado em pontas frias e ressentidas na chuva, mas agora endureciam com sensações mais prazerosas. Por fim, ele puxou a peça por sobre a cabeça e os braços dela e a jogou de lado. Deixando-a nua, a não ser pelas meias. Ele a virou para si e começou a esfregar as mãos para cima e para baixo nos braços dela enquanto lhe examinava o corpo. Então ele tirou a gravata com movimentos apressados e usou o tecido como uma toalha improvisada, tirando a umidade da pele e do cabelo dela.

Conforme o fogo começou a jogar uma luz fraca e um calor ardente no quarto, ela sentiu um o rosto e o pescoço sendo aquecidos. Seus dentes tinham parado de bater e o arrepio da pele dos braços começou a ceder.

Quando ela estava com frio, ele a aquecia. Só isso era mais carinho do que Emma jamais tinha recebido de outro homem. Não importava que vinha acompanhado de caretas e tiradas irônicas.

Ela o amava por isso. Ela o amava, amava, amava.

As palavras pulsavam em seu cérebro a cada batida do coração. Só podia ser decorrência do desmaio, mas ela estava com dificuldade para respirar. Ela agarrou na camisa dele, como se Ash pudesse ser sua salvação – mas ele era o perigo. Ela estava perdida. Perdida nele; uma estranha para si mesma.

Depois de fazer o possível com a gravata, ele a pegou nos braços mais uma vez, levando-a para cama. Ash a deitou sobre a capa, o forro de cetim debaixo de seu corpo. Em seguida, ele pôs o casaco por cima dela e tirou as botas e as calças molhadas.

Ele se acomodou atrás dela sobre a cama, ajeitando-se ao corpo curvado de Emma, puxando as costas dela para seu peito. Ele estava quente como um tijolo tirado do forno. O calor delicioso de Ash irradiou por toda ela, relaxando seus membros. O tremor dela passou.

– Não está mais com frio?

– Não.

– Ótimo. – A palma da mão dele deslizou pelo braço dela. – Então durma.

As pálpebras de Emma ficaram pesadas.

– Ash...

– Durma. – Ele contraiu o braço, apertando-a contra si. – Vou manter você quente e em segurança. Sempre.

Pela segunda vez no casamento, Emma teve o prazer de acordar nos braços do marido. Com a alegria de descobrir que o cabelo havia se transformado num ninho, e a felicidade de uma dor de cabeça perdendo força.

Mas sim, os braços. Acordar nos braços dele foi uma delícia.

Ela rolou para o outro lado e ficou de frente para ele.

O olhar de Ash era carinhoso e seu toque ainda mais. Ele deslizou uma carícia pelo rosto dela, depois desceu até o ombro. Ash parecia não ligar para o cabelo emaranhado. Então ele a abraçou e lhe deu um beijo que foi tão doce e delicado quanto o da noite anterior fora apaixonado e exigente.

– Emma – ele suspirou quando separaram os lábios.

– Bom dia, meu raio de sol – ela disse, tocando a face dele.

– Olhe só para nós. – Ele sentou na cama, sobressaltado. – Como isto foi acontecer? Pensei que tínhamos concordado que não haveria afeto.

– Concordamos mesmo.

– Nós tínhamos regras – ele insistiu.

– E precauções foram tomadas.

O lado esquerdo da boca dele formou um sorriso.

– Precauções que foram insuficientes, ao que parece.

Emma sentou na cama.

– Quero me desculpar pelas coisas que eu disse na noite passada. Eu deveria ter acreditado mais em você. E imagino que deva ser mais caridosa com a Srta. Worthing. Se não se importasse tanto com os sentimentos dela, a ponto de romper o noivado, eu não teria você.

– Preciso admitir que livrar Annabelle do compromisso não foi mera generosidade. Talvez nem tenha sido essa a motivação principal. Orgulho também estava envolvido. Ela continuava disposta a se casar comigo, mas apenas se eu concordasse com certas condições. E eu não estava disposto a aceitar os termos.

– Ela queria uma compensação maior?

– Não, nada disso.

– Então não consigo imaginar o que ela poderia querer. No tempo em que passei com a Srta. Worthing, vi que ela não liga para nada além de dinheiro e apar...

– Aparências? Sim. Isso mesmo.

Emma estremeceu, lamentando-se ter dito essa palavra. Quando ela aprenderia?

– Pensando bem, acredito que não está correto dizer que eram condições – ele refletiu. – Se nos casássemos, ela exigia que eu concordasse com certas regras.

– Regras?

Ele não respondeu, mas a expressão em seus olhos era muito clara. E falava de dor e raiva e de uma ferida mais profunda que qualquer uma de suas cicatrizes.

Regras.

Oh, não.

Emma estendeu a mão para pegar a *chemise*.

– Você não está querendo dizer...

– Marido e mulher apenas à noite. Sem luzes. Nada de beijos. Depois que ela me desse um herdeiro, nunca mais dividiríamos a mesma cama.

Afinal, tudo ficou claro. Nunca fez sentido que ele tivesse criado essas regras para Emma. Ele tinha todo o poder. Depois de casados, ela estava à mercê dele. Por que Ash se importaria com os melindres dela? Se é que havia melindres precisando de cuidados, o que não havia. Nunca houve.

Mas ele também não estava resguardando os melindres dela, certo? Ash estava protegendo a si mesmo.

Durante alguns momentos, Emma teve dificuldade para falar. Quando encontrou as palavras, eram apenas três.

– Eu a odeio.

Ele riu.

– Você é a filha do vigário. Não sabe o que é odiar alguém.

– Ah, mas eu sei, sim. – As mãos dela se curvaram em garras. Ela grunhiu. – Eu poderia estrangular essa mulher.

– Não poderia, não.

– Tudo bem. Mas eu poderia espetá-la com meus alfinetes. Um grande número de alfinetes.

– Nisso eu quase consigo acreditar.

– Estou falando sério. Uma multidão de alfinetes. Annabelle Worthing estaria parecendo um porco-espinho quando eu tivesse terminado com ela.

Emma estava soltando fumaça. Sua raiva não era nenhum exagero. No passado, ela podia ter ficado ressentida com a Srta. Worthing, mas, no momento, Emma desprezava de verdade essa mulher. Como ela era capaz? Tinha convencido um homem corajoso, leal e decente de que era um monstro. Uma criatura que não merecia nada além de restos e sobras de afeto, ainda assim, no escuro.

– Sabe, até que este quarto é bem encantador – ele disse, numa tentativa óbvia de mudar de assunto.

– *Encantador*?

– Tem possibilidades. Tudo que precisa são algumas cortinas, móveis melhores, uma demão de tinta, um colchão estofado com palha desta década, uns bons esfregões e um exterminador de pragas. Onde está sua imaginação?

Ela lhe deu um olhar irônico.

– É claro que tem uma coisa neste quarto que não precisa de alteração nenhuma. – Ele pregou um beijo na testa dela.

– Salvou bem.

– Está com fome?

– Não muita.

– Bem, eu estou faminto. – Ele vestiu calças e camisa, depois enfiou os pés nas botas. – Vou pedir o café da manhã e uma carruagem.

Quando Ash abriu a porta do quarto, contudo, um clamor ensurdecedor veio lá de baixo. Gritos no salão público no térreo. Passos afoitos subindo a escada.

Um homem forçou sua entrada no quarto e bateu a porta atrás de si.

– Você não quer descer lá. Acredite em mim.

O estranho usava uma grade preta no rosto, como máscara, e um gibão preto sobre camisa e calça igualmente escuras. Na mão, ele trazia uma espécie de estilingue.

Emma meneou a cabeça, aturdida.

Seu marido, por outro lado, parecia entender a situação.

– O que você está fazendo aqui? – Ele apontou a mão para a estranha roupa do recém-chegado. – O que é isso tudo?

– Gostou? Meu velho conjunto de esgrima, um pouco de graxa... e aqui estou eu. – O intruso empurrou a máscara para cima, revelando seu rosto. Ele fez uma reverência para Emma. – A seu serviço, Vossa Graça.

Sem a máscara, Emma pôde ver que se tratava apenas de um garoto. Devia ter 11 ou 12 anos, no máximo. Alto para sua idade, com orelhas de abano e um vão entre os dentes da frente.

Esse garoto, quem quer que fosse, parecia conhecer bem seu marido. Ela se voltou para Ash.

– O que você acha de nos apresentar?

– Este aqui? Este é o Trevor.

O garoto cutucou Ash com o cotovelo e pigarreou. Ash revirou os olhos.

– Certo. Este é o Perigo.

O *Perigo*? Oh, Emma mal podia esperar para ouvir essa história.

– Eu sou o parceiro do Monstro de Mayfair – o garoto disse. – Aprendiz, se preferir. Seu pupilo.

– Que incrível. Como foi que isso aconteceu?

– Não faço ideia. – Seu marido lhe deu um olhar inexpressivo.

– Mas você tem muita sorte de ter acontecido. – O garoto andou até a cama, onde sentou com um rangido e um pulo. – Toda Londres está aí fora, esperando que o Monstro de Mayfair apareça.

Ash foi até a janela.

– Eu deveria ter imaginado que isso poderia acontecer. Na noite passada... eu não estava pensando direito.

– Não, não estava. – Emma foi até ele e pegou seu braço. – Você só pensava em mim.

– Isso e uma moeda pode nos comprar um pão velho. Não vai nos ajudar agora.

– Seria tão terrível se o mundo soubesse a verdade? – ela perguntou.

– Considerando que sou conhecido em Londres como um monstro sedento de sangue que sequestra crianças e sacrifica animais pequenos para o Senhor das Trevas? Sim, acho que seria terrível.

Emma mordeu o lábio. Ela quis falar que Ash deveria ter pensado nisso antes de encorajar a criação do mito do Monstro. Mas não ajudaria em nada no momento.

– Bem, se você pretende continuar anônimo, o que sugere que façamos? – ela perguntou. – Não existe saída dos fundos e não vou pular dessa janela.

– Vocês não precisam de outra saída. Tudo que precisam é de uma distração – Trevor disse.

– Nenhuma distração vai afastar essa turba – Ash disse. – Talvez um incêndio, mas até isso é duvidoso.

– É simples. – Trevor pegou o chapéu de Ash e o colocou na cabeça, parando na metade das orelhas. – Eu serei o Monstro. E você, o perigo.

– Isso é ridículo.

– Não – Emma interveio. – É brilhante. Pense bem. A multidão lá embaixo não está esperando o Duque de Ashbury, mas o Monstro de Mayfair. Um homem de capa e chapéu pretos.

– Ele não é um homem. É um garoto.

– Sou alto para minha idade – Trevor se defendeu.

– Tudo de que precisamos é um minuto ou dois. Quando eles perceberem que não é o Monstro...

– Vocês terão evitado a multidão e fugido. – Trevor deu um sorriso convencido. – E eu deixei um cabriolé esperando na outra esquina.

– Minha nossa – Emma disse. – Você pensou mesmo em tudo, não é? Que belo parceiro você é.

– Pare de encorajá-lo – Ash disse.

– Você tem um plano melhor?

– Infelizmente, não. – Ele entregou a ela um dos cobertores de lã. – Enrole-se nisto. Não podemos nos arriscar a que vejam seu vestido vermelho.

Emma jogou o cobertor sobre os ombros. Era áspero e cheirava mal, mas comprido e grosso o bastante para cumprir seu objetivo. Mais tarde, em casa, ela tomaria um demorado banho quente.

– Deixem o resto comigo. – Trevor levantou de um pulo. Ele deu apenas três passos e parou. Então, virando a cabeça, olhou para os dois, erguendo uma sobrancelha. – Vocês estão em perigo.

– O que isso quer dizer? – Ash fez uma careta de deboche.

– É meu novo bordão. Um tipo de *slogan*. Ainda estou aprimorando a forma de dizer. – Trevor baixou a voz para um grunhido sinistro, então levantou a mesma sobrancelha. – Vocês... – pausa – ... estão em perigo.

Emma apertou os lábios, tentando não rir.

– Ou deste modo: Vocês estão... – *pausa, ergue sobrancelha* – ...em perigo. – O garoto inclinou a cabeça para o lado. – O que acham?

– Eu acho – Ash disse, irritado – que você deveria pegar as duas formas e...

– Alternar entre elas – Emma interrompeu o marido. – As duas são excelentes. Memoráveis.

– Obrigado, Vossa Graça. – Trevor curvou-se e beijou a mão dela. – Até a próxima vez.

Com um floreio da capa preta, ele se foi. Finalmente, ela se permitiu rir.

– Que rapazinho extraordinário.

– Esse é um modo de ver.

Emma apertou o cobertor comichoso ao redor dos ombros.

– Eu preciso de um disfarce melhor. E de um nome de guerra. Oh, que tal Agulha? Eu posso espetar rufiões com uma espada longa e afiada.

– Não comece.

Ele abriu a porta e juntos prestaram atenção até ouvirem quando Trevor chegou ao salão e gritou:

– Eu sou o Monstro de Mayfair! Quem vê meu rosto morre de desgosto!

Ash fechou os olhos e murmurou algo indelicado.

– Não é tão ruim – Emma protestou. – Até rimou.

Ele colocou a máscara de esgrima sobre o rosto.

– Vamos embora.

Capítulo vinte e seis

Com sorte, eles conseguiram voltar para a Casa Ashbury passando um mínimo de vergonha. Depois de explicações vagas para a criadagem preocupada, de um café da manhã quente e de banhos mais quentes ainda, os dois caíram na cama de Ash e dormiram o resto do dia.

Emma acordou no fim da tarde com o marido empurrando uma mesa com rodas na direção da cama. Estava repleta de pratos e cestas de pães, queijos, frutas. O estômago dela roncou.

– O que é isto? – Ela esfregou os olhos. – Jantar na cama?

– É perfeito. – Ele pegou um pedaço de queijo. – Eu lhe prometi jantar todas as noites. Você me prometeu cama. Nós dois podemos cumprir nossa parte no acordo ao mesmo tempo.

– Que eficiência.

– Sério, não sei como essa ideia não tinha me ocorrido.

Emma mordeu uma tortinha de maçã.

– Eu estava pensando, meu bolinho.

Ele caiu de costas na cama e grunhiu.

– Em-*ma*.

– Desculpe, mas não quero chamar você de Ash. Não é quem você é. Ash [cinzas] são os restos frios, mortos, que ficam depois do fogo. As partes que são varridas e jogadas fora. Você não é nada disso para mim. Você está vivo, é resplandecente e um pouco perigoso. E sempre me mantém quente. – Para que ele não ficasse em pânico com o elogio, ela decidiu amenizar seu tom. – Além do mais, é muito divertido provocar você.

– Pode ser divertido para *você*.

– Vamos fazer um acordo. Quando estivermos na companhia dos outros, vou chamá-lo de Ash ou Ashbury. Quando estivermos sozinhos, você vai me deixar usar os apelidos carinhosos.

– Tudo bem. Mas você tem que se limitar a uma lista consentida. Nada de apelidos com flores ou "meu arco-íris".

– Acho que posso fazer isso.

Ele refletiu por um instante.

– Estes são os que eu aprovo: "Meu garanhão", "meu corcel" e... "meu gostosão".

Ela riu desse último.

– Que tal se usarmos os tratamentos tradicionais? Como "meu querido"?

– É aceitável.

– "Bem"?

Ele fez uma expressão de desgosto.

– Se você insiste.

Ela mastigou a torta, tentando ganhar coragem.

– O que você acha de "meu amor"?

Ele olhou no fundo dos olhos dela, como se questionando a sinceridade de Emma. Porém, ela sabia que o problema não estava *nela*. Era *ele* quem precisava se permitir acreditar nessas palavras.

As defesas conhecidas tomaram a expressão dele, fechando a porta para a possibilidade.

– Vamos ficar com "meu garanhão".

Emma ficou decepcionada, mas decidiu não insistir no assunto. Talvez fosse demais para um só dia.

Ela olhou ao redor, à procura de uma distração. Seus olhos pararam em uma pilha recente de jornais ao lado do carrinho com o jantar.

A duquesa tinha pedido aos criados que reunissem os jornais todos os dias. A essa altura, Ash sustentava metade dos impressores de Londres. E provavelmente também algumas fábricas de papel. O Monstro de Mayfair era a melhor coisa que acontecera para o jornalismo inglês desde Waterloo.

Ela aproveitou para mudar de assunto, pegando os jornais e levando-os para a cama.

– Vamos ver o que estão dizendo hoje sobre você. Deve haver alguma coisa sobre a aventura da noite passada. – Ao passar os olhos pelo primeiro jornal, contudo, sua expectativa de diversão se transformou em horror. – Oh, não. Oh, Ash, isto é muito ruim.

– O que foi agora? Eu resgatei uma garotinha que se afogava na Serpentina?

– Não. Você sequestrou uma mulher de vermelho, forçou um estalajadeiro a deixar que a escondesse e ela nunca mais foi vista. Desconfia-se de crime. – Ela passou o jornal para Ash, depois ficou atrás dele e apontou o dedo para a notícia, lendo por sobre o ombro do marido. – "A Coroa emitiu uma ordem de captura contra o Monstro de Mayfair". Ela encostou o dedo no jornal. A *Coroa*. Todo homem capaz de Londres está *obrigado* a ajudar a capturá-lo assim que o vir.

– Sim. Estou lendo.

– Ofereceram até uma recompensa. *Vinte libras*. É um ano de salário para um trabalhador.

– Sim, eu sei.

– "Procurado por suspeita de invasão, assalto, roubo de propriedade, sequestro e assassinato." *Assassinato!*

– Eu *sei* ler, obrigado. – Ele estava tão calmo que dava raiva. – Estou um pouco decepcionado que bruxaria e fraude no seguro não estão nessa lista.

– Como você pode brincar com isso?

– Acredite em mim, não há motivo para nervosismo. – Ele cortou um pedaço de torta de carne. – O pior cenário possível seria apenas um incômodo.

Ser acusado de assassinato seria apenas um incômodo?

– Eu não cometi nenhum assassinato, Emma.

– Não é o que os jornais vão fazer seus leitores acreditarem. Você sabe como as pessoas gostam de inventar notícias falsas a respeito de suas aventuras.

– Sim, eu sei. – Ele engoliu o bocado de torta. – Uma dessas pessoas é você.

Bem, ela não podia negar isso.

– Eu nunca seria acusado de assassinato – ele continuou. – A própria ideia é absurda. Sou um duque. Isso não acontece. Mesmo que eu fosse capturado, nunca seria levado a julgamento.

– Como pode ter certeza disso?

– Para começar, duques não são julgados em tribunais comuns. Temos o direito a um julgamento por nossos pares na Câmara dos Lordes. Isso se houver alguma prova, o que não há. Depois, existe uma coisinha chamada privilégio da nobreza. Tudo que precisamos fazer é invocá-lo para nos livrar de praticamente qualquer crime.

Ela ficou boquiaberta.

– Você está brincando.

– Nem um pouco.

– Meu Deus. Isso deve ser bom.

– E é mesmo. Não posso negar.

Em qualquer outra situação, Emma ficaria horrorizada com a injustiça do sistema. Mas, dado o atual estado das coisas, ela se viu incapaz de reclamar.

– Espere um instante! – ela exclamou. – Você disse que um nobre pode ser perdoado de *praticamente* qualquer crime. O que significa que alguns crimes são exceção.

– Bem, sim. Traição, claro. E... – Ele se interrompeu, evidentemente hesitando em continuar.

– E...? – Ela se inclinou na direção dele.

– Assassinato – ele admitiu.

Ela pulou de raiva no colchão.

– Você acabou de me dizer que seria apenas um incômodo.

– O caso nunca chega tão longe. – Ele colocou o prato vazio de lado. – No máximo eu admitiria homicídio culposo, o que encerraria o assunto.

– E se for tão longe?

– Não vai.

– Diga-me, só para eu saber.

Ele suspirou enquanto pegava uma taça de vinho.

– Um nobre considerado culpado de um crime capital, algo que nunca ocorre, poderia ser executado. O que também nunca acontece. Ninguém é condenado por corrupção do sangue há séculos. Literalmente há séculos.

– E o que é corrupção do sangue?

– É quando uma linhagem é considerada impura. Eles tiram o título e a propriedade do nobre, e nenhum de seus descendentes pode herdá-los.

As mãos de Emma se fecharam sobre suas pernas.

– Então, se... e estou usando o "se"... esse evento extremamente improvável acontecer, você poderia ser capturado e acusado de ser o Monstro de Mayfair, depois levado a julgamento por assassinato pela Câmara dos Lordes, condenado e executado. Como resultado, sua esposa e seu possível herdeiro ficariam sem nenhuma propriedade nem herança?

– Isso nunca acontece, Emma. Nunca.

– Mas poderia acontecer!

– Mas *não* acontecerá.

Ela inspirou fundo para se acalmar.

– Você deixou essa brincadeira ir longe demais. Nós podemos dar um jeito nisso. Apresente-se. Deixe que todos saibam que você é o Monstro de Mayfair, e que eu sou a mulher de vermelho desaparecida, e que tudo foi uma brincadeira que ganhou proporções inesperadas.

– Então em vez de enfrentar a diminuta possibilidade de ser capturado, e a possibilidade ainda menor de eu ser acusado de qualquer coisa... você quer que eu confesse crimes que não cometi?

– Não. Eu quero que você confesse ter permitido que uma história tola fosse longe demais. Apenas esclareça tudo. Como você disse, um duque se safa de quase tudo.

Ele esvaziou a taça de vinho e levantou da cama.

– Não vou admitir para o mundo que sou o Monstro de Mayfair. Isso seria um escândalo que você teria que suportar. Quem sabe do que os jornais vão chamá-la? A Boneca Bestial de Bloom?

Ela arqueou uma sobrancelha.

– Você já tinha pensado nesse nome de guerra?

– Não – ele disse, na defensiva.

– Porque saiu muito fácil da sua boca.

– A questão é esta: não vou fazer isso com você. Não importa o nome que os jornais vão escolher, recuso-me a colocá-la na mira deles. Muito menos a criança que você pode estar carregando.

– Se você está tão preocupado com sua esposa e seu herdeiro, talvez devesse ter pensado nisso antes – ela murmurou, contrariada. Emma tentou conseguir um compromisso. – Já que você não quer esclarecer tudo, pelo menos me prometa que o Monstro de Mayfair se aposentou. Ele se retirou para o interior e nunca vai voltar. Jure para mim que vai queimar todas as suas capas e nunca mais vai sair para caminhar à noite.

– Feito. – Ele pôs o dedo debaixo do queixo dela, inclinando-lhe o rosto para beijá-la. – O Monstro de Mayfair não existe mais. Eu juro.

– É melhor você manter sua palavra – ela disse. – Ou irá enfrentar a ira da Boneca Bestial.

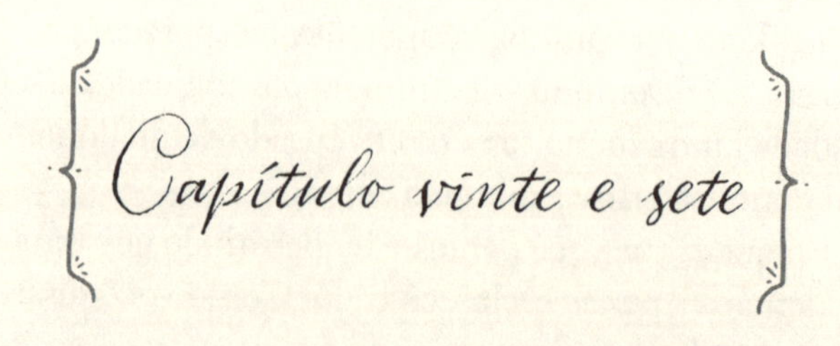

– Pronto. – Emma ajudou a fechar o último botão do novo vestido de Davina. – Está confortável? Não se sente presa?

– Não, nem um pouco.

Com ajuda de Fanny, Emma tinha conseguido arrumar uma prova no ateliê de costura. Elas mantiveram o local aberto para Davina enquanto Madame fazia sua visita semanal ao distribuidor para ver as mais recentes sedas importadas.

Davina se virou para se olhar no espelho.

– Você realmente faz maravilhas com o tecido, Emma.

Maravilhas, talvez. Mas não milagres.

– Deve ajudá-la a esconder por mais algumas semanas, espero.

– Eu também espero. Outro dia, papai comentou sobre a minha cintura. Eu disse que estava comendo coisas engordativas. – Ela pegou as mãos de Emma. – Precisamos conseguir a permissão o quanto antes. Quando você acha que o duque vai conseguir conhecer o meu pai?

Oh, céus. Emma estava temendo essa conversa. Ela teria que contar para a moça que o plano original não iria funcionar. Ash não estava disposto a circular na sociedade, e, como Annabelle Worthing tinha deixado claro no teatro, aos olhos de Londres, Emma ainda era uma costureira, não uma duquesa. Ela não era o tipo de lady que um cavalheiro ambicioso deixaria sua filha solteira visitar durante o inverno.

Todo o plano estava condenado desde o início. Emma conseguia enxergar agora. Ela se sentiu horrível por dar esperanças à garota.

Porém, não significava que não poderia ajudá-la. Ela tinha Nicola, Alex e Penny – a querida Penny, que nunca se recusava a ajudar uma criatura que precisasse. Se as quatro se pusessem a pensar no problema, conseguiriam encontrar uma alternativa.

Sim, era isso o que ela faria. Conversaria com elas na semana seguinte, durante o chá.

– Me dê um pouco mais de tempo – Emma disse. – Você tem minha palavra, não vou decepcioná-la.

Depois que Davina saiu, Emma dispensou Fanny, oferecendo-se para fechar o ateliê como fazia no passado. Ela sentiu uma nostalgia estranha quando começou a puxar as cortinas e guardar tesouras, fitas e alfinetes. Tinha passado anos de sua vida nesse lugar, afinal, algo que não podia ser esquecido em meses.

Blam-blam-blam.

Emma se assustou com as batidas.

– Estamos fechados – ela anunciou.

Blam-blam-blam-blam.

Que curioso. Da última vez em que ouviu aquele tipo insistente de batidas, o Duque de Ashbury forçou sua entrada no ateliê – e também em sua vida. Será que ele a tinha seguido?

Quem podia saber, quando se tratava de seu marido? Emma foi até a porta, pronta para ser admoestada de novo sobre duquesas não costurarem vestidos. Ela virou o fecho.

– Sério, meu garanhão, eu só vim ver minha velha amig...

Quando ela abriu a porta, seu coração parou.

Um homem de meia idade, vestido de preto, estava parado na entrada, segurando o chapéu de aba larga, de pároco, nas mãos.

– Emma, minha filha. É mesmo você. Disseram-me que eu a encontraria aqui, e aí está você.

– Pai?

Emma se sentiu desligada do corpo, sem comunicação com o próprio cérebro. Seu coração era um tumulto só. Tantas emoções e impulsos se digladiavam dentro dela. A vingança era tentadora. Ela podia mandá-lo embora, assim como ele a tinha jogado na noite.

Gabar-se também era possível. Uma parte pequena e mesquinha dela quis levar o pai até sua casa e mostrar-lhe onde vivia, para deixá-lo doente de inveja diante de sua riqueza, e então mandá-lo embora com uma doação de cinquenta libras para a igreja.

E lá no fundo, debaixo de tudo isso, ela queria sentar no colo dele. Ela queria ouvir que era amada e que continuava sendo a garotinha do papai.

Cuidado, Emma.

– Por que você está aqui? – ela perguntou em voz baixa.

– Para ver minha filha, claro. – Ele entrou no ateliê e Emma fechou a porta atrás dele. – Olhe só para você. Emma, minha garota querida, toda adulta.

– Quer dizer que agora sou Emma? Sua garota querida? Da última vez que nos vimos, você estava me chamando de rameira.

– É por isso que eu vim. – Ele inclinou a cabeça, fixando os olhos no chapéu que tinha em mãos. – Para lhe dizer que estou arrependido, de verdade.

Arrependido?

O sentido dessas palavras lhe escapou. Ela não conseguiu entender seu significado. Emma estava observando o alto da cabeça do pai. A calvície começava a aparecer ali. Restavam uns poucos fios desgarrados, penteados sobre a pele lustrosa. Que estranho vê-lo seis anos mais velho assim de uma vez. Em sua lembrança, ele tinha permanecido intimidador e furioso. No momento, em meio à agitação londrina, parecia patético e pequeno.

O pai manteve os olhos no chão.

– Eu não deveria ter dito aquelas coisas. Eu não deveria ter colocado você para fora de casa. Vim para confessar meus pecados contra você. Eu rezo para que possa encontrar, dentro do seu coração, bondade para me conceder perdão.

A respiração de Emma parou. Depois de todos esses anos, ele viera para admitir seus erros. Tinha se desculpado. Isso era algo que ela sempre pensou que queria. Não apenas queria, mas *precisava* para que seu coração pudesse se sentir à vontade em seu peito.

Ainda assim... não estava funcionando do modo que ela esperava. Nada no peito dela parecia tranquilo ou em paz. Seu pulso estava uma confusão, latejando em sua cabeça.

– Ao longo dos anos pensei em você com frequência – ele disse. – Eu me preocupei. Rezei por você.

– Não sei se acredito nisso. Se me encontrou com essa facilidade agora, por que não anos atrás? Se estava preocupado, por que nunca me enviou uma carta, nunca perguntou se eu tinha o que comer, ou carvão para me manter aquecida à noite? Você não se importava. Devia pensar que eu estava pagando por meus pecados.

Um calafrio a percorreu e ela começou a tremer. Emma se abraçou, querendo que aquilo parasse. Não permitiria que o pai a abalasse daquele modo.

– Não foi bem assim – ele disse. – Eu juro.

– O que você quer de mim agora? Dinheiro? Influência? Algum tipo de favor? Você deve ter ouvido que eu me casei.

– Não, nada disso. É como eu lhe falei. Eu vim me desculpar.

– Bem, o momento parece muito conveniente.

– Eu... – Ele mexeu na aba do chapéu. – Para ser honesto, foi Deus. Deus falou comigo.

Deus *falou* com ele? Emma não podia acreditar no que estava ouvindo.

– É modo de falar. Não foi bem Deus que falou comigo. – Uma expressão de pavor dominou o rosto pálido do pai. – Eu... eu recebi a visita de um mensageiro medonho durante a noite. Um demônio.

– Oh, é mesmo? – ela disse com frieza. Era óbvio que, com o avançar da idade, o pai estava ficando caduco.

– Foi terrível, Emma. Ele apareceu para mim no meu quarto, no meio da noite. Um demônio saído dos infernos. Ele disse que meus dias na terra estão contados, e que eu preciso fazer as pazes com você ou enfrentar o fogo eterno.

– Então não está aqui para fazer as pazes comigo pelo meu bem. Você está aqui por interesse próprio. – Ela meneou a cabeça. – Você realmente não mudou nada.

– Não pode ser pelo bem de nós dois? Eu sei, sempre soube, muito antes dessa visita nefasta, que fui injusto com você. O pecado pesou em mim como uma pedra durante todos esses anos. Não conseguirei ficar em paz até saber que tenho seu perdão.

Ela riu com amargura.

– *Você* não consegue ficar em paz? Por que não tenta dormir no frio, como me obrigou a fazer?

– Você não pode estar querendo me negar seu perdão.

– Estou em dúvida. Não sinto pressa em concedê-lo.

– Você não pode me negar isso. – Ele ficou indignado. Ela conhecia muito bem o tom de repreensão do pai. – Você é minha filha. Eu a vesti e alimentei durante 16 anos, eu a eduquei nos princípios da caridade.

– E eu não o amei durante cada um desses anos? – A voz dela ficou trêmula. – Todo domingo, sentada na capela, eu podia estar rezado para Deus, mas era a sua bênção que eu queria. Não fez nenhuma diferença, fez? Um erro destruiu tudo. Não foi a falta de roupa, nem de abrigo, nem de comida que me magoou, pai. Não foi nem mesmo a rejeição do meu namorado. O que me despedaçou foi ver quem você era de verdade. Saber que você não era o homem que eu acreditava. Nem metade.

– Emma, por favor. Não me julgue com tanta severidade. Você precisa entender que fui pego de surpresa naquela noite. Fiquei chocado. Eu mal sabia o que estava sentindo, muito menos fazendo.

– Você sabia exatamente o que estava fazendo. E eu sei exatamente como se sentia. Você ficou com vergonha de mim, e do que as pessoas iriam dizer se soubessem. Foi covardia pura e simples; esse foi seu motivo na época. Foi covardia que o trouxe aqui esta noite. – Ela foi até a porta. – Eu quero que você vá embora.

– Não! Não, você não pode fazer isso comigo. – Ele caiu de joelhos diante dela. – Você não o viu, Emma. O demônio. Oh, ele era horrível. Uma visão medonha. O rosto dele... todo retorcido e queimado, e ele tinha...

– Espere. – O coração de Emma vacilou. – Você disse que o rosto dele estava queimado?

– Sim. De uma forma horripilante. Pelo fogo do inferno, sem dúvida. Mas não só o rosto era maligno. Ele... ele me ameaçou com fogo eterno e burocracia. Ele insultou minhas cortinas e me xingou dos nomes mais indignos.

– Que tipo de nomes?

– Oh, não gostaria de repetir.

– Que *tipo* de nomes?

– Não sei bem. Algo do tipo... pústula da natureza.

– Obrigada, pai. Acho que você me forneceu uma imagem bastante clara desse demônio que o visitou.

E essa imagem lembrava muito o marido de Emma.

Pústula da natureza. Essa era nova. Ele devia estar guardando para um bom momento.

O pai se colocou de pé.

– Eu imploro. Se me negar seu perdão, não sabe como irei sofrer. Pelo resto da minha vida, nunca mais ficarei tranquilo. Nunca estarei em paz. Sempre temendo que cada dia pode ser meu último.

– Eu vivi com essa sensação durante seis anos. Agora é sua vez. – Ela abriu a porta. – Se é perdão que você quer, experimente voltar daqui a seis anos e me pedir de novo. Neste momento, você vai embora. Já.

– Mas...

Ela lhe deu um empurrão entre os ombros e ele saiu cambaleando pela porta.

– Vá-se embora, seu verme purulento.

Oh, a expressão no rosto dele. Até o fim da vida, Emma riria com a lembrança.

– Verme puru...? – Ele bufou com a ofensa e seu rosto ficou vermelho de raiva. – Você não pode falar comigo desse jeito, Emma Grace Gladstone.

– Emma Grace Gladstone – ela repetiu. – Não, Emma Grace Gladstone nunca ousaria falar com você desse modo. Mas agora sou Emma Grace Pembrooke. Duquesa de Ashbury. E se voltar a falar comigo algum dia, vai me tratar por Vossa Graça.

Ela fechou a porta e a trancou.

Então escorregou até o chão para um choro demorado.

As lágrimas vieram e Emma se rendeu a elas. Não havia ninguém para escutar ou ver. Ela chorou até seus olhos secarem e seu coração ficar vazio. A tolice de tudo aquilo. Emma tinha gastado tantos anos permitindo que o valor que seu pai colocava nela ditasse o modo como via a si própria.

Ela pegou um lenço no bolso, limpou as lágrimas e assoou o nariz. Não deixaria mais que o pai a impedisse de confiar, de viver de amar.

Não mais.

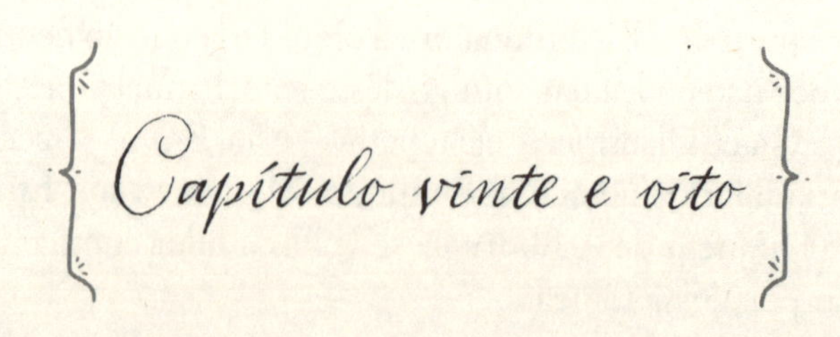

Capítulo vinte e oito

– Você foi à casa do meu pai.

Ash levantou os olhos do livro-razão que estava examinando.

Emma.

Ela estava parada diante da escrivaninha dele, encarando-o. Seus olhos estavam vermelhos, como se ela tivesse chorado. Ele colocou o livro de lado e se levantou.

- Você foi à casa do meu pai – ela repetiu. – Em Hertfordshire.

Não fazia muito sentido negar.

– Fui.

– Na calada da noite.

– Sim.

– Você invadiu a casa paroquial.

Ele passou a mão pelo cabelo desgrenhado.

– Na verdade, eu entrei pela janela do quarto dele.

– E disse que era um demônio vindo do inferno.

– Para ser honesto, não precisei me esforçar muito para que ele acreditasse.

– Você disse que ia parar com isso. Que não ia mais vagar pela noite. Você me prometeu.

– Eu fui até ele antes disso. Faz semanas e... Como você ficou sabendo, afinal?

– Ele veio me ver. No ateliê de costura onde eu trabalhava.

– Bastardo infame – Ash praguejou.

– Ele se desculpou – ela continuou. – Você consegue acreditar? Ele se ajoelhou aos meus pés e implorou pelo meu perdão.

– Bem, espero que você não o tenha dado.

– Por quê? – O olhar dela era direto e perturbador. – Por que você se importa? Por que foi procurá-lo?

– Porque ele a magoou, Emma. – Ash deu um tapa na mesa para enfatizar. – Esse homem a botou na rua, sem pena nem remorso. Ele a deixou tremer de frio, faminta, sozinha. Deixou-a com medo do frio, com tanto medo que seu coração se conformou em casar com um cretino amargurado. Ele a tratou como se você não valesse nada, e por isso merece apodrecer debaixo da terra. Foi só por você que eu mesmo não o coloquei lá. Ele a magoou e eu não admito isso. E também não vou me desculpar. Nem agora, nem nunca.

– Entendo.

Ash deixou o silêncio tomar conta da biblioteca. Esse podia ser o último momento de silêncio que ele teria por algum tempo. A atitude dela estava tão contida, na superfície, que ele só podia imaginar que Emma estava fervendo como um vulcão por dentro. Ele soltou lentamente a respiração, preparando-se para a erupção.

Emma deu a volta na escrivaninha em passos rápidos, e Ash se virou para encará-la. Ele não iria se esconder.

Então ela o agarrou pelas lapelas, puxou-o para si e o beijou como merecia. Não. Ela o beijou por muito mais do que ele merecia, por milhares de vezes.

– Obrigada – ela sussurrou em meio a beijos escaldantes. – Obrigada. Nunca alguém me defendeu assim.

Qualquer escala de cavalheirismo que colocasse Ash no ponto máximo era uma medida bem fraca. Mas ele aceitaria os beijos dela, alegremente. De bom grado. Aceitaria qualquer parte que Emma lhe oferecesse. Corpo, mente, coração, alma.

Parecia, contudo, que corpos eram a oferta do momento. E assim como Ash estava disposto a aceitar o dela, Emma parecia ainda mais ávida para pegar o dele. Enquanto se beijavam, ela começou a puxar as mangas do paletó, tirando-as de seus braços até a peça toda ir parar no chão. Os botões do colete foram os próximos.

Depois que o deixou apenas de camisa, ela o fez se sentar na poltrona e segurou na bainha da camisa, com a intenção de tirá-la pela cabeça de Ash.

Ele manteve os braços abaixados.

– Não me diga que vai hesitar agora? – ela perguntou. – Pensei que já tínhamos superado isso.

Talvez *ela* tivesse superado, mas para ele não era tão fácil. Ash tentou explicar:

– Eu não vou aguentar se você olhar para mim com pena. Ou repulsa.

Emma lhe deu um olhar carinhoso.

– Não é pena nem repulsa que o preocupa. Você não tem medo de rejeição. Você gosta disso. Mas se for visto por inteiro, com seus pontos fortes e suas falhas, com sua beleza e suas cicatrizes... vai ter que acreditar que é *querido*. Amado. De verdade. Honesta e sinceramente. Como se deve. – Ela encostou a testa na dele. – Completamente.

Ash engoliu em seco. Ela o tinha deixado sem saber o que falar. Inteiramente.

– Eu sei que você está com medo – ela sussurrou. – Eu sei porque eu também estou. Apavorada, na verdade. Faça amor comigo. Seja corajoso comigo. Ela agarrou a camisa dele com as duas mãos e a puxou. – Sem nada entre nós.

– Emma, não.

– Por quê?

Ele não tinha mais desculpas.

– É que... é que essa é minha camisa favorita.

– Depois eu costuro.

Ela encontrou o ponto da costura em que os dois lados do decote convergiam, prendeu-o com os dentes e puxou, abrindo uma fenda no tecido. Isso feito, ela pegou os dois lados com a mão e rasgou a camisa pela frente.

Ash ficou espantado. E, para ser honesto, também muito excitado.

Ela sorriu.

– Uma costureira sabe como abrir o tecido. E a esta altura, você já devia *me* conhecer. Se me der uma ordem, eu vou fazer o contrário.

Ele começou a compor uma bela bronca em pensamento, mas depois decidiu... que talvez pudesse usar a natureza rebelde dela em seu benefício.

– Muito bem – ele disse. – Não levante suas saias nem monte em mim.

Os olhos dela mostraram dúvida por um instante. Depois, compreensão, e um sorriso atrevido curvou os lábios dela.

Emma segurou a saia de musselina listrada e as anáguas, levantando-as o bastante para que ele tivesse uma visão erótica das panturrilhas dela antes que subisse no seu colo, um joelho de cada lado de suas coxas, e deixasse aquela nuvem de anáguas cair ao redor deles. Ash sentiu como se tivesse sido admitido em um templo de segredos femininos. Ele ficou pasmo.

Deus. Ele já estava duro, pronto para possuí-la sem perder um momento. Soltar os botões da calça e enfiar. Era só o que precisava fazer. Mas ele sabia que a expectativa tornaria a satisfação ainda mais doce.

Contudo, Ash pretendia torturá-la tanto quanto Emma o torturava. E conhecer cada parte dela, assim como ela o conhecia.

Amá-la. Toda ela. Do modo como ele ansiava ser amado.

Ele deslizou a mão pelas costas dela, encontrando a ponta do cordão que mantinha o corpete apertado. Puxando de modo lento e provocador, ele o soltou aos poucos, até o nó se desfazer. O corpete ficou frouxo e a respiração dela se acelerou.

– Não – ele começou com a voz firme – baixe o corpete. E, aconteça o que acontecer, não ouse me oferecer seus seios.

Um rubor floresceu nas faces dela, num vermelho complexo como o de rosas. Ele encheu os pulmões com o aroma inebriante dela. Emma tirou os braços do corpete e libertou os seios do espartilho. Eles balançaram em toda sua glória. Redondos, firmes e rosa-escuro nos bicos.

Mordendo o lábio, ela colocou as mãos por baixo dos seios, erguendo-os e balançando-os – e, misericórdia, esfregando os mamilos com os polegares e indicadores até ficarem pontudos e implorarem por ele.

Ela os ofereceu um de cada vez à boca de Ash, e ele os beijou, lambeu e chupou com entrega, engolindo os mamilos com uma sucção firme, depois procurando o lado de baixo das orbes macias para lamber a pele sensível dali. Cada suspiro e gemido que caía dos lábios dela descia pela coluna dele e ia se acumular em seu membro rijo. A ereção latejava contra a calça, desesperada por contato.

Ele se afastou dos seios. Agarrando os braços da cadeira para se controlar, deu sua próxima ordem inversa.

– Não ponha as mãos debaixo da sua saia.

Se ela sentiu vergonha ou surpresa, sua expressão não revelou.

Emma apoiou uma mão nas costas da poltrona e se inclinou para frente, colocando os seios mais perto do rosto dele. Então passou a outra mão pela própria coxa, provocando-o.

– Eu devo me tocar? – ela perguntou, fingindo timidez.

Por Deus, sim, ele pensou.

Mas Ash sacudiu a cabeça, negando.

Ela lhe deu um sorriso e começou a fazer círculos sugestivos com a mão. Ele não podia ver os dedos dela, mas a simples ideia de Emma se dando prazer bastava para deixá-lo doido.

Ele queria ver. *Tinha* que ver.

Ash soltou os braços da poltrona e levantou as saias até a cintura dela, revelando uma visão do paraíso. Os dedos delicados de Emma, abrindo aqueles pelos castanhos, tocavam as pétalas rosadas ali escondidas.

A boca dele ficou seca. Segurando as saias no alto com uma mão, com a outra ele agarrou o traseiro tentador dela, inclinando-lhe os quadris para ter uma visão melhor.

– Não coloque os dedos dentro – ele disse, rouco. – Sua mulher rebelde, não ouse.

Dois dedos esguios de Emma desapareceram dentro dela, enterrados em seu calor macio até a primeira articulação.

– Não penetre mais – ele se esforçou para dizer. – Nem mais um centímetro.

Ela ronronou de prazer, desobedecendo-o de novo, enterrando os dedos o máximo possível.

Ash pensou que ia explodir.

– Não coloque esses dedos na minha boca.

Nesse momento, ela hesitou.

– Eu a proíbo – ele disse, usando seu tom mais severo, mais aristocrático.

Ela levantou a mão com a palma virada para cima, oferecendo-a para ele.

Ash agarrou-a pelo pulso e levou os dedos indicador e médio para dentro de sua boca, chupando-os até o ponto em que se ligavam na mão, sugando cada gotícula do néctar agridoce de Emma. As maçãs rosadas do rosto dela floresceram num carmesim erótico que desceu pelo pescoço até os seios.

– Ash – ela sussurrou. Seus olhos castanhos estavam implorando.

Provocá-la assim era sublime, mas até ele tinha seus limites.

Ele colocou a mão entre os dois corpos, soltando os botões da calça e libertando sua ereção. Ela se aproximou, prendendo o membro entre sua pelve e a dele, deslizando a umidade de seu sexo excitado no mastro duro dele. Esfregando-se em pequenos círculos para aumentar seu prazer.

Ele teve vontade de chorar diante da beleza do ato.

Apoiando as mãos nos ombros dele, ela se contorceu até a ponta do membro se encaixar onde precisava estar, e então desceu sobre ele com um suspiro. Ele a agarrou pelos quadris, guiando-a para cima e para baixo. Emma tirou as mãos dele de si e as prendeu nos braços da poltrona. Ela não precisava ser guiada, aparentemente. Ela o cavalgava num ritmo preguiçoso, mas inexorável.

– Não pare – ele gemeu.

Ela parou.

Ele grunhiu de frustração.

– *Não*, não pare.

Ela começou a se mexer de novo, acelerando seu ritmo.

– Você é incorrigível – ele disse.

– E sua. Totalmente sua. Você não vai se livrar de mim.

Deus. O prazer era intenso e ele se sentiu tentado a se entregar à sensação, arqueando os quadris para penetrá-la com mais força e rapidez até Emma gozar e ele se derramar dentro dela. Mas Ash se obrigou a resistir.

Ainda não. Ainda não.

Nesse momento, ele queria mais do que prazer. Ela estava se entregando de modo total a ele, sem reservas. De maneiras que ele próprio nunca tinha se entregado a ninguém – nem antes nem depois. A coragem dentro daquele corpo pequeno era profunda, e a generosidade dela, sem limites. Comparando-se a Emma, Ash sentia-se um covarde.

Faça amor comigo. Seja corajoso comigo.

– Não me toque – ele sussurrou. – Não me toque em todo meu corpo.

Uma das mãos de Emma entrou por baixo do tecido rasgado da camisa dele, afastando as tiras de tecido e expondo o peito dele. Emma deslizou os dedos pela pele de Ash. E por suas cicatrizes. O toque dela doeu em alguns lugares, e não foi sentido em outros. Em instantes, o sangue dele vibrou de felicidade. Não importava a sensação, cada momento era único. Ele fechou os olhos, perdido nas carícias dela.

Emma. Meu amor, meu amor.

– Não me beije – ele soltou, engasgado.

Sem hesitar – como se ela estivesse esperando e ansiando pelo convite –, os lábios dela colaram nos dele, mais macios que seu toque. Mais quentes, também. Cada roçar dos lábios de Emma era uma bênção que Ash não merecia, mas que ele se sentia incapaz de recusar.

Os beijos dela subiram pelo lado cicatrizado do pescoço dele. Depois, ela delineou com a língua sua orelha machucada, passando os dedos pelo cabelo ralo. Em seguida, Emma criou uma trilha incendiária pelo outro lado, do maxilar ao ombro dele, arrastando beijos de boca aberta por sua pele.

Ela banhou os dois lados dele com a mesma atenção e o mesmo carinho, até ele sentir que suas duas metades se uniam no centro. Em algum lugar próximo ao coração.

Emma encostou a testa na dele e o abraçou apertado.

Estava na hora.

Ela apoiou as mãos nas costas da poltrona. Ele segurou-a pela cintura com as duas mãos. Puxando para baixo, levantando-a – não bastando mais que ela conduzisse o ato. Ele queria – precisava – lutar para sair de si mesmo, para encontrar refúgio nela. Para alcançar o lugar em que os dois podiam ser um.

– Não me ame.

Espontâneas, as palavras simplesmente escaparam da garganta dele. Não eram um pensamento, mas uma súplica.

– Tarde demais – ela sussurrou junto à orelha dele.

– Não me diga isso. Não pronuncie essas palavras.

– Eu te amo. – Ela segurou o rosto dele com as duas mãos e deu um beijo leve em seus lábios. – Eu te amo tanto.

Não restava nada contra o que ele precisasse resistir. Ash a trouxe para mais perto e, enquanto ambos caíam no precipício, nenhuma alegria poderia ser mais completa.

Ele estava completo.

Ash a abraçava muito apertado, dando beijos em seu cabelo.

– Eu te amo. Você nunca vai saber o quanto eu te amo. Não existem palavras.

Então Emma se endireitou, ficando ainda meio sentada. Os olhos grogues dela ganharam foco. Ela olhou para onde suas mãos repousavam; sobre as cicatrizes vermelhas e retorcidas. Toda cor fugiu do rosto dela. A expressão que lhe tomou a face já não era de amor e prazer, mas de pura repulsa.

– Emma?

Deus, por favor. De novo, não. Não ela.

Não me deixe. Nem agora, nem nunca.

– Desculpe – ela disse, saindo do colo dele. – Me desculpe, eu... eu tenho que...

Ela saiu da biblioteca correndo, fugindo para a sala ao lado.

Enquanto se levantava e puxava as calças, ele ouviu.

O som devastador, inconfundível, de sua mulher vomitando.

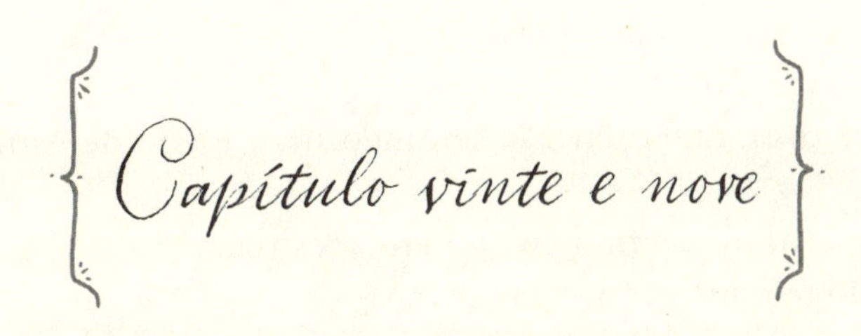

Emma se endireitou, tirando o cabelo do rosto. O suor em sua testa e seu peito tinha ficado gelado. Ela puxou um lenço do bolso para enxugar o rosto e o pescoço. Então ela se serviu de uma dose de xerez da garrafa no aparador e fez um bochecho para limpar a boca, depois, cuspiu a bebida no vaso da planta infeliz que ela tinha emporcalhado.

– Eu tentei avisar você – Ash disse atrás dela. – Você deveria ter me escutado. Eu disse que era para o seu próprio bem. Mas você insistiu mesmo assim.

Emma se virou para ele.

– Não estou entendendo. Do que você está falando?

– Foi a mesma coisa com... – ele não terminou.

Com Annabelle, ela concluiu a frase mentalmente.

Ele puxou os lados rasgados da camisa.

– Eu sabia que isso iria acontecer. Não que eu a culpe. É repulsivo, e isso é apenas um fato. Não estou bravo.

– É isso que você está pensando? – ela perguntou, levando a mão à testa, depois deixando-a cair. – Oh, Ash, meu burrinho querido. Não estou enjoada de repulsa. Estou grávida.

Ele arregalou os olhos e cambaleou para o lado.

– Não entendi.

– Você não entendeu? – Ela sorriu. – Vou explicar. Em quase todas as noites desde que casamos, e também em um bom número de dias, você me penetrou com seu órgão masculino e derramou sua semente nas proximidades do meu útero. Esse ato específico – ainda mais com a frequência com que o temos praticado – geralmente resulta em concepção.

– Mas você teve suas regras.

– Não tive, não.

– Você disse que estava se sentindo mal. Ficou de cama durante quatro dias.

– Eu *estava* me sentindo mal. Fiquei resfriada.

– Então por que não me disse?

– Mas eu *disse*. No bilhete. Eu estava preocupada que a doença fosse contagiosa, e não queria passá-la para você nem para as criadas. As mulheres da aristocracia realmente ficam de cama durante dias todos os meses? Posso lhe garantir que costureiras não podem se dar a esse luxo.

– Vamos parar de falar dos hábitos de menstruação das classes altas, por favor. O que estou dizendo é que você deveria ter me contado antes sobre isso.

Ela se virou para o lado.

– Era cedo demais para se ter certeza.

– Suas regras não vieram. Você começou a vomitar. Desmaiou depois do teatro. E, agora que estou pensando nisso, seu apetite tem variado bastante. Seja honesta, Emma. Você devia estar desconfiando disso há semanas.

– Talvez.

Ele a pegou pelo cotovelo e a virou para si.

– Então por que escondeu a gravidez de mim?

– Por causa do nosso acordo! Você disse, desde o começo, que assim que eu estivesse grávida, isto acabaria, e... – a voz dela falhou. – E eu não queria que acabasse.

– Oh, Emma. Quem é a burrinha querida agora? – Ele colocou as mãos no rosto dela. – Não acabou. Nunca poderia acabar. Prefiro morrer a deixar você ir embora.

– Então eu quero ficar com você. Morar com você. Acordar na mesma cama todas as manhãs, jantar junto todas as noites. Brigar e fazer amor e... jogar badminton, se você insistir. Criar com você nossos filhos.

Ele ficou tenso, como ela temia que ficaria.

– Não sou bom com crianças.

– Isso não é verdade. E o Trevor?

– Trevor é anormal. Muito anormal. – Ele apontou para si mesmo, enfiando o dedo no próprio peito. – Você sabe que não tenho paciência. Me irrito com facilidade. Sou exigente.

Ela enfiou o dedo no peito *dele*.

– E também é carinhoso. Leal. Protetor. – Como ele não respondeu, ela tentou de novo: – Então você é imperfeito. Quem não é? Ser imperfeito é melhor do que ficar longe.

Ele a envolveu em um abraço, abrigando a cabeça dela debaixo de seu queixo, mas Emma não se sentiu totalmente reconfortada.

– Eu nunca a abandonaria. Você sabe disso. Vou prover tudo que...

– Prover não é suficiente. Pais não devem ser estranhos para seus filhos. Não importa o que digamos para as crianças, as razões que vamos dar para elas... as crianças sempre vão temer, lá no fundo, que é culpa delas. Eu sei que você não quer magoar seus filhos desse modo.

– Emma...

– Você teve um pai maravilhoso e amoroso. Você o perdeu cedo demais para uma doença, mas nunca duvidou que ele o amava. Eu passei minha infância inteira me perguntando o que tinha feito de errado. Me perguntando quais eram os meus defeitos. Por que eu não merecia o amor dele?

Ele a puxou para si e a abraçou, murmurando palavras de consolo.

– E quando vi que não conseguia conquistar o amor do meu pai, fui buscar afeto em outros lugares. Nos lugares mais desaconselháveis. No filho de um fidalgo que já estava prometido para outra.

– E num duque misantropo monstruoso.

– Não é o que estou dizendo. E eu gostaria que você não falasse assim.

– *Eu* gostaria de ter conhecido você anos atrás.

– Ah, sim. Quando você podia escolher qualquer lady da Inglaterra? – Ela deu uma risada triste. – Você nunca teria olhado para mim.

– Eu gostaria de negar isso, mas anos atrás eu era estúpido demais. Talvez você esteja certa.

– Eu estou certa sobre muitas coisas. E estou lhe dizendo isto: nosso filho precisa do pai na vida dele. Não só de vez em quando, e não só por correspondência.

Ela se afastou e o encarou. Preocupação marcava o rosto dele. Ash duvidava de si mesmo. E quando um homem forte duvidava de si mesmo, isso significava algo. Ash não iniciaria nenhuma empreitada – ainda mais importante como aquela – se não tivesse certeza de que poderia fazê-la – e bem.

Emma não conseguiria resolver esse problema com palavras ou beijos. Ele mesmo teria que resolvê-lo.

– Temos muito tempo – ela sussurrou. – O bebê não vai nascer amanhã. Pelas minhas contas, você tem sete meses para se acostumar com a ideia.

– Você diz que um pai não deve ser distante. Mas eu não sou bom em deixar as pessoas se aproximarem. – Ele apertou o maxilar. – Não sei se sete meses vão ser suficientes.

Ela tentou não parecer desanimada.

– Eu admito que você tem uma cabeça bem dura. Mas eu tenho meus segredos para entrar nela.

Ou ela *teria* seus segredos, Emma prometeu para si mesma.

Assim que conseguisse inventar algum.

Emma nunca foi de comer tarde da noite. Mas, também, nunca tinha estado grávida.

Passava bem de meia-noite, e ela estava saindo da despensa para a cozinha – um prato de carne assada fria numa mão, um pote de geleia de amora na outra, e um pãozinho com manteiga preso entre os dentes – quando uma figura sinistra apareceu no seu caminho. A silhueta escura e ameaçadora estava entre ela e a lamparina que ela tinha deixado sobre a mesa.

Emma gritou.

Modo de dizer. Ela gritou através de um pãozinho com manteiga. O som que saiu foi mais um guincho, parecido com *Mraarmgffuudff!* O pote de geleia caiu no chão. Em pânico, ela jogou o conteúdo de seu prato no agressor.

– Vossa Graça, sou eu.

– *Mmmff?* – Ela virou a cabeça para o lado e cuspiu o pãozinho. – Khan?

– Sim. – Ele tirou uma fatia de carne do pescoço.

– Me desculpe. Você me assustou.

Ele se agachou aos pés dela e começou a recolher os pedaços do pote quebrado.

– É compreensível. Eu deveria ter desviado.

– Eu estava com fome – ela confessou, ajoelhando-se para ajudá-lo a limpar a sujeira. – Não quis acordar ninguém. A propósito, eu pensei que você estaria dormindo em sua cama.

– Um dos criados me acordou. – Ele tirou os pedaços do pote das mãos dela, depois limpou as mãos de Emma com uma toalha. – Parece que uma jovem surgiu à porta da residência, chorando, pedindo por Vossa Graça. O criado a colocou na sala de visitas.

– Oh, não.

Davina.

Emma abandonou os pratos de comida e disparou pelo corredor até chegar à sala. Ela encontrou Davina no divã, o rosto escondido nas mãos.

– Oh, querida. – Emma foi sentar ao lado dela e a segurou num abraço apertado. – Como foi que você veio parar aqui?

– Eu fugi. Meu pai tem um sono pesado. Ele nunca percebe quando saio à noite. – Ela pôs a mão sobre a barriga. – Foi assim que arrumei esta confusão.

– O que aconteceu?

A garota verteu lágrimas quentes no ombro de Emma.

– Minha criada descobriu a verdade. Ela sabe que faz meses que não tenho minhas regras, e quando ela me perguntou... Oh, eu não sou uma boa mentirosa.

– É porque você é uma pessoa de bom coração.

Davina fungou e se endireitou no divã.

– Ela ameaçou contar para o meu pai se eu não contasse. E não posso contar para o meu pai. Não posso. Ele vai ficar tão bravo.

Compaixão agarrou o coração de Emma e o apertou com força.

– Oh, Davina.

– Eu me sinto tão sozinha.

– Você não está sozinha. Eu prometi ajudá-la e pretendo manter essa promessa. – Ela deu tapinhas na mão da garota. – Sinto muito nunca ter tido a oportunidade de me aproximar de seu pai para obter a permissão dele, mas iremos sem permissão mesmo, se for o caso. Você pode ficar aqui esta noite e viajaremos para Oxfordshire amanhã.

– Espere. Ainda existe uma chance. Nós podemos obter a permissão do meu pai.

– Como?

– Vai haver um baile amanhã à noite. O último antes que a maioria da sociedade vá embora da cidade para o Natal.

– Na sua casa?

– Não. Apenas fui convidada. Mas se você e o duque puderem ir...

– Não sei, querida. Eu gostaria de dizer sim, mas... – Ela hesitou. – O duque reluta em ir a festas ou bailes. Ele detesta essas reuniões. E aparecer sem um convite...

– Um duque e uma duquesa recém-casados? Ninguém barraria sua entrada. A garota pegou a mão de Emma e a apertou. – Por favor, Emma. Estou implorando. Se eu fugir, posso conseguir esconder isto do meu pai por mais algumas semanas. Mas ele vai acabar descobrindo a verdade. Esta é a única chance.

– Então precisamos aproveitá-la. – Emma se decidiu. Ela não queria ir a um baile. Ash, com certeza, iria preferir uma agulha no olho. Mas Davina precisava disso, e ela não podia decepcionar a garota. – É melhor você ir antes que sintam sua falta. Vou pedir a carruagem para levar você para casa.

Minutos depois, Emma acompanhou a lacrimosa Davina até a carruagem e se despediu dela com um abraço apertado.

Depois que o criado fechou a porta da carruagem, Emma bateu na janela.

– Eu quase esqueci de perguntar – ela disse alto, para ser ouvida através do vidro. – Quem está oferecendo o baile?

Davina gritou sua resposta enquanto a carruagem se afastava.

Uma resposta que destruiu o apetite de Emma.

Ash surpreendeu Emma no hall de entrada, no momento em que ela fechava a porta atrás de si.

– Quem era? Por que você não me acordou?

– Não havia tempo para explicar.

– Temos tempo agora. – Ele seguiu Emma enquanto ela subia a escada.

– Sinto muito, mas na verdade não temos. Eu preciso arrumar minhas coisas, mas isso pode esperar até amanhã. Primeiro preciso providenciar o vestido.

– O vestido? – Ash estava perdido. Do que ela estava falando? – Você precisa se acalmar e me contar tudo. Desde o início.

– A moça na sala de visitas era a Srta. Davina Palmer. Eu fazia os vestidos dela no ateliê de costura. Ela é jovem, está grávida e absolutamente aterrorizada, sem ter a quem recorrer. Eu prometi que iria ajudá-la. É por isso que vamos a um baile amanhã. – Ela olhou para o relógio. – Na verdade, é esta noite.

Quê?

Depois que os dois foram para o quarto de Emma, Ash fechou a porta e retomou a conversa.

– Eu não consigo entender como nosso comparecimento a um baile pode ajudar uma jovem que se encontra nessa situação.

– É bem simples. Eu vou convidar a Srta. Palmer para ir comigo a Swanlea. Contudo, ela vai precisar da permissão do pai para aceitar o convite. Para que isso aconteça, precisamos conhecer o pai dela. Portanto, temos que ir ao baile.

Emma foi até o quarto de vestir e começou a vasculhar seu guarda-roupa, escolhendo um par de meias e sapatos prateados de salto alto e levando tudo até a cama.

– Droga. Se pelo menos o vestido vermelho não tivesse estragado na chuva. Vou ter que inventar outra coisa, e rápido. Graças a Deus eu encomendei casaca e calças novas para você, quando renovei seu guarda-roupa.

Exausto, Ash apoiou o cotovelo na cômoda. Afinal, eles estavam no meio da noite. Talvez ele estivesse sonhando com tudo aquilo.

– Eu não vou ao baile dos Palmer – ele declarou. – Nem você.

– Não é o baile dos Palmer. – Ela fez uma pausa. – É a festa da família Worthing.

Ash precisou de vários minutos para recuperar sua capacidade de falar.

– Da família *Worthing*?

– Sim.

Ela queria ir a um baile na casa de Annabelle Worthing. *Jesus, Maria...* Inconcebível.

– Acredite em mim – ela disse –, também não me sinto à vontade com isso. É claro que eu preferia que fosse em qualquer outro lugar. Mas não é, e isso precisa ser feito.

Ela tinha enlouquecido. Ele culpou o estado interessante em que Emma estava. Parecia que a gravidez pegava o bom senso da mulher e o atirava pela janela mais próxima.

– Ash, por favor. Eu nunca pediria isso para mim. Mas a Srta. Palmer não tem mais ninguém.

– E o pai da criança? E a família dela?

– Ela não pode confiar neles.

– Por que você acha isso?

– O fato de ela ter me *dito* isso. Ela pode ser jovem, mas é uma mulher adulta. Ela sabe o que está dizendo... ainda que pareça não compreender exatamente como funcionam os órgãos reprodutores humanos.

– Como é que convidá-la para ir a Swanlea ajudaria?

– Ela quer ter o filho em segredo e encontrar uma família para criá-lo. Se isso acontecer no interior, ela pode voltar para Londres na próxima temporada e ninguém vai ficar sabendo.

– Não. – Ele passou a mão pelo cabelo. – *Não*. E não é por causa do baile. Você não vai viajar com uma jovem grávida e nos envolver em uma fraude durante meses. Não vou permitir e, com certeza, não vou fazer parte disso.

– Ash, por favor. Se você realmente...

Ele levantou a mão.

– Pare aí mesmo. Não comece esse jogo.

– Que jogo?

– O jogo do "se-você-me-amasse-faria-o-que-estou-pedindo". Porque eu posso devolver a bola para você. Se *me* amasse, você não pediria isso. Se me amasse, você confiaria no *meu* bom-senso. Se me amasse, você devolveria minhas cortinas. Isso não é nada mais que uma tentativa patética de chantagem, e se vai jogar tão baixo, pelo menos peça alguma coisa que envolva joias ou nudez.

Ela encontrou um par de luvas até o cotovelo e o acrescentou a pilha crescente sobre a cama.

– Um de nós vai ter que ceder. Não podemos, os dois, vencer este caso.

– Então eu venço.

– Por quê?

– Porque sou homem, seu marido e um duque.

Emma reagiu a isso do modo que ele desconfiava que ela reagiria – dando-lhe um olhar irritado. Mas, pelo menos, parou de ficar deslizando pelo quarto como uma bola de bilhar.

Ela se deixou cair sentada na beira da cama.

– Eu tenho que ajudar Davina, Ash. Você precisa entender o motivo. Poderia ser eu no lugar dela.

– Certo, mas não é. – Ele foi se sentar ao lado dela. – Seja sincera. Você está querendo fazer isso pela Srta. Palmer ou por si mesma?

– Pela Srta. Palmer. E por mim mesma. E por todas as jovens que são punidas pelo grande crime que é seguir o coração. Só restam algumas opções a Davina, mas essas opções têm que estar nas mãos dela. Não nas de seu amante, nem nas de seu pai. E, definitivamente, não nas suas.

– Isso tudo seria muito bonito e eu não discutiria com você... se não estivesse planejando usar minha casa para essa fraude.

– Não vou usar sua casa. Pretendo usar a *minha* casa. A que você me prometeu desde o início.

– O que você quer dizer com isso?

Ela o encarou no fundo dos olhos.

– Você me disse que eu poderia ir para Swanlea quando estivesse grávida. Bem, eu estou grávida.

Apesar de ainda ser madrugada e estar escuro lá fora, para Ash o quarto ficou repentina e insuportavelmente iluminado. Relógios batiam e o fogo crepitava; os sons produziam um clamor em seu cérebro. Ele precisava silenciá-los. Ele precisava silenciar tudo.

Oh, Deus.

Emma estava certa. Ele tinha lhe dito, em sua primeira semana de casamento, que ela poderia ir para Swanlea assim que estivesse grávida – e não antes. E desde aquele dia ela tinha trabalhado com afinco para fazer a gravidez acontecer.

– Então esse plano não lhe ocorreu agora. Você está tramando isso desde o início.

– Não faça isso. Não me culpe por ter razões práticas para aceitar sua proposta, quando sabe muito bem que você também as tinha. Foi um casamento de conveniência para nós dois, no começo. – Ela levantou da cama e foi até a cômoda.

Ele passou a mão pelo rosto.

– Isso explica tudo. Por que você queria tanto que Swanlea estivesse pronta no Natal. Por que me cobriu de carinho. Você me disse que estava apaixonada. Atraída fisicamente pelo meu corpo, embora seja um show de horrores. Deus, que ridículo. Você deve me achar um idiota.

Ele *era* um idiota. Ash deveria ser inteligente o suficiente para sabe que nenhuma mulher podia se sentir assim por ele.

Andando de um lado para outro, ele afinou a voz, imitando Emma.

– "Vamos ao teatro. Vamos tomar chá com a Penny. Deixe-me vestir você com roupas novas e elegantes. Oh, você é tão maravilhoso e atraente."

– Ash, você está sendo ridículo.

– Eu deixei você me chamar de *docinho* – ele grunhiu. – *Isso* é ridículo.

– Ah, você achou isso ruim? Eu estava só começando. Você é um *Winerbrød*.

– Essa é a coisa mais indigna que eu já ouvi – ele vociferou. – E eu nem sei o que significa.

– É um doce austríaco. – Ela levantou o queixo. – E é provável que seja uma delícia, mas se eu tivesse um agora, jogaria na sua cabeça.

– Você é muito esperta, não é mesmo? Esse tempo todo esteve tramando. Não é de admirar que estivesse tão disposta a abrir suas pernas para mim em qualquer canto da casa. Quanto antes cumprisse seu dever de ficar grávida, tanto antes poderia fugir. Não é isso?

– *Não* é isso! – Emma bateu a escova de cabelo na cômoda. – Como você *ousa*? Como ousa sugerir que tudo que fizemos foi vulgar e por interesse? Como pode pensar isso de mim? – Ela se enfureceu com um emaranhado de grampos de cabelo. – E tudo isso porque lhe pedi para me levar a um baile.

– Se eu quisesse ir a bailes, teria me casado com Annabelle e estaria oferecendo um esta noite. Eu casei com *você* exatamente para evitar essa provação.

Ela se virou para ele fuzilando-o com os olhos, e ele bem que merecia.

– Deus, como eu detesto aquela mulher. Ela fez com que você se sentisse um monstro e, desde então, você se dedicou a transformar isso em verdade. Eu posso lhe dizer cem vezes o quanto o desejo, o quanto o amo... mas, ainda assim, você prefere acreditar na palavra dela e não na minha. Ela o transformou em alguém impossível de se conviver, e difícil demais de amar.

– Bem – ele disse, severo. – Permita-me lhe poupar de mais dificuldades.

– Não é o que eu quis dizer e você sabe.

– Não sei se conheço você, na verdade.

Ash estava ciente do tom mordaz de sua voz, mas não conseguiu se obrigar a suavizá-lo. Ele estava ferido, cambaleante, e aquele impulso familiar, odioso, dominou seu cérebro. Aquela necessidade de atacá-la, de deixá-la tão ocupada com suas próprias feridas que não conseguiria prestar atenção nas dele.

Mas não estava funcionando. Nunca tinha funcionado, não com ela.

– Você tem medo – ela disse.

– Eu não tenho medo.

– Você tem medo de tudo. De ser amado. De amar. De ser um bom pai para seu próprio filho. E está começando uma briga comigo porque está morrendo de medo de ir a uma droga de baile. Pode vociferar o quanto quiser, Ash, você não me engana.

– Você também não me engana. Nada dessa bobagem que está tramando tem a ver com Davina Palmer. Tudo isso tem a ver com você. Não finja que não. Ao dizer a ela para fugir do pai, você acha que pode acertar as contas com o seu.

Eles ficaram um instante em silêncio, olhando para tudo no quarto, menos um para o outro.

– Eu sinto que isto tenha aparecido como uma surpresa – ela disse. – Eu devia ter lhe contado sobre Davina. Não confiar esse segredo a você foi um erro. Mas não acredito estar errando ao ajudá-la.

– Tudo bem – Ash disse, cansado. – Vá a esse baile. Minta para todo mundo. Tire uma garota vulnerável da família e a esconda no interior, se quiser. Não vou impedir você, mas também não vou participar disso.

– Eu vou sozinha, se necessário, mas não vamos nos separar bravos.

– Não tem braveza nenhuma. Por que eu estaria bravo? Você tem toda razão. Nós tínhamos um acordo. Você me permite engravidá-la e eu lhe dou uma casa.

– Eu te amo. Você *sabe* disso.

Mas ele *sabia* mesmo?

Sim, ele tinha ouvido as palavras, mas depois dos últimos quinze minutos, Ash não tinha certeza de que acreditava nelas.

Não, isso era injusto com Emma.

Ele não tinha certeza de algum dia ter acreditado nessas palavras, nem de que algum dia conseguiria acreditar nelas.

– Está tarde. – Ela se aproximou dele. – Vamos voltar para a cama. Tudo vai ficar mais claro pela manhã.

Ele a manteve longe com a mão estendida.

– Eu acho que, para mim, já está tudo claro. Vou mandar uma mensagem expressa para Swanlea orientando a criadagem a preparar a casa para sua chegada. Você vai com a carruagem, é claro. Pode partir com a Srta. Palmer assim que desejar. Vou mandar Mary depois, com o resto de suas coisas.

Ash sabia que estava a ponto de ir longe demais. De magoar demais, ferir demais. Se ele fosse o homem de que Emma precisava, iria se conter. Mas ele não era mais um homem sadio e completo. Algumas partes dele estavam faltando. Outras estavam retorcidas, impossíveis de reconhecer, tanto por dentro quanto por fora. Ele estava amargurado demais para merecer o amor dela, deformado demais para mantê-lo.

E ele era feio demais para ficar ao lado dela. Num salão de baile ou em qualquer outro lugar.

Esse era o motivo, ele procurou se lembrar, pelo qual tinha insistido em um acordo temporário. A situação da amiga da esposa era um lembrete oportuno. O casamento deles não foi feito para durar.

– Ash, não faça isso.

Ele pôs a mão na maçaneta e se preparou para sair.

– Como você disse, nosso acordo foi cumprido. Você não precisa voltar.

Você não precisa voltar.

Emma ficou olhando para a porta fechada. Lágrimas arderam nos cantos de seus olhos. Ela tinha sido rejeitada assim antes, e reconheceu a sensação. Como se seu estômago tivesse sido jogado dos penhascos de Dover. Amarrado a uma pedra. Que estava amarrada a uma bigorna.

Mas ela não tinha ninguém para culpar, a não ser ela mesma.

O coração dela era um tolo, e parecia que nunca, nunca iria aprender.

Felizmente, ela não tinha tempo para ficar chorando. Havia trabalho a ser feito. Ela precisava de um vestido. Não apenas um vestido, mas *o* vestido. Luxuoso, elegante, impecável. Um vestido que anunciasse não apenas riqueza, mas refinamento e um bom-gosto incomparável. Ela precisava parecer uma duquesa.

Após anos usando suas habilidades para fazer aparecer a beleza de outras mulheres – e do eventual homem indigno –, ela precisava, agora, empregar essas habilidades em si mesma. Dar uma boa olhada no espelho. Parar de se concentrar nos defeitos que precisavam ser escondidos e prestar atenção na beleza que pode ser destacada.

Ela tinha um dia. E pouca coisa com que trabalhar, a não ser alguns metros de cortina de veludo azul-safira e alguns adornos que sobraram da peliça de Davina. Um punhado de pérolas falsas, um pouco de fita. Seu olho parou nos pentes reluzentes que ela tinha usado no teatro. Talvez ela pudesse tirar os cristais.

Muito bem, então. A primeira coisa de que ela precisava era um padrão. Era mais fácil tirar as partes de um vestido que já tinha sido feito para suas medidas. Ela foi até o armário, pegou seu único vestido bem-feito e começou a desfazer as costuras.

A sensação foi boa.

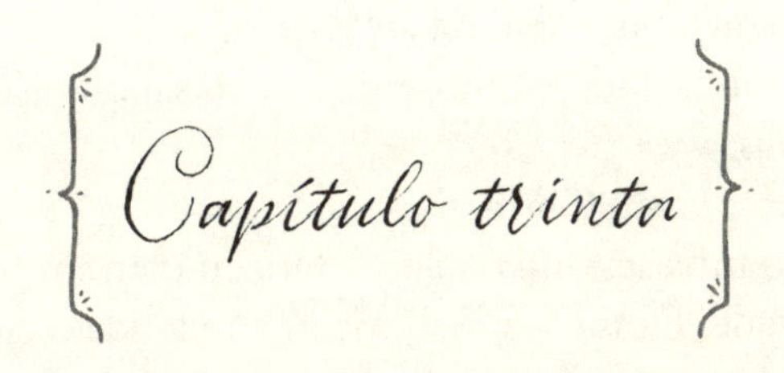

Capítulo trinta

Ash precisava dar vazão às suas emoções, e badminton não bastaria. Não essa noite. Ele continuava confuso, continuava bravo. Mais que tudo, ele estava irritado consigo mesmo.

Emma tinha saído de casa seis minutos atrás e ele já sentia uma imensa falta dela.

Ash se recusara terminantemente a vê-la sair para o baile ou se despedir dela. Seria perigoso demais.

De qualquer modo, ele estava sofrendo. Não importava a que lugar da casa fosse, não conseguia escapar ao seu sofrimento. O gato o seguia, culpando-o com miados queixosos. Emma tinha tirado as cortinas de todas as salas para permitir a entrada da luz. O simbolismo disso era banal e piegas, e lhe deu vontade de jogar pedras nas janelas para depois deitar, prostrado, no carpete, desesperado de saudade.

Definitivamente, era hora de algum esporte másculo. Críquete à luz de velas? Ele já tinha feito coisas mais estranhas que isso.

No salão de baile, Ash estendeu uma passadeira de Aubusson tirada do corredor, e começou a praticar rebatidas com um bastão de críquete.

No centro do salão estava Khan, aguentando, carrancudo, seu papel de lançador.

– Vamos lá, lance. – Ash estava pronto para acertar alguns retratos na parede mais distante do salão.

Khan pegou uma bola na cesta, girou o braço, deu um passo à frente e fez o lançamento. Com bastante vigor, como se viu. A bola quicou com força na passadeira. Ash rodou o bastão, mas só pegou ar.

Ele olhou para a bola perdida atrás de si.

– Só estou aquecendo os músculos, você sabe. – Ele praticou mais algumas rebatidas.

– Mas é claro, Vossa Graça.

Khan pegou uma segunda bola e a lançou com surpreendentes velocidade e habilidade. Dessa vez, Ash roçou a redonda – de leve.

– Você tem um braço bom, não é mesmo?

O próximo lançamento do mordomo quicou bem junto aos pés de Ash, subindo e acertando sua canela com o diabo de uma pancada violenta.

– Ai. – Ash massageou a perna dolorida com a palma da mão. – Tome cuidado, sim?

Antes mesmo que ele pudesse levantar o taco, Khan lançou outra bola. Esta acertou Ash bem na coxa. Não restava dúvida de que ele tinha mirado em Ash de propósito.

– Por que você fez isso?

– Você vai deixá-la ir, seu maldito tolo.

Ash jogou as mãos para cima.

– É o que ela quer! Está planejando isso há meses. Emma me manipulou a fazer sexo com ela em toda a casa, frequentar a sociedade e a... e a *sentir* coisas. – Ele andava em um círculo, sacudindo a perna que latejava de dor.

Ash mal teve tempo de se abaixar quando outra bola veio em sua direção e passou zunindo por sua orelha.

– Minha nossa. Que droga você está fazendo?

– Um projétil acabou com seu bom senso, algum tempo atrás. Talvez outro possa lhe devolver a razão. – Khan pegou outra bola. – Você prometeu amar, consolar, honrar e manter sua esposa. Tudo isso consta nos votos. Eu estava lá.

Ash levantou o bastão e o apontou para o mordomo.

– Então você deve lembrar que ela jurou me obedecer. Diga-me se isso está funcionando.

O mordomo colocou o braço para trás, preparando-se para lançar a bola. Ash se encolheu.

– Espere. – Ele jogou o bastão de lado e levantou as duas mãos, rendendo-se. – Quer me escutar por um instante? Se ela quer ir para o interior, é melhor assim. – Ele passou a mão pelo rosto retorcido. – Ela não precisa de mim.

– É *claro* que ela não precisa de você. – As palavras indignadas de Khan ecoaram pelo salão de baile. – Apenas um tolo enfatizaria isso.

– O que eu devo fazer, então?

Khan soltou um suspiro de impaciência.

– Vá. Ao. *Baile*. Quer concorde com ela ou não. Quer ela vá para Swanlea ou não. Você sabe que a Srta. Worthing vai estar salivando para despedaçá-la. Se você a fizer encarar essa situação sozinha, então não é melhor do que o resto deles. Primeiro aquele canalha do Giles...

Ash franziu o cenho.

– Que Giles?

– O filho do fidalgo. Em Hertfordshire. Não me diga que ela não...

– Sim, sim. É claro que ela me contou. Eu não perguntei o nome do canalha.

Khan recomeçou.

– Primeiro Giles. Depois o pai. Em seguida, aquele vilão do Robert...

– Espere, espere, espere. Houve um Robert?

O mordomo jogou a última bola de críquete.

– Robert. O que fingiu estar cortejando-a, quando na verdade só queria saber a respeito das ladies que iam ao ateliê da modista? O que fugiu com a herdeira da borracha? Ela deve ter lhe contado.

Não só Ash não sabia a respeito de Robert, como também não fazia ideia de que existia algo como "herdeira da borracha".

Khan andava pelo salão de bailes, recolhendo as bolas de críquete à cesta.

– Todos esses homens erraram com Emma da mesma forma. Eles escolheram proteger o próprio orgulho em vez de ficar ao lado dela. E agora você está fazendo o mesmo. Prefere vagar por Londres brincando de "monstro" do que ficar ao lado dela por uma noite e ser o homem de que ela precisa. Que coisa mais infantil.

Ash gemeu.

– Você vai perdê-la. E quando isso acontecer, também vai me perder. Servi à sua família durante trinta anos. Mereço uma aposentadoria, e não vou ficar ajudando essa autopiedade sem sentido. Desejo-lhe toda felicidade vivendo sozinho e envelhecendo com seus vinte gatos.

– Eu nunca esperei um fim diferente – Ash protestou. – Emma e eu fizemos um acordo de conveniência, não um casamento por amor.

– Vossa Graça não reconheceria um casamento por amor nem se este o socasse no estômago. – O mordomo pôs a cesta de bolas de críquete aos pés de Ash. – Desvie.

– O quê?

Poff.

Khan lhe deu um soco no estômago. Ash se dobrou.

O mordomo ajeitou seu colete.

– Você deveria ter se desviado. – Ele fez uma reverência completa, depois saiu do salão.

Ash ficou atônito e curvado, esforçando-se para respirar. Ele apoiou uma mão na parede.

– Droga, Khan.

Ele pensou que tinha merecido aquilo. E, falando sério, o que era mais um ferimento?

Ash passara anos sofrendo. Para falar a verdade, Emma também. Nenhum dos dois podia fazer as feridas do outro sumirem. Ele não podia voltar no tempo e dizer para ela não desperdiçar seu amor numa série de homens cada vez mais indignos.

Ash foi a pior escolha de Emma. Ele deveria ter sido o único homem na vida dela que não a decepcionaria?

Impossível. Já era tarde demais.

Mas, que tudo fosse para o inferno. Talvez o mordomo tivesse razão. Essa noite era diferente. As fofoqueiras de Londres comeriam Emma viva, e o mínimo que ele podia fazer era se jogar lá como o corte de carne mais suculento. Chamar a atenção era uma tarefa para a qual ele estava muito bem preparado.

– Khan! – Ele saiu para o corredor com passadas largas. – Escove minha casaca preta e encere minhas botas.

Na outra extremidade, o mordomo lhe lançou um olhar de tédio.

– Já fiz tudo isso, Vossa Graça.

– Você é *tão* insuportavelmente presunçoso.

– De nada.

Em seu quarto, Ash pulava em um pé só enquanto calçava a bota no outro. Ele girou para trás enquanto caçava a manga da casaca. O nó de sua gravata parecia uma batata cozida. Enfim, ele decidiu que já tinha colocado lã e algodão suficientes sobre sua pessoa, ainda que estivesse em completo desalinho.

Após uma corrida louca escada abaixo, ele escancarou a porta dos fundos para partir e...

E o maldito gato passou correndo por entre suas botas, desaparecendo na viela atrás do estábulo.

O *bastardinho.*

Ash saiu atrás do bichano. Ele não podia deixar a maldita fera escapar. Alguém, ou alguma coisa, precisava estar em casa para receber Emma se todo o resto desse errado.

– Calças! – ele gritou, correndo até a esquina e virando à esquerda. – Venha, Calças, Volte. – Ele assobiou, arrulhou, estalou os dedos, olhou dentro de cada fenda e nicho. – Calças!

Ash tentou muito não pensar naquela cena. Um louco desfigurado correndo para baixo e para cima, pelas vielas escuras de Mayfair, gritando as palavras "venha" e "calças" enquanto fazia sons de beijos. Tudo isso com o cabelo desgrenhado e o colete desabotoado. Excelente.

Quando o trio de homens o encurralou em uma viela sem saída, derrubando-o no chão e colocando um saco em sua cabeça, ele não podia dizer que estava muito surpreso. Ash teve certeza de que os homens pretendiam levá-lo para o hospício de Bedlam.

Ele estava, infelizmente, muito enganado.

Seriamente enganado.

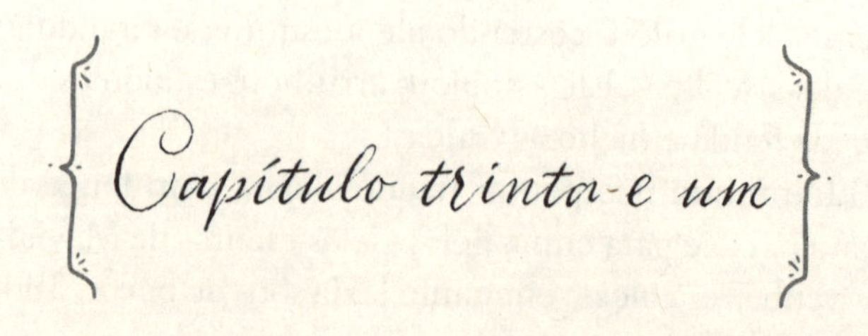

Capítulo trinta e um

Ash andava de um lado para o outro da cela, resmungando consigo mesmo. Todas as palavras que ele tinha contido durante anos, cada imprecação que seu pai o proibira de pronunciar... ele estava guardando para essa ocasião. A hora tinha chegado.

– Merda. Cacete. Maldição. Porra.

O colega de cela bêbado o observava do canto em que estava, seguindo seus movimentos com olhos vidrados.

– Ei. Cuidado com o linguajar, tudo bem?

– Cuide dos seus próprios problemas. – Ele chutou a parede da cela. – Porra.

Porra, porra, porra.

Isso era um desastre.

Ele foi até a porta da cela e gritou para os guardas.

– Vocês aí. Libertem-me agora mesmo. Eu sou o Duque de Ashbury.

Os guardas riram.

– Ouviram isso, rapazes? – um deles disse. – Temos um duque entre nós! O próprio Monstro de Mayfair, que está aterrorizando mulheres e criancinhas há meses... é um duque. Vejam só.

– Eu não sou um monstro – Ash protestou. – Eu... eu sou apenas incompreendido. Leiam os jornais mais recentes. Doei uma fortuna para viúvas de guerra, levei doces para um orfanato.

– Não acredito em nada disso – outro guarda disse.

– Notícias falsas, se quer saber o que eu acho – concordou o primeiro. – Não dá para acreditar nos jornais.

Ash grunhiu. *Se você não acredita nos jornais, por que estou aqui?*

– Filhotinhos! – ele gritou ao se lembrar. – Eu salvei filhotinhos de um prédio em chamas.

– Claro que salvou. E deve ter tomado o sangue deles, isso sim!

Após mais algumas voltas na cela, Ash decidiu tentar uma abordagem diferente.

– Isto é sequestro. Sequestrar um nobre é um crime capital. Se não me soltarem, vou fazer com que sejam enforcados.

Os guardas riram dele.

– Tem uma recompensa. Nós vamos é ficar vinte libras mais ricos, isso sim.

Com um gemido baixo, Ash descansou a testa nas barras. E então bateu a cabeça nelas várias vezes.

– Não adianta. Eles nunca vão acreditar em mim.

O colega de cela bêbado arrotou e depois começou a falar, com a voz arrastada.

– Eu acredito em Vossa Graça.

– E isso adianta muito. – Ash se recostou na parede. – Você ouviu as histórias fantásticas que estão contando. Parece que minha lenda superou a verdade.

– Você devia ter pensado nisso antes.

– Obrigado pelo conselho sábio.

Emma estava com a razão. Ash tinha deixado essa história de monstro ir longe demais e agora estava pagando o preço. Ele devia ter se apresentado semanas atrás. Era absurdo pensar que poderia ter permanecido nas sombras para sempre.

Emma merecia coisa melhor. Cada minuto que se passava era outro minuto em que Ash não estava lá quando ela precisava dele. Um minuto mais perto de perdê-la completamente. Ele teve vontade de abrir um buraco na parede com um soco. Foi até as barras e as sacudiu.

– Você aí! – ele gritou. – Solte-me e eu lhe dou minhas roupas. Minhas botas são da Hoby. Paguei oito libras por elas.

Ele tirou o casaco e o pendurou através das barras de ferro.

– Meu casaco! A mais fina alfaiataria. Vale... – Ele fez uma pausa. Quanto aquilo valia? Ele não fazia ideia. Era inestimável para ele. Emma o tinha escolhido.

Apesar disso, ele o venderia, e com alegria. Ela era muito mais preciosa.

– O colete é de seda. Pode ficar com a minha camisa, também. – Ele soltou a gravata e começou a desabotoar a camisa. – Estes botões são de madrepérola, valem um xelim cada.

Ele tiraria toda a roupa, se fosse necessário, depois correria nu pelas ruas de Londres e faria com que o baile de Natal dos Worthing fosse algo de que a sociedade nunca esqueceria. Orgulho não lhe valia de nada no momento.

Ele sacudiu as barras outra vez.

Seu colega de cela deu uma tossida carregada.

– Quanto você quer pelas meias?

Ash percebeu agitação e conversa no posto dos guardas. Ele foi até as barras e escutou. Não era possível entender as palavras, mas ele percebeu que havia uma discussão em voz baixa.

Uma das vozes era feminina. O coração dele falhou. Quem podia ser? *Emma?*

Seria esperar demais que ela tivesse vindo resgatá-lo, desculpando suas estupidez e inutilidade?

– Não é sua mulher – o colega com cheiro de gim disse.

O bêbado banguela estava certo. Era esperar demais.

Passos ecoaram pelo corredor. Muitos passos.

Lady Penelope Campion correu até a cela e segurou nas barras.

– Em primeiro lugar, deixe-me tranquilizá-lo. O gato está bem. Na minha casa, apreciando uma bela sardinha.

– Minha nossa, Penny – Alexandra Mountbatten juntou-se à amiga. – Ele não está preocupado com o *gato*.

Na verdade, Ash estava um pouquinho preocupado com o gato. Mas a prisão e a humilhação iminente de Emma ocupavam mais suas preocupações.

Nicola também se aproximou, do lado de fora da cela.

– Nós tínhamos bolado um plano para sua fuga. Alex iria sincronizar nossos relógios, e eu iria assar um bolo com remédio para dormir, que depois daria para os guardas.

– Eu queria trazer a cabra – Penny disse. – Como distração, você sabe.

A Srta. Mountbatten levantou as sobrancelhas e deu um olhar do tipo "você vê o que eu tenho que aguentar" para Ash.

– E então nós decidimos juntar nosso dinheiro e optar pela solução mais sensata: suborno.

– Sim, é provável que essa tenha sido a melhor solução – Ash concordou.

O guarda veio pelo corredor. Ele deu um olhar pretensioso para Ash enquanto virava a chave na fechadura e o libertava.

– Não pense que isto significa que você está livre. O clamor público continua. Aposto que você vai estar de volta antes do amanhecer.

Ash podia lidar com isso depois. Desde que tivesse as próximas horas, que era tudo que importava.

Antes de ir embora, ele jogou o casaco para o bêbado.

– Aqui. Faça algo com essa tosse.

Depois que saíram para o ar fresco da noite, ele agradeceu às suas três salvadoras.

– Estou em dívida com todas. Vocês são boas amigas para Emma.

– Não seja bobo, Ash – disse a Srta. Teague. – Também somos suas amigas.

Ash se deteve por um instante. Aquela declaração o aqueceu de um modo para o qual ele não tinha tempo no momento.

Penny pôs algumas moedas na mão dele e Ash procurou um cabriolé.

– Como vocês sabiam que eu estava aqui?

– Bem, primeiro o gato apareceu no meu jardim – Penny explicou. – Quando eu o levei para Khan, este disse que você tinha saído, mas quando voltamos pelo estábulo, os cavalos e a carruagem continuavam lá. Então um garoto com roupa preta de esgrima apareceu do nada à sua procura.

Nesse momento, Trevor apareceu.

– Eu soube que o Monstro tinha sido capturado. Você sabe que eu sempre fico atento ao movimento.

– Ele é um jovem extraordinário – Alexandra Mountbatten disse.

– Sim – Ash disse. – As mulheres ficam me dizendo isso.

– Leve isto. – Trevor tirou uma sacola do ombro e a colocou no chão, abrindo-a e tirando uma capa preta e uma cartola. – Depois daquela manhã na estalagem, não tive uma oportunidade de devolvê-las.

– Não preciso delas – Ash disse. – Na verdade, acho que devem ficar com você. Esse disfarce que você usa é pavoroso. Amador da pior forma.

– Sério? Posso ficar com elas?

– Com o título de Monstro de Mayfair também, se desejar. – Ele levantou o braço e um cabriolé parou na esquina. – Você completou seu aprendizado.

O garoto colocou a cartola na cabeça.

– Cacete!

– Tem outra coisa – Ash observou enquanto andava de costas até o cabriolé. – Você vai ser um cavalheiro. Não xingue como um grosseirão.

Se precisar xingar, faça-o de modo educado. – Ele abriu a porta do cabriolé e entrou. – Tire suas imprecações de Shakespeare.

– Sua Graça, a Duquesa de Ashbury.

Com Emma parada na entrada do salão de bailes da Casa Worthing, todos os convidados fizeram silêncio e se voltaram para observá-la. Ela reconheceu várias ladies que eram clientes do ateliê de Madame Bissette.

Do meio delas, Annabelle Worthing lançou-lhe um olhar penetrante.

Emma engoliu em seco. *Que Deus me ajude.*

Não. Isso não era necessário, ela decidiu. Não seria Deus quem a ajudaria. Ela tinha aprendido essa lição há muito tempo.

Na maioria das vezes, uma garota precisa ajudar a si mesma.

Essa noite seria uma dessas vezes.

Certa vez, entrou caminhando em Londres, sozinha, no meio do inverno. Ela se recusou a sucumbir ao desespero ou à fome. Encontrou trabalho e construiu uma vida nova na cidade. Se preciso, Emma engoliria cada agulha do ateliê de Madame Bissette, mas não permitiria que Annabelle Worthing a vencesse.

Essa noite, Emma seria sua própria fada madrinha, seu próprio príncipe encantado. Até mesmo seu próprio cavaleiro de armadura reluzente – ou melhor, sua própria lady num vestido reluzente.

Ela podia fazer isso.

Ao entrar no salão de baile, Emma manteve a cabeça erguida. Não estava ali para fazer amizades. Ela estava ali para salvar uma amiga que já possuía.

Por falar em Davina, a jovem se aproximou imediatamente. Emma foi ao encontro dela. As fofocas moviam-se em ondas que se espalhavam pelo salão. Emma precisava acertar a situação antes que os boatos chegassem ao Sr. Palmer.

– Emma. – Após a mesura obrigatória, Davina a beijou no rosto. – Estou encantada de vê-la. Por favor, deixe-me lhe apresentar meu pai. Este é o Sr. William Palmer. Papai, esta é Emma Pembrooke, Duquesa de Ashbury. Minha amiga.

Emma estendeu a mão e o Sr. Palmer curvou-se sobre ela.

– Estou honrado, Vossa Graça.

– Sr. Palmer. Que prazer conhecê-lo, afinal. Tenho apreciado muito a amizade de Davina.

O Sr. Palmer olhou com orgulho para a filha.

– Ela é uma boa garota, não é? Saiu melhor do que esperávamos. Fiz meu melhor por ela, e essa menina me deixa orgulhoso.

Davina desviou o olhar, constrangida.

Emma inclinou a cabeça e sorriu de um modo encantador.

– Preciso avisá-lo: eu pretendo roubá-la. Com sua permissão, é claro, e apenas por algum tempo. Vou passar o inverno na casa de campo do duque, em Oxfordshire, e adoraria se Davina pudesse ir comigo.

– Oh, por favor, deixe-me ir, papai. – Davina agarrou o braço do pai. – Tem tão pouco o que se fazer na cidade depois do Natal. Mayfair vai estar uma tristeza. E acredito que um pouco de ar do interior vai fazer bem para a minha saúde. – Ela deu uma tossida seca, pouco convincente.

Emma sorriu e pegou o braço de Davina.

– Eu adoraria tê-la comigo, Sr. Palmer.

Este, por sua vez, parecia estar querendo ser diplomático.

– Perdoe-me, Vossa Graça. Sinto-me honrado que convide minha Davina, é claro. Mas deve admitir que tudo isso é muito repentino. Acredito que ainda nem tive o prazer de conhecer o duque.

Emma fez um gesto de pouco caso.

– Oh, Ashbury me deixa fazer tudo que eu quero. Ele nem veio ao baile. A residência de Oxfordshire é para meu uso pessoal. – Ela baixou a voz. – Posso lhe fazer uma confidência, Sr. Palmer?

– Sim, é claro – ele concordou.

– Meu estado é interessante. Pelos próximos meses, vou estar confinada a uma casa nas vizinhanças tranquilas de Oxfordshire. É tudo muito seguro e correto, mas eu ficaria tão feliz se pudesse ter a companhia de Davina. Você estaria me fazendo um favor e tanto.

– Bem, talvez Vossa Graça e o duque possa me dar a honra de jantar conosco para discutirmos isso.

– Não existe nada que eu adoraria mais – Emma respondeu, pesarosa. – Mas receio que não seja possível. Eu parto depois de amanhã.

– Tão cedo? – O Sr. Palmer olhou preocupado para a filha. – Talvez seja melhor no ano que vem, minha querida.

– Papai – Davina murmurou. – Pare de ser tão protetor. Emma é uma *duquesa*.

– Sim, eu sei – ele respondeu com carinho. – Mas você é minha *filha*. Não serão suas súplicas que farão eu me preocupar menos com você.

Davina olhou para o pai com adoração... e então irrompeu em lágrimas, bem ali, no meio do salão.

– Eu sinto tanto. Sinto muito, papai. Emma tem sido uma amiga de verdade, mas não posso deixar que ela continue mentindo por mim.

– Minha querida, do que você está falando?

Ela enterrou a cabeça no ombro do pai, soluçando.

– Eu sinto tanto. Eu queria lhe contar, mas não sabia como. Eu queria tanto lhe contar.

Oh, céus. A verdade acertou Emma em cheio no peito.

Ela estava errada. Completamente errada.

O Sr. Palmer adorava a filha. Com todo o coração, sem reservas. Se ele soubesse a verdade, não culparia Davina. Ele ficaria preocupado com ela, imaginaria o que poderia ter feito para protegê-la. E então daria tudo – o status que trabalhou tanto para obter – para manter a filha em segurança.

Davina não tinha escondido a verdade porque tinha medo do pai, mas porque o *amava*. Ela não queria que o pai sentisse que tinha falhado com a filha, nem que fizesse qualquer sacrifício por ela.

Estava tudo evidente agora, claro como vidro, e Emma se sentiu tão tola. A possibilidade de um amor incondicional e inabalável entre pai e filha nunca tinha lhe passado pela cabeça. E como poderia? Ela nunca havia conhecido algo assim.

Davina fungou.

– Você vai ficar tão decepcionado comigo, papai. E eu não vou aguentar.

– Nunca, minha querida. Seja o que for que a está preocupando, não poderá nos afastar.

Dando tapinhas no ombro da filha, o Sr. Palmer deu um olhar interrogativo para Emma, mas ela não soube como responder. Só Davina podia contar seu segredo, e o salão de baile não era o melhor lugar para isso. Se aquela cena não fosse levada para um lugar mais particular, Davina seria alvo de especulações. Todos os olhos no salão estavam voltados para o grupo deles.

Até que, de repente, não estavam mais.

Os boatos e sussurros que eram passados pelo salão como um saleiro durante um jantar foram interrompidos. Todos eles, de uma só vez. Ninguém mais olhava para Emma ou Davina. Todas as cabeças presentes se viraram para a entrada, e quando Emma acompanhou os olhares, soube logo por quê.

Ash.

Ele estava parado na porta – e, oh, que entrada tinha feito. Sem chapéu nem luvas. Seu casaco não estava à vista, e o colete permanecia aberto, com a camisa desabotoada quase até o umbigo.

Para Emma, ele nunca esteve mais maravilhoso. Ela sentiu o coração na boca.

Pela primeira vez desde que se feriu, ele emergia em um ambiente aberto, bem iluminado, entre seus pares. Não como o Monstro de Mayfair, mas como Duque de Ashbury. Desfigurado. Impressionante. E apesar de estar vestido apenas pela metade, continuava esplêndido. Ele era um duque completo.

E cada centímetro daquele duque era dela.

Ash olhou para o mordomo. Este ficou olhando para o duque e gaguejou. Depois de alguns instantes de espera, Ash revirou os olhos. Ele abriu os braços para a multidão e anunciou a si mesmo:

– Sua Graça, o Duque de Ashbury.

Ninguém se moveu.

– Sim, eu sei – ele disse, impaciente, virando o lado desfigurado de seu rosto para o salão. – Foguete com defeito em Waterloo. Vocês têm exatamente três segundos para se acostumar com isto. Um. Dois. Três. Agora, onde está minha mulher?

– Estou aqui. – Emma se adiantou.

Quando ela se destacou da multidão, contudo, uma mão segurou seu pulso, detendo-a.

Annabelle Worthing passou seu braço pelo de Emma e a acompanhou até o centro do salão, onde fez uma mesura para Ash.

– Vossa Graça. Seja bem-vindo. – Para o espanto dele, Annabelle arqueou uma sobrancelha. – Ninguém rouba toda a atenção no meu baile.

Emma acreditou que aquilo era o mais próximo de um pedido de desculpas que receberiam daquela mulher, mas no momento seria suficiente.

Quando a anfitriã saiu de perto deles, ela ralhou com a orquestra pasmada.

– Bem? Toquem alguma coisa. Meu pai não está pagando vocês para ficarem só aí sentados.

Os músicos se recuperaram e começaram uma valsa.

– Desculpe o atraso – Ash disse.

– Não, não precisa se desculpar. Você chegou bem na hora. Mas parece que precisou enfrentar uma multidão para chegar até aqui. – Ela franziu o nariz. – Você está cheirando a gim.

– Mais tarde eu explico. – Ash ofereceu o braço, que Emma aceitou. – Então, onde está esse Sr. Palmer que eu preciso conhecer?

– Reconfortando a filha, que está chorando enquanto conta a verdade. Você tinha razão. Eu não deveria ter suposto que ele a trataria mal. Por enquanto, podemos ajudar pai e filha fornecendo alguma distração.

– Bem – ele olhou ao redor –, acredito ter conseguido fazer isso.

E tinha conseguido mesmo. Ninguém mais no salão estava preocupado com etiqueta. Todos olhavam abertamente para Ash. Até sussurravam sem se preocupar em esconder a boca atrás de um leque ou de uma taça de champanhe.

Ash crispou a mão e seu antebraço ficou rígido sob a mão enluvada de Emma. Esse foi o único indício que ele deu do constrangimento que sentia. Mas Emma sabia – oh, como sabia – que aquela era uma grande provação para ele. Ela sabia o medo que ele devia estar sentindo no compartimento mais bem-guardado de seu coração. E é claro que ele nunca pediria apoio, muito menos ajuda, e ela só pioraria tudo se oferecesse.

Então Emma fez o que podia. A duquesa levantou a cabeça e endireitou os ombros. Enquanto os dois davam a volta tradicional no salão, ela olhou para cada pessoa pela qual passaram, cumprimentando-a com um aceno elegante e gracioso de cabeça.

Quando os outros olhavam para o duque podiam ver um pobre desgraçado, um herói de guerra desfigurado ou até um monstro pavoroso. Mas quando olhavam para Emma, tudo que viam era uma esposa orgulhosa por estar de braço dado com o marido. Uma esposa que o amava além de qualquer medida humana.

– Vamos dançar? – ela perguntou, depois que completaram o circuito. – Parece que é o que se faz nestes eventos, e duvido que tão cedo sejamos convidados para outro.

– Ouvi dizer que é um ótimo exercício para os ombros. Tentei fazer o Khan dançar valsa comigo, uma vez, mas ele é péssimo.

Ela riu quando ele a pegou nos braços e a conduziu na dança. Uma após o outro, vários casais os acompanharam, girando ao redor deles.

Ash a olhou de alto a baixo.

– Deus, olhe seu vestido.

– Eu sei. Parece até que me enrolei em cortinas velhas e depois um lustre caiu e se espatifou sobre mim.

Ele apertou os olhos e observou o vestido.

– Eu ia dizer que você parece um anjo que velejou pela noite escura e voltou para a terra coberto de estrelas.

Ela corou com o elogio.

– Eu precisava de algo digno de uma duquesa.

– Isso – ele disse – é digno de uma deusa. Mas ainda acho que vai ficar melhor amontoado no chão.

– Você é impossível.

– Não vou negar. – Depois de alguns volteios, ele acrescentou: – Eu já lhe contei por que me casei com você?

– Acredito que já. Parece que eu atendia a todas as suas exigências.

– Verdade. Mas não fui totalmente sincero. Você superava as exigências, todas elas. Você não é apenas saudável para ter filhos, mas é forte o bastante para me aguentar. Filha de um cavalheiro, mas também é corajosa o bastante para se defender diante de toda a sociedade. Você é instruída, sim, mas também é espirituosa e muito inteligente.

– Bonita – ela completou. – Você me fez esse elogio. Você me chamou de bonita.

– Bem, eu menti. Eu não a acho bonita. Acho, sim, que você é a pessoa mais linda que já conheci, por dentro e por fora.

– Teve mais um, se me lembro bem. – Oh, Emma estava curiosa para ouvir esse. Ash teria que trabalhar duro para se redimir pelo quinto.

– Sim. A última razão é esta: você está aqui.

Ora. Estratégia interessante, repetir o insulto original. Ela não esperava por isso.

– Você está aqui – ele repetiu, pegando a mão dela e a colocando no peito, bem em cima dos batimentos cardíacos. – No meu coração. De algum modo você forçou sua entrada nele quando eu não estava prestando atenção. Do mesmo modo que invadiu minha biblioteca, eu imagino. Mas agora você está aqui dentro. Emma, você é a vida que há em mim.

Ela mal conseguiu falar.

– Isso foi lindo – ela disse.

– Acha mesmo?

– Você praticou enquanto estava a caminho?

– Não. – O queixo dele recuou, como se Ash estivesse ofendido.

– Eu não pensaria menos de você se tivesse praticado.

– Então sim, eu pratiquei. Mas isso não torna minha afirmação menos sincera. – Ele massageou o espaço entre as escápulas dela com o polegar. – Você consegue entender o quanto eu a amo?

– Estou tentada a dizer sim. Mas acho melhor ouvir você se explicar um pouco mais.

– Pode demorar anos.

– Tudo bem, por mim. É claro que isso significa que você vai ter que escutar todas as minhas razões para amá-lo.

– Argh. – Ele fez uma careta.

– Não se preocupe. Você já sobreviveu a coisa pior.

– É verdade. Imagino que sim. – Ele deu aquele sorriso lento, de lado, que Emma tinha começado a adorar.

E então, na frente de todos, ele abaixou a cabeça para beijar a esposa.

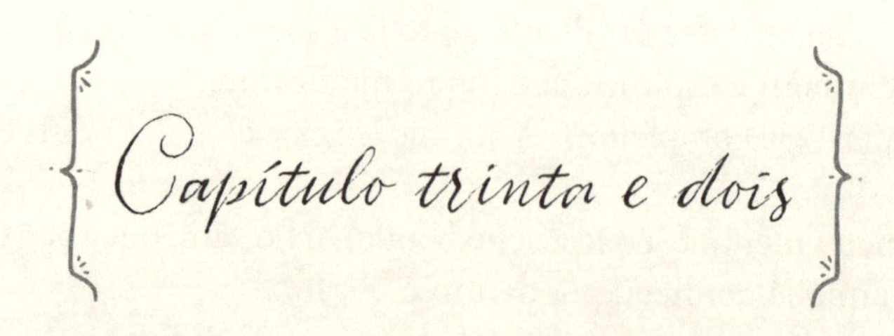

– Com a breca! – Ash grunhiu quando enfim chegaram à suíte dele. – Esse foi nosso último jantar social.

– Esse foi nosso primeiro jantar social – sua esposa observou.

– Exatamente. Um foi suficiente. Pensei que esse povo nunca iria embora.

– São apenas dez da noite. *Eu* penso que nossos convidados saíram muito cedo. Mal tínhamos acabado de abrir os presentes de Natal. – Ela descarregou uma braçada de objetos sobre a cama. – Preciso dizer que o da Nicola foi o mais delicioso.

Ash concordava entusiasticamente com isso. Ele tirou um bocado de bolo de cereja da fatia que estava na mão de Emma.

– Pois eu lhe digo que toda a conversa dela sobre ciência e precisão é só disfarce – ele disse. – Aquela mulher é uma bruxa com um forno encantado. – Ele tirou uma coisa tricotada misteriosa da pilha e a segurou com o indicador e o polegar. – O que é *isto*? É para o bebê?

– Pode ser. Mas quem sabe, quando se trata de Penny. – Emma tirou a coisa da mão dele e a virou para um lado e para outro. Ela contou os buracos que deveriam ser para os braços e pernas gorduchas do bebê. – Um, dois, três, quatro... – Ela enfiou o dedo em outra abertura. – Cinco? Oh, Deus. Acho que ela fez um macacão para o gato.

– Boa sorte se tentar vestir isso nele.

Ela lhe deu um sorriso recatado.

– Acho que Khan gostou do presente antecipado que você deu para ele.

Ash foi até a cômoda tirar o alfinete da gravata e as abotoaduras.

– O homem não para de falar que lhe devo uma pensão. Eu consegui me vingar.

– Como é que dar um chalé para ele em Swanlea pode ser uma vingança?

– Não é óbvio? Ele não consegue ficar longe de mim. Ele vai desejar ser mordomo de novo quando eu mandar nosso filho para ter lições de críquete.

– Oh, e tem este aqui. – Emma sentou na cama. Ela pegou um álbum de recortes encadernado a mão e, abrindo-o sobre as pernas, folheando-o com carinho. – A Alex é uma querida. Não posso imaginar quanto trabalho isto deve ter dado... reunir todas essas manchetes.

Ash sentiu um pouco de ciúme.

– Bem, e quanto ao trabalho que *eu* tive para gerá-las?

Sua esposa o ignorou. O que foi justo.

O presente de Alexandra Mountbatten também era o favorito dele, ainda que em segredo. Alex tinha reunido todos os jornais e revistas de fofocas com as façanhas do Monstro de Mayfair, depois cortado e colado as matérias em um livro de recordações. Essa era a coisa mais próxima de uma biografia que ele teria, só que muito mais interessante.

Ele deu as costas para a cômoda e cruzou os braços à frente do peito.

– Espero que esse álbum tenha uma ou duas páginas vazias.

– Não vamos precisar de nenhuma – Emma disse e arqueou a sobrancelha. – O Monstro de Mayfair não vai mais aparecer nos jornais. Nunca mais.

– Tarde demais, eu receio.

Ash tirou de uma gaveta o exemplar adiantado que tinha conseguido do *Tagarela*, que sairia na manhã seguinte. Então ele o mostrou para Emma, revelando a manchete: *Duque conta tudo.*

– Você não fez isso! – ela exclamou.

– Ah, mas eu fiz. – Ele leu o primeiro parágrafo em voz alta: – "O Duque de Ashbury revela a história trágica por trás do Monstro de Mayfair e declara seu amor eterno pela costureira-tornada-duquesa que curou sua alma atormentada". – Ele jogou o jornal perto dela, na cama. – Bobagem sensacionalista, sem dúvida.

Ela cobriu a boca com uma mão e pegou o jornal com a outra. Ash observou o rosto da esposa enquanto ela passava os olhos pela página. Emma ficou com os olhos vermelhos e lacrimosos.

Mas Ash não deu muita importância a isso. Além de ficar enjoada pelas manhãs, qualquer coisa parecia capaz de levá-la às lágrimas, e a qualquer hora do dia.

– Este é o melhor presente que eu posso imaginar. – Ela fungou.

– É mesmo? Acho que você não precisa do outro, então. – Ele tirou uma caixinha do bolso e a colocou no colo de Emma. – Mas vou lhe dar assim mesmo. Você nunca teve um adequado.

Ela fitou a caixa com olhos cheios de lágrimas.

– É um anel – ele disse.

– Eu adorei.

– Emma, você nem abriu a caixa.

– Sim, eu sei. Não preciso abrir. Eu já adorei.

– Isso é ridículo.

– Não é, não. Ainda vão se passar meses antes de "desembrulharmos" o filho que está na minha barriga, mas eu já o amo.

– Ou filha – ele acrescentou.

Ash tinha começado a desejar uma filha. Uma garota significava que eles precisariam tentar pelo menos mais uma vez.

Após um instante, ele ficou cansado de esperar por ela e abriu a caixa ele mesmo, revelando o anel – um rubi em forma de coração montado numa faixa de filigrana de ouro.

– Oh – ela suspirou.

– Não chore – ele pediu. – A pedra nem é tão grande assim.

Sentando ao lado da esposa, ele tirou o anel da caixa e o colocou no dedo anelar dela.

Ela levantou a mão à distância do corpo e mexeu os dedos para que o anel pudesse receber luz. Então ela se levantou de um salto e correu para o quarto de vestir. Seguindo-a, Ash a encontrou parada diante do espelho de corpo inteiro, admirando o próprio reflexo com a mão apoiada sobre o peito. Depois ela levou um dedo ao rosto, e em seguida estendeu a mão, como se oferecendo ao seu reflexo a oportunidade de se curvar para beijá-la.

Ash riu diante da pequena mostra de vaidade. Então olhou no espelho e se observou.

Além do espelho pequeno que usava para se barbear, ele não via seu próprio reflexo há mais de um ano.

Até que não era tão ruim.

Bem, as cicatrizes *eram* bem ruins. Não havia dúvida sobre isso. Mas ele tinha se acostumado com elas, e agora se sentia um pouco idiota por ter evitado seu reflexo durante todo esse tempo. Não era como se pudesse mudar sua aparência.

Ele deu um passo adiante, abraçando a esposa por trás e colocando a mão na barriga dela.

– E se ele tiver medo?

– Medo do quê?

– De mim.

Ela recostou o corpo nele.

– Oh, meu amor. Nunca pense nisso.

– Eu esperava... – Ele pigarreou. – Eu estava pensando que se ele for criado comigo desde o início, no campo, onde não existe tanta gente por perto, talvez não fique com tanto medo de mim.

– Ele não vai ter medo nenhum.

Ash desejou poder ter a mesma certeza. Ele sabia como crianças pequenas reagiam ao vê-lo. Como se encolhiam e se agarravam às saias da mãe. Como gritavam e choravam. E toda vez isso abria suas feridas novamente. E seria incrivelmente dolorido provocar essa reação em seu próprio filho.

Mas ela não sabia. Não tinha como saber.

Ele só falou de novo quando conseguiu controlar a emoção na voz.

– Mesmo que ele não tenha medo, vai ter amigos. Ele irá para a escola. Depois que tiver idade para saber, vai ficar com vergonha.

– Isso não é verdade.

– Eu sei como os garotos são. Como tratam um ao outro. Eles provocam, intimidam. Crianças são cruéis. Quando ele for um jovem pode ser diferente. Então vou poder lhe ensinar sobre a propriedade e as responsabilidades dele. Mas enquanto for criança... – Ash apertou os olhos. – Meu pai era perfeito aos meus olhos. Eu não aguentaria ser motivo de vergonha para meu próprio filho.

– Nossos filhos vão *amar* você. – Ela se virou, colocando os braços ao redor do pescoço dele. – Do mesmo jeito que eu amo. Quando estiverem nos seus braços, vão puxar suas orelhas e torcer seu nariz, e arrulhar e rir como todos os bebês fazem. Alguns anos mais tarde, eles irão implorar para andar nos seus ombros, sem se importar que um dos dois esteja machucado. E quando forem para a escola, não vão sentir outra coisa que não orgulho. Um pai que é um herói de guerra com cicatrizes? O que pode ser mais impressionante do que isso para se gabar?

– Ser ferido em batalha não faz de um homem herói de guerra.

Ela o encarou no fundo dos olhos.

– Ser *pai* deles fará de você herói de seus filhos.

O coração dele ficou apertado como se tivessem lhe dado um nó.

Puxando-o para si, Emma encostou sua testa na dele.

– Tornará você meu herói, também.

Ele a puxou para si, mais apertado.

Emma, Emma.

Fazia mesmo uns poucos meses desde que ela tinha irrompido em sua biblioteca? Mal ele sabia que a filha de um vigário, envergando um vestido branco horrendo, seria a ruína de todos os seus planos. Seria o fim dele, também. O que Emma tinha feito com ele? O que Ash iria fazer com ela?

Amá-la, isso sim.

Amá-la e protegê-la, e tudo que ela lhe pedisse e ainda mais.

Talvez ele não tivesse realizado nenhum ato de bravura extraordinária em Waterloo. Mas travaria a maior de todas as batalhas por ela e pela criança que carregava, e por qualquer outra criança que Deus achasse por bem dar a eles.

Ash fez uma promessa silenciosa para ela – e para si mesmo – de que nunca mais esconderia suas cicatrizes. A totalidade de seu maldito passado o tinha levado até esse momento, e negar o passado seria o mesmo que negar Emma. Outros podiam ver suas cicatrizes como sua ruína. Mas Ash sabia qual era a verdade. As cicatrizes lhe deram um novo começo.

E Emma foi sua salvação.

Ele a virou de modo que os dois ficassem de frente para o espelho.

– Bem, se este é um retrato que você estaria disposta a pendurar na parede da escada...

– Com orgulho. E o retrato vai ficar na sala de visitas. Em cima da lareira.

– Vai ter que ser uma pintura bem grande para que caibamos todos.

– Todos?

– Eu, você e nossos dez filhos.

Ela arregalou os olhos.

– *Dez?*

– Muito bem. Você, eu e nossos onze...

Uma massa peluda cinzenta desenrolou-se dentro de uma caixa de chapéu, alongou-se e se aproximou para se esfregar na perna de Ash, emitindo um som parecido com o troar de rodas de carruagem sobre paralelepípedos.

Ele retificou sua afirmação mais uma vez.

– Eu, você, nossos onze filhos e o gato.

– Esse retrato está ficando bem lotado.

– Ótimo – ele disse.

E, para sua própria surpresa, ele falava sério.

Ótimo.

Então ele pegou a mão de Emma e a virou, olhando para a ponta dos dedos da esposa.

– Você andou costurando.

– Meu Deus, o jeito que você diz isso. Como se eu estivesse roubando ou traficando. – Ela puxou a mão de volta. – Na verdade, eu andei costurando, sim. Estive trabalhando no seu presente de Natal.

– O que poderia ser? Você já me encheu de coletes, calças e todas as outras roupas possíveis.

– Oh, esse presente não é um colete, nem qualquer outra peça de vestuário. É para eu usar. – De uma prateleira dos fundos do armário, ela retirou um pacotinho. – Fique sabendo que se ousar comparar isto com vômito de unicórnio...

– Não vou fazer isso. – Ele levantou uma mão em juramento. – Pela minha honra.

– Muito bem, então. – Ela segurou sobre os próprios ombros as duas tiras mais finas que ele já tinha visto, e deixou o restante do pacote se desenrolar, chegando até seus dedos.

Ash ficou mudo.

Seda preta – mas não muita. Renda preta – menos ainda. Algumas lantejoulas aqui e ali – na quantidade certa.

Emma Grace Pembrooke, eu te amo.

– Então? – Ela inclinou o quadril numa pose provocadora. – Gostou?

– Não dá para saber – ele disse. – É melhor você vestir.

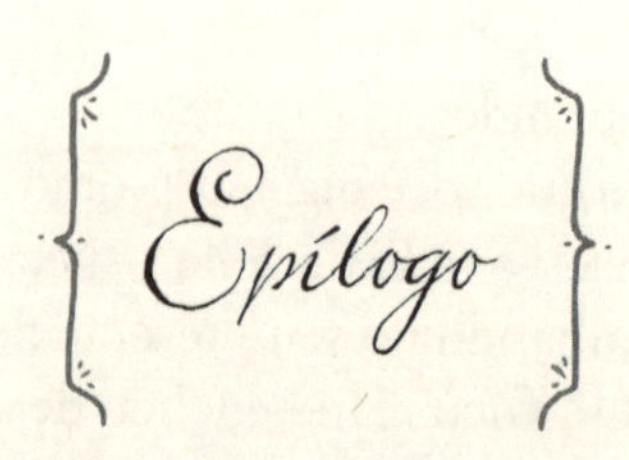

Epílogo

– Agora escute, Richmond. Seja um bom garotinho enquanto eu estiver fora. Não dê trabalho para o seu padrinho. – Emma fez um carinho no queixo gorducho do bebê.

– Não desperdice saliva – seu marido murmurou. – Ele não vai se comportar. É meu filho, afinal.

Khan sorriu para o bebê em seus braços e falou com uma voz suave, própria para bebês:

– O pequeno marquês pode passar a tarde toda gritando e sujando as fraldas que ainda assim vai ser mais fácil lidar com ele do que com o pai.

– Tenho a impressão de que isso é verdade. – Emma sorriu, virando-se para o marido. – Bem, meu querido, o que *nós* vamos fazer com nossa tarde?

– O quê, não é mesmo?

Eles se afastaram do chalé de Khan, voltando para a casa. A tarde de fim de verão estava abafada e úmida, e Swanlea zunia com abelhas e libélulas.

– Você provavelmente precisa dar atenção a algum assunto da propriedade – Emma disse. – Eu preciso escrever algumas cartas.

– Oh, é verdade? – ele perguntou em um tom entediado.

Não, não era verdade.

Uma tarde rara de lazer, sem as exaustivas exigências de um bebê? Apenas os dois, sozinhos? Ambos sabiam exatamente como é que iriam gastar esse tempo.

A sensação era de que tinham esperado *séculos*. Ash preferiu que eles mantivessem o bebê perto, à noite, e Emma concordou com alegria. Mas a decisão estava cobrando seu preço em horas de sono, e os poucos momentos em que conseguiram fazer amor tinham sido, por necessidade, apressados e discretos.

– Quão rápido você acha que conseguimos voltar para casa? – ela murmurou.

– Nós não precisamos voltar para a casa.

A mão dele apertou mais a dela, e Ash a desviou do caminho entre as residências. Eles encontraram um gramado afastado, em meio às árvores, e então veio uma tempestade de beijos, carícias e roupas. Emma puxou as mangas do paletó dele e desabotoou as calças do marido. Ele a ajudou a se livrar das anáguas e do espartilho.

Quando ela estava só com a *chemise*, ele enfiou a mão lá dentro para lhe acariciar o seio. Dois gemidos profundos se misturaram ao beijo – um gemido dele, outro dela. Os seios estavam vazios após a amamentação, mas continuavam sensíveis, assim como o coração dela, que sofria deliciosas pontadas de amor.

Quanto mais botões ele abria, mais desconfortável ela ficava. Enfim, Emma colocou suas mãos sobre as dele.

– Você pode deixar a *chemise*?

Ele pareceu ler os pensamentos dela.

– Sério, Emma. Não seja absurda.

– Meu corpo mudou. Você não é o único que tem vaidade.

– Não vou me dignar a responder a isso.

A *chemise* caiu, juntando-se à pilha de roupas jogadas na grama. Momentos depois, eles juntaram os corpos nus à pilha, entrelaçando suas línguas, seus membros, respirações e corações.

Dali em diante foi fácil. Familiar. Eles fizeram amor em plena luz do dia, sem esconder nada. Ele se moveu sobre ela, dentro dela. Emma o manteve o mais apertado possível. Eles chegaram juntos a um clímax doce, como se o êxtase simultâneo não fosse uma raridade, mas a coisa mais natural do mundo. O sol nasce, o vento sopra, orgasmos vêm aos pares.

E após esse momento de felicidade transcendente, quando afastou o cabelo úmido da testa e sorriu satisfeita para o marido, Emma pensou que ele não poderia ser mais perfeito.

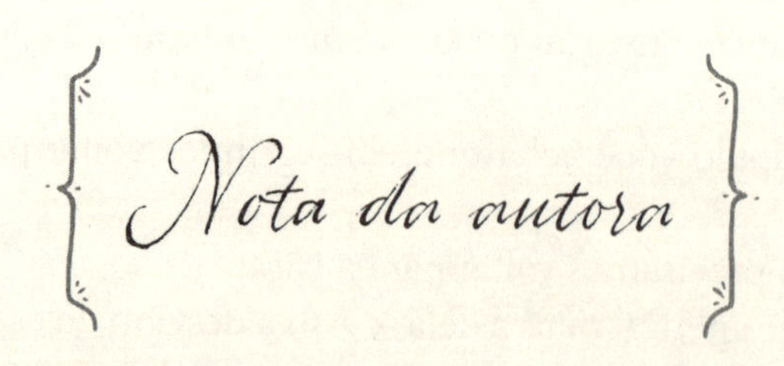

E agora, algumas palavras a respeito de badminton.

Durante a época da Regência, o badminton, como nós conhecemos e amamos hoje, não existia. Havia petecas, e as pessoas se divertiam rebatendo-as com raquetes. "Raquete e peteca" era uma verdadeira mania na Inglaterra do início do século dezenove. Não havia rede, nem quadra, nem regras. Era uma anarquia.

Contudo, nenhuma leitora moderna (que eu conheça, pelo menos) foi obrigada a jogar "raquete e peteca" nas aulas de educação física. Nós jogávamos badminton. Então, embora as regras não tenham sido formalizadas até a década de 1860, decidi usar a palavra badminton assim mesmo. Pode chamar de liberdade poética. Ou, quem sabe, liberdade atlética?

O interessante é que o jogo de badminton deve seu nome a um duque. De acordo com uma lenda familiar, o jogo foi inventando pelos netos entediados do Duque de Beaufort, enquanto passavam uma temporada na casa do duque, chamada Casa Badminton. Então não me parece *completamente* improvável que o entediado Duque de Ashbury pudesse ter inventado o jogo por sua conta, não acha?

De qualquer modo, essa é a minha história – e eu fecho com ela.

Escrever romances é uma alegria e um privilégio. Contudo, às vezes os escritores sofrem por sua arte. E às vezes os escritores compartilham esse sofrimento com todos à sua volta.

Por sua paciência e seu apoio, sou eternamente grata a meu marido, meus filhos, minha família, meus amigos, minha editora, meu agente, o assistente da minha editora, minha assessora de imprensa, minha assistente pessoal, minha editora de texto, minhas seguidoras no Twitter, meus gatos, meus pijamas, minha cafeteira... basicamente todos e tudo à minha volta. Exceto àquele vizinho com o *drone*. Ele sabe quem é.

E sempre, *sempre*, muito obrigada às minhas leitoras. Se não fosse por vocês, eu teria que vestir calças.

Este livro foi composto com tipografia Electra Std e impresso
em papel Off-White 70 g/m² na Gráfica Rede.